Irmgard Lindemann
Die sizilianische Geheimschrift

Irmgard Lindemann

Die sizilianische Geheimschrift

Benziger

CIP-Kurztitelaufnahme der Deutschen Bibliothek

Lindemann, Irmgard:
Die sizilianische Geheimschrift/Imgard Lindemann.
– 2. Aufl. – Würzburg, Benziger-Edition im Arena-Verl., 1987.
1. Aufl. im Verl. Benziger, Zürich, Köln
ISBN 3-401-32262-1

2. Auflage 1987
© 1986 Irmgard Lindemann
Benziger Edition im Arena-Verlag, Würzburg
Schutzumschlag von Sabine Metz
Gesamtherstellung: Benziger Druckerei, Einsiedeln
ISBN 3-401-32262-1

Inhalt

1. Eins kommt zum andern — 7
2. Gar keine Vorzeichen sind besser als schlechte — 13
3. Träume sind nicht immer Schäume — 22
4. Dank Herrn Hoppelmann fängt eine Reise an — 28
5. Erstens kommt es anders, und zweitens als man denkt — 33
6. Ein Fluchtversuch, wie er im Buch steht — 40
7. Passagiere wider Willen — 52
8. Enricos Geschichte — 61
9. Paul fährt nach Sizilien, weil es keine Bundeskanzlerinnen gibt — 66
10. Nächtliche Besucher — 72
11. Ein äußerst schwieriger Kunde oder Wie man das Fürchten lernt — 81
12. Wichtige Telefongespräche nach Deutschland — 90
13. Ein Mädchen, das ein Junge werden sollte und Antonietta heißt — 104
14. Hexenkunde – Theorie und Praxis in umgekehrter Reihenfolge — 114
15. Was alles in Höhlen zu finden ist — 124
16. Eine leere Dose vertieft eine flüchtige Bekanntschaft — 136
17. Alle beweisen großen Mut — 143
18. Die Geheimschrift ohne Schlüssel — 155
19. Herkules langweilt sich — 165
20. Die Hetzjagd — 169
21. Ein Glückstag — 175
22. Kleine, aber bedeutende Unterschiede zwischen Märchen und Wirklichkeit — 192

23. Die Wunschstatistik 200
24. Die Beziehungen zwischen Rom und Chiatta scheinen nicht die besten 207
25. Erfüllen Sie einen Kinderwunsch! 218
26. Alle Versprechen werden gehalten und fast alle Wünsche erfüllt 227
27. Ende gut, alles gut 235

1. Eins kommt zum andern

Zu Anfang dieser Geschichte saß die Familie Großkopp, Vater, Mutter und Paul, beim Abendessen. Hier muß erwähnt werden, daß es Gemüsesuppe gab, denn höchstwahrscheinlich wäre vieles anders gekommen, wenn es an diesem und anderen Abenden beispielsweise Bratkartoffeln gegeben hätte, wenn die Tube Alleskleber nicht ausgelaufen wäre und wenn Paul nicht beschlossen hätte, etwas aus seinem Leben zu machen. Manchmal kommt eben eins zum anderen, und das eine scheint ganz harmlos und das andere ganz unbedeutend, aber wenn beides zusammentrifft, dann hat das Folgen.
Tatsache war jedenfalls, daß Paul keine Gemüsesuppe mochte. Darauf nahm Frau Großkopp, seine Mutter, aber keine Rücksicht, denn Herr Großkopp, Pauls Vater, aß sie sehr gern. Deshalb gab es fast jedesmal Gemüsesuppe, wenn Herr Großkopp zu Hause und nicht auf Geschäftsreise war.
Hinterher stellte Frau Großkopp dann noch eine Schale Götterspeise auf den Tisch. Das ist ein Geleepudding, der immer leise zittert. Götter hätten ganz bestimmt als Speise Erdbeertorte bevorzugt. Paul auch.
An diesem Punkt räusperte Herr Großkopp sich ausgiebig, wie immer, wenn er mit Paul etwas Wichtiges von Mann zu Mann bereden wollte. Aber wegen der Gemüsesuppe hegte

Paul an diesem Abend tiefen Groll gegen alles. Deshalb tat er so, als merke er nichts.

«Hhhmm!» versuchte Herr Großkopp es noch einmal.

Paul sah interessiert zu, wie die grüne Götterspeise auf seinem Löffel zitterte. «Waldmeistergrün», sagte er bedächtig und schob sie in den Mund.

«Sehr richtig», pflichtete der Vater höflich bei.

Danach entstand schon wieder Stille. Ein so stilles Abendessen war immerhin ungewöhnlich bei Familie Großkopp. Es lag spürbar etwas in der Luft.

«Nun sag es ihm schon», drängte die Mutter und sah Pauls Vater bittend an.

«Paul.» Pause. «Paul, nächste Woche fahre ich für vier Wochen nach Amerika und möchte Mutter eigentlich mitnehmen.»

«Waas?» sagte Paul und dachte: Da liegt also der Hase im Pfeffer! «Gleich vier Wochen? Und nach Amerika? Das ist doch ziemlich weit. Nach Amerika möchte ich auch mal fahren, weite Reisen hab ich noch nie gemacht.»

«Weißt du, Paul, das mag sich ja alles sehr abenteuerlich anhören – aber es ist eine ganz nüchterne Geschäftsreise. Geschäftsreisen sind durchweg anstrengend und langweilig.»

«Also bitte», wehrte Paul empört ab, «du willst mir doch nicht erzählen, daß du Mutter mit auf diese Reise nimmst, damit sie sich vier Wochen lang gründlich langweilt und obendrein auch noch anstrengt! Ihr könnt doch gleich sagen, daß ihr mal ohne mich verreisen wollt, schließlich bin ich kein Kind mehr!»

«Siehst du», wandte Herr Großkopp sich strahlend an seine Frau. «Ich hab es dir doch gesagt, wir haben einen verständnisvollen Jungen. Ein Kind ist er auch nicht mehr, da hat er recht. Jawohl, einen verständnisvollen, großen Jungen haben wir!» Über den Tisch streckte er Paul die Hand entgegen. «Unter uns gesagt, ich finde, du bist fantastisch.»

Paul schlug zwar in die entgegengestreckte Hand ein, fühlte sich aber überrumpelt. So hatte er es nicht gemeint, im Gegenteil, im stillen hatte er gehofft, die Eltern würden ihre Meinung ändern und ihn doch noch mitnehmen. Aber davon abgesehen, hatte er, Paul, natürlich Verständnis und war auch, wie gesagt, groß genug. Das ist doch klar.

«Ihr könnt auch sechs Wochen bleiben, wenn ihr schon mal dort seid», erklärte er deshalb nach kurzem Zögern großzügig.

Frau Großkopp gab ihm einen herzlichen Kuß. «Vier Wochen und keinen Tag mehr», sagte sie mit Bestimmtheit. «Tante Herta wird solange hier wohnen und für dich sorgen.»

«Tante Herta?» fragte Paul gedehnt, denn er hatte gerade begonnen sich auszumalen, wie es wäre, vier Wochen lang kein Zimmer aufräumen und kein Bett machen zu müssen. «Ich komme doch wirklich sehr gut allein zurecht.»

«Zweifelsohne», bestätigte Herr Großkopp, «das wäre ja gelacht. Mutter und ich wollen dir nur die viele Arbeit ersparen, die du mit Einkaufen, Essenmachen, Wäschewaschen und Saubermachen hättest. Schließlich mußt du ja auch noch in die Schule gehn und Schularbeiten machen. Es ist sozusagen eine Frage der Arbeitsteilung. Tante Herta...»

Aber da klingelte Tante Herta schon an der Tür.

Tante Herta war eigentlich gar nicht Pauls richtige Tante. Sie wohnte seit Jahr und Tag im Nebenhaus, und da sie allein war, kam sie oft auf einen Sprung herüber. Nun war

sie schon jahrelang so oft herüber und hinüber gesprungen, daß sie zur Familie gehörte. Paul hatte eigentlich nichts gegen Tante Herta einzuwenden, jedenfalls nicht viel, wenn man bedachte, daß sie den besten Kuchen weit und breit backte.
Einen solchen hatte sie mitgebracht.
«Hab ich heute nachmittag noch schnell gebacken, wo es doch frische Erdbeeren gibt», sagte sie und enthüllte eine Erdbeertorte, wie man sie sich als Speise der Götter sehr gut vorstellen konnte.
«Verwöhnen Sie den Jungen nicht zu sehr, wenn wir weg sind», mahnte Frau Großkopp, als Tante Herta Paul das größte Stück Torte reichte.
«Wo werd ich denn!» wehrte diese entschieden ab. «Wo ich doch weiß, wie wichtig ein geregeltes Leben für die Kindererziehung ist. Von nichts zu viel und von nichts zu wenig, alles ganz regelmäßig und dazu ein gesunder Tagesablauf. Früh aufstehen, Zähne putzen, Schulunterricht, Mittagessen, danach gleich die Schularbeiten und abends früh ins Bett. Am Sonntag nachmittag darf er ins Kino. Es wird alles so laufen, als ob Sie persönlich hier wären, Frau Großkopp!» Tante Herta nickte, energisch jeden Punkt bestätigend, mit dem Kopf und löffelte munter Erdbeeren und Sahne.
Paul seufzte innerlich. Ein gesunder Tagesablauf war so ungefähr das Langweiligste, was er sich vorstellen konnte. Frühaufstehen und Zähneputzen waren kleinere Übel. Wesentlich mehr störten ihn geregelte Mittagszeiten, geregelte Abendbrotzeiten, geregelte Schlafenszeit, überhaupt alle Zeiten, die geregelt waren.
Nicht etwa, daß Paul ein Luderleben führen wollte – keineswegs, da war ein Piratenleben schon interessanter. Als er im

Bett lag, malte er sich ein Piratenleben so richtig aus, zum Trost.
«Hat man jemals gehört, daß Piraten sich die Zähne putzen?» verlangte Paul deshalb zu wissen, als der Vater hereinkam, um ihm gute Nacht zu wünschen.
«Wieso, tun sie es denn nicht?»
«Natürlich nicht. Sie schlafen auch nicht. Nachts machen sie nämlich Gefangene wegen des Lösegelds.»
«Scheußlich», sagte der Vater, der müde und wenig zum Reden aufgelegt war. «Wenn Piraten nachts nicht schlafen, weil sie dumme Sachen machen, dann schlafen sie eben bei Tag. Schlaf braucht jeder.» Er gähnte zur Bestätigung.
«Gemüsesuppe essen sie höchstwahrscheinlich auch nicht», bohrte Paul weiter.
«Sag mal, woher willst du denn das alles so genau wissen?»
«Ich hab schon einige Bücher über Piraten gelesen. Von Zähneputzen und Gemüsesuppe war da nicht die Rede, von Schlafen auch nicht.»
«Das schreiben sie ja auch nicht in Büchern, damit sie spannender sind.»
«Na siehst du», sagte Paul triumphierend. «Das ist es ja! Wenn jemand ein Buch über meinen gesunden Tagesablauf schreiben würde, wäre es zum Einschlafen langweilig! Verstehst du, was ich meine?»
«Entschuldige, Paul», sagte der Vater und gähnte noch einmal. «Ich finde, Einschlafen ist ein gutes Stichwort. Ich muß morgen früh raus. Gute Nacht.»
«Nacht», sagte Paul unbefriedigt und fragte, als der Vater schon an der Tür war: «Aber Papa, findest du das Leben nicht auch manchmal langweilig?»
Herr Großkopp drehte sich um. «Eigentlich nicht. Man muß aus seinem Leben eben etwas machen.»

«Damit es spannend wird?»

«Damit es spannend wird», bestätigte Herr Großkopp. «Jetzt ist aber wirklich Schlafenszeit, Paul. Ich gehe jedenfalls ins Bett.» Er knipste das Licht aus.

«Puh, schlafen!» sagte Paul verächtlich. Schlafen fand er nur am Morgen schön. Aber gerade dann mußte man aufstehen. Vorerst lag Paul wach und beschloß, etwas aus seinem Leben zu machen. Es fragte sich nur, was.

Da es nicht leicht war, diese Frage zu beantworten, knipste Paul die Nachttischlampe an. Er wollte mal sehen, wo Amerika liegt und wie groß Amerika ist. Nur so zum Zeitvertreib. Deshalb holte er den Atlas.

«Amerika, Kanada und Vereinigte Staaten, Seite 75» stand im Inhaltsverzeichnis.

Seite 75 klebte aber fest mit Seite 76 zusammen, weil neulich die Tube Alleskleber ausgelaufen war.

«Das macht nichts», meinte Paul. «Amerika ist auch auf der Weltkarte zu sehen.»

Auf der Weltkarte sah aber alles wieder ein bißchen anders aus. Erstens war Amerika recht klein geworden, und zweitens war es fürchterlich nach links gerutscht, damit Asien auf der rechten Seite Platz hatte. In der Mitte aber lag Afrika und fesselte deshalb Pauls Blick.

«Goldküste», las er halblaut, und dann «Elfenbeinküste – Kap der Guten Hoffnung». Gar nicht mit Kleinhausen oder Berlin zu vergleichen. Bei Kleinhausen denkt man unwillkürlich an lauter kleine Häuser, und bei Berlin denkt man an gar nichts. Berlin ist eben nichts anderes als eine Stadt. Bei Goldküste und Elfenbeinküste hingegen wird einem sofort klar, daß es etwas ganz anderes ist.

Dann überlegte Paul, warum Elfenbein wohl Elfenbein heißt und was die Stoßzähne der Elefanten mit Elfen gemeinsam haben, oder umgekehrt. Eine Erklärung dafür fand er nicht, weil er darüber einschlief. Die Nachttischlampe war noch an, und auf seine schwierige Frage hatte er noch keine Antwort gefunden. Aber morgen war ja auch noch ein Tag.

2. *Gar keine Vorzeichen sind besser als schlechte*

Der Schulweg führte Paul am Reisebüro «Müller-Reisen zu Sonderpreisen» vorbei. Da fiel sein Blick ganz zufällig auf ein aushängendes Plakat. Etwa fünf Schritte weiter kam ihm die Idee.
Es ist immerhin möglich, dachte er. Warum soll ich es nicht versuchen? Und es dauerte gar nicht lange (höchstens anderthalb Minuten), da fand Paul die Idee gut, dann sehr gut und schließlich ausgezeichnet.
In der Schule vertraute er seinem Freund Peter an: «Ich werde etwas aus meinem Leben machen.»
«Was denn?» fragte Peter, denn er war praktisch veranlagt.
«Du wirst schon sehen», verhieß Paul.
Als dann die letzte Schulstunde ausfiel, weil der Englischlehrer krank war, hielt Paul das bereits für ein gutes Vorzeichen.
Die Schulglocke läutete, und Paul und Peter erreichten als erste die Klassentür. Da es für alle in der Klasse als Ehrensache galt, keine Sekunde länger als verlangt in der Schule zu bleiben, war das immerhin eine Leistung. Auf der Straße

gingen dann beide vornehm langsam. Sie waren ja um eine freie Stunde reicher.

Eine freie Schulstunde ist nämlich eine geschenkte Lebensstunde. Die Eltern glauben die Kinder in der Schule, und die Lehrer glauben die Kinder zu Hause, und in der Zwischenzeit kann man tun und lassen, was man will.

«Was machen wir?» fragte Peter.

«Nichts.»

«Nichts?»

«Findest du nicht auch, es ist ganz besonders befriedigend, gerade dann nichts zu tun, wenn man hätte arbeiten müssen?»

«Wir haben aber frei.»

«Das zählt nicht, das ist Zufall. Aber wenn du willst» – und das schlug Paul vor, weil er es selbst gern wollte –, «wenn du willst, gucken wir mal, wie sich der heutige Tag anläßt. Paß mal auf, wie viele Autoschilder eine Doppelfünf haben.»

«Warum denn das?»

«55 bedeutet Glück, 22 heißt, es kommt Besuch, 00 heißt Glück bei Frauen, und 77 bedeutet Pech.»

«Stimmt denn das?»

«Heute morgen habe ich zweimal eine Doppelfünf gesehen, und die Englischstunde ist ausgefallen.»

«Da, Mensch Paul, eine Doppelzwei. Besuch. Es ist wahr, heute kommt meine Tante.»

«Na siehst du, hab ich es nicht gesagt?»

Ein Auto mit einer Doppelfünf fuhr vorbei, und Paul drehte sich um, um die beiden Fünfen noch recht lange zu sehen.

«Siehst du, sonnenklar, heute ist ein guter Tag.»

Das Auto, das jetzt kam, hatte im Nummernschild eine Doppelsieben. Paul sah auf seine Schuhe.

«Oh», schrie Peter, «Doppelsieben, das bringt Pech!»
«Noch nicht.» Paul war ärgerlich. «Erst haben wir eine Doppelfünf gesehen, dann eine Doppelsieben. Das gleicht sich aus.»
«Und wenn jetzt noch eine Doppelsieben kommt?»
«Mir fällt gerade ein, daß es zu zweit ja gar nicht funktionieren kann. Zum Beispiel kann es sein, daß heute mein Glückstag ist, dann fahren lauter Autos mit Doppelfünf vorbei. Wenn aber heute dein Pechtag ist, dann fahren lauter Autos mit Doppelsieben vorbei, und wir wissen nicht, für wen sie gemeint sind.»
«Das mit dem Glückstag und dem Pechtag könnte auch umgekehrt sein.»
«War ja nur 'n Beispiel.»
Paul blieb abrupt stehen und starrte auf ein parkendes Auto.
«Ich hab es zuerst gesehen: 5555!»
«Gelten parkende Autos auch?»
«Natürlich. Wenn ein Auto mit einer Doppelfünf oder zweimal Doppelfünf geparkt ist, dann ist das Glück gleich in der Nähe.»
«Tatsächlich?»
«Unter dem Auto könnte ein Zehnmarkschein liegen oder eine Eintrittskarte für den Zirkus. Oder es kommt jemand vorbei, der einen Lotterieschein verkauft, der dann gewinnt.»
Sie gingen um das Auto herum und guckten unter das Auto, fanden aber nichts.
«Es ist ein grünes Auto, grün ist die Hoffnung. Wir müssen eben hier warten, bis das Glück kommt.»
«Dauert das lange?»
«Nicht immer. Vor allem darf man nicht ungeduldig sein. Man muß nur in der Nähe bleiben und an etwas ganz anderes

denken, damit das Glück überraschend kommen kann, sonst hat man kein Glück.»
Die beiden Jungen lehnten sich an die Hauswand.
«Woher weißt du denn das, das mit der Doppelfünf und so?»
«Von Tom Prichard. Der kommt aus England. Die Engländer wissen überhaupt eine Menge von solchen Sachen. Tom Prichard hat sogar mit einem Gespenst im selben Haus gelebt.»
«Tatsächlich? Wie sah denn das Gespenst aus?»
«Tom sagt, er habe es nie gesehen. Aber in der Nacht hörte er, wie das Gespenst immerzu auf und ab ging, als ob es gefangen wäre, sagt er. Und eines Nachts kam dann ein Sturm, und ein Fenster oben in der Wohnung zerbrach. Das Gespenst ist sofort laut heulend durch das Fenster geflohen, und Tom hat es nie wieder gehört.»
«Paul, wann kommt denn das Glück?»
«Ich hab dir doch gesagt, du darfst daran nicht denken, sonst kommt es nicht.»
«Ich kann aber hier nicht stehen und warten und dabei so tun, als warte ich gar nicht.»
«Wir können uns ja im Umkreis von zwanzig Schritten die Schaufenster ansehen.»
«Warum im Umkreis von zwanzig Schritten?»
«Das Nummernschild hat vier Fünfen. Vier mal fünf ist zwanzig. Bis zu zwanzig Schritten Abstand hat das Glück noch Wirkung.»
Sie zählten also vom Auto zwanzig Schritte nach rechts und zwanzig Schritte nach links. Dazwischen lagen als Abwechslung nur die Schaufenster der Buchhandlung Krummhaar. Sie sahen sich uninteressiert die Auslagen an.
«Da, guck mal, ‹Mit dem Fahrrad um die Welt›. Das möchte ich mal lesen.»

«Wenn ich ein Fahrrad hätte, würde ich lieber selbst um die Welt fahren», meinte Paul.
«Ich hab ein Fahrrad gehabt. Es war ganz schön anstrengend, damit die Bahnüberführung raufzufahren, und wenn du um die Welt fährst, kommst du über Berge.»
«Um die Berge kann man ja rumfahren.»
«Dann bist du in zehn Jahren noch nicht zurück.»
«Wer will denn zurück? Außerdem braucht es ja nicht gleich die ganze Welt zu sein, ein Stück davon würde schon genügen.»
Peter drehte sich nach dem Auto um. «Wie lange sollen wir denn noch auf das Glück warten? Ich müßte eigentlich nach Hause.»
Eine Frau kam über die Straße, schloß das grüne Auto mit der doppelten Doppelfünf auf, schaltete kurz auf Rückwärtsgang, manövrierte das Auto aus der Parklücke und bog um die nächste Ecke, als wäre das selbstverständlich.
Peter und Paul starrten dem Auto nach.
«Das mit den Autonummern funktioniert vielleicht nur in England», sagte Peter tröstend.
«Ach was! Bestimmt reiner Aberglaube, typisch englisch!»
Wütend starrte Paul einem Auto nach, das ausgerechnet eine Doppelsieben im Nummernschild zeigte.
Nachdem Peter und Paul sich getrennt hatten, vermied Paul sorgfältig, daß Autonummern in sein Blickfeld kamen. Schließlich wollte er sich den Tag nicht durch einen dummen Aberglauben verleiden lassen. Das mit den Autonummern war natürlich reiner Unsinn, wie jeder Aberglaube, aber da die Doppelfünf durch eine Doppelsieben ausgeglichen wurde und auf das Auto mit vier Fünfen nur eins mit zwei Sieben gefolgt war, wollte Paul es dabei belassen, Aberglaube oder nicht. Sagt man nicht auch «Die böse

Sieben»? Schließlich wollte Paul gleich heute damit beginnen, seine Idee in die Tat umzusetzen, und da waren halbgünstige oder auch gar keine Vorzeichen besser als schlechte.
Natürlich brannte Paul jetzt darauf, gleich alle nötigen Schritte zu unternehmen, um seine Idee zu verwirklichen. Er mußte aber, als er nach Hause kam, erst einmal Mutters geregelten Zeitablauf wenigstens teilweise einhalten. Darum kam er nun einmal nicht herum: Händewaschen, Mittagessen, Tisch abräumen, Schularbeiten. Erst bei den Schularbeiten gelang Paul eine Ausnahme der Regel. Dazu verschwand er auf die Toilette. Das gab ihm nämlich das Recht, sich einzuschließen und alle anderen auszuschließen, sogar die Mutter. Wichtiges wünschte er ungestört allein zu erledigen, und dies war wichtig.
Paul setzte sich auf den Klodeckel und zog unter seinem Hemd ein Schreibheft und einen Kugelschreiber hervor. Er drehte das Heft so herum, daß die letzte Seite die erste wurde, kaute eine Weile auf dem Kugelschreiber herum und begann schließlich folgendes zu schreiben:

An die Hapagschiffahrtsgesellschaft
in Hamburg Abteilung Afrikareisen

Lieber Herr Direktor,
ich bin
Er strich *ich bin* durch, denn er wollte sich nicht festlegen, und schrieb *ich werde*. Werden kann man nämlich alles mögliche. Deshalb vervollständigte er den Satz: *ich werde 15*
Das war keine Lüge.
«Wenn ich nicht vorher sterbe, werde ich sogar 18», sagte er laut, und das überzeugte ihn.

Er strich daraufhin auch *15* durch und schrieb endgültig
ich werde 18 und habe Englisch gelernt
Das fügte er hinzu, weil der Englischlehrer immer sagte:
«Englisch kann jedermann. Mit Englisch kommt ihr um die Welt.»
Darauf riß er die Seite aus dem Heft, warf sie hinter sich in die Toilette und begann von neuem, diesmal in Schönschrift:

An die Hapagschiffahrtsgesellschaft
in Hamburg
Abteilung Afrikareisen

Sehr geehrter Herr Direktor der Afrikareisen,
ich werde 18, und ich kann Englisch. Außer Englisch kann ich auch
Kartoffeln schälen. Mutter sagt, ich bin einer der besten Kartoffelschäler.
Ich stelle Ihnen meine Fähigkeiten bis nach Afrika zur Verfügung,
gratis. Ich möchte aber an der Elfenbeinküste aussteigen oder an der
Küste von Sierra Leone. Bis dahin kann ich auch Teller waschen.
Bitte sagen Sie mir, wann das Schiff fährt. Viele Grüße sendet

Paul Großkopp

Über den Brief schrieb Paul *Kleinhausen den 8.,* und auf den Umschlag schrieb er die Adresse. Vorsichtig trennte er dann die Seite aus dem Heft, faltete sie sorgfältig und steckte sie in den Umschlag. Heft und Umschlag verschwanden unter seinem Hemd. Paul spülte laut und anhaltend, damit jeder, der es hörte, dachte, er wäre aus demselben Grund auf der Toilette wie andere Leute auch.
Er stürmte den Korridor entlang.

«Paul!»
Er drehte sich nicht um.
«Paul! Die Schularbeiten!»
«Komme gleich wieder», rief er über die Schulter zurück. Er wollte den Brief unbedingt einstecken, bevor der Briefkasten geleert wurde. Die Zeit drängte. Er hoffte, daß die Schiffe in Richtung Elfenbeinküste immer Anfang der Woche abfuhren, spätestens jedoch jeden Mittwoch, denn nächsten Mittwoch wurde in der Schule eine Algebra-Arbeit geschrieben.

Als er vom Briefkasten zurückkam, traf er an der Pforte den Briefträger, der die Nachmittagspost verteilte. Höflich hielt Paul die Pforte für ihn auf und ließ ihn vorgehen. Es war immer derselbe Briefträger, streng und mit Schnauzbart. Wo immer er konnte, gab er die Briefe persönlich ab. Er traute weder Kindern noch Briefkästen. Seiner Meinung nach waren beide für eine sofortige Briefzustellung absolut unzulänglich. Ganz davon abgesehen, daß weder Kinder noch Briefkästen zu Ostern und Weihnachten Trinkgeld vergeben. Aber das ist eine andere Sache.

Frau Großkopp übernahm also den Brief höchstpersönlich und bedankte sich noch obendrein, obwohl der Brief an «Ihren Herrn Gemahl», wie der Briefträger betonte, gerichtet war.

Sie drehte den Briefumschlag um und las den Absender.
«Onkel Klaus hat geschrieben.»
Paul starrte sie erschrocken an. Nicht etwa wegen des Briefes. Der interessierte ihn wenig.

Sie liest ja den Absender! dachte er. Viele Leute lesen aus Neugierde den Absender, gerade wenn der Brief nicht für sie bestimmt ist. Das wußte Paul aus Erfahrung. Er machte es selbst auch, wenn Mutter oder Vater Post erhielten. Es

mußte unbedingt vermieden werden, daß jemand den Absender der Schiffahrtsgesellschaft las, wenn das Antwortschreiben kam. Sonst würden sie wissen wollen, was darin stand, und am Ende würde er nicht fahren dürfen, weil Erwachsene stets fixe Ideen haben, was «Noch-nicht-ganz-Erwachsene» tun und vor allem *nicht* tun dürfen.
Überhaupt, Absender! Paul fühlte Panik. Er hatte vergessen, den Absender auf den Briefumschlag zu schreiben. Im Geist sah er den Direktor der Abteilung Afrikareisen vor sich. Er rief die Sekretärin – alle Direktoren haben eine Sekretärin, weil sie ja selbst nicht Schreibmaschine schreiben können – und befahl:
«Schreiben Sie sofort diesem netten Jungen. Er soll sich beeilen, das Schiff fährt am Montag. Ein Glück, daß er uns geschrieben hat, bei den vielen Kartoffeln!»
Paul wußte aus Erfahrung, daß niemand wirklich gern Kartoffeln schälte, und Tante Herta sagte auch immer: «Heutzutage fehlt es an zuverlässigem Personal.»
Und dann würden sie beide verzweifeln, weil sie ja die Adresse nicht hatten. Aber die Adresse sollte mit derselben Post kommen, beschloß Paul. Er mußte sich also beeilen. Diesmal kaute er besonders lange auf dem Kugelschreiber herum. Endlich schrieb er:

Lieber Herr Direktor der Abteilung der Afrikareisen,
machen Sie sich keine Sorgen, weil ich den Absender vergessen habe. Sie können mir postlagernd antworten: Postamt Kleinhausen. Da hole ich den Brief am Donnerstag ab.
Viele Grüße von

Ihrem Paul Großkopp

Auch diesmal schrieb er keinen Absender auf den Umschlag, um sicherzugehen, daß er den Brief persönlich bekam. Erleichtert atmete er auf. Das war geschafft. Es gelang ihm sogar, von der Mutter ungesehen zum Briefkasten zu laufen.

3. Träume sind nicht immer Schäume

«Warten will gelernt sein», heißt ein Spruch, aber man lernt es dann doch nie richtig. Ganz besonders schlimm ist es, wenn man auf etwas Schönes wartet. Dann vergehen die Tage tückisch langsam und schleichen dahin, wie die letzten Schultage vor den Ferien oder der 23. Dezember.
Am Donnerstag ging Paul auf das Kleinhausener Postamt.
«Ich bin Paul Großkopp», sagte er zur Frau hinter dem Schalter.
«Bitte sehr», sagte sie und stempelte ein Formular.
«Ich möchte meinen Brief abholen», erklärte Paul geduldig.
«Einschreiben Schalter drei», sagte die Frau und stempelte weiter.
«Der Brief ist aber postlagernd.»
Die Schalterdame geruhte aufzublicken.
«Postlagernd?» Zweifelnd dehnte sie das Wort. «Für wen sollst du ihn abholen?»
«Für mich.»
Die Frau griff wieder nach dem Stempel.
«Hier ist nichts postlagernd eingegangen.» Die Sache war für sie erledigt. Nicht so für Paul.

«Bitte sehen Sie mal nach, der Brief ist heute morgen angekommen», sagte er mit Bestimmtheit.
Die Schalterdame sah auf, als wolle sie sagen ‹Bist du noch immer da?›, lehnte sich zurück und rief nach hinten:
«Walter, hast du was postlagernd?»
«Ne», kam die kurze Antwort.
«Hab ich's dir nicht gleich gesagt?» wandte sie sich an Paul und freute sich offenbar, daß sie recht hatte.
Paul ging.
Am Freitag nach der Schule ging er wieder auf die Post.
Am Samstag ging er auf die Post.
Am Sonntag war das Postamt geschlossen.
Am Montag schwänzte Paul die Schule und ging gleich früh morgens auf die Post.
Am Dienstag sagte die Dame hinter dem Schalter tröstend: «Mach dir nichts draus, es gibt noch andere Mädchen», denn sie dachte, er warte auf einen Liebesbrief.
Am Mittwoch schrieb Paul die Mathematikarbeit. Am Nachmittag hörte er Tante Herta sagen: «Es gibt immer mehr Arbeitslose.»
Als am Donnerstag noch immer nichts postlagernd eingegangen war, dämmerte es Paul, daß er ein Opfer der Arbeitslosigkeit geworden war. Der Direktor hatte die Arbeitslosen zum Kartoffelschälen eingestellt!
Am Nachmittag lieh er sich aus der Bibliothek ein Buch über Afrika. Es war so lehrreich langweilig, daß er nach den ersten zwölf Seiten froh war, nicht nach Afrika gefahren zu sein, obwohl es ihm ein wenig schwer fiel, so ohne weiteres auf den Gedanken zu verzichten, in Afrika eine Diamantenfarm zu gründen. Paul tauschte das Afrikabuch gegen den Titel «Der schwarze Korsar» um. Er begann schon auf dem Nachhauseweg darin zu lesen.

Frau Großkopp stellte gerade die fertig gepackten Koffer auf den Flur. Paul verschwand sofort in sein Zimmer. Wenn die Mutter viel zu tun hatte, würde sie ihn nicht beim Lesen stören.

Aber gerade als sich der schwarze Korsar anschickte, in tiefster Dunkelheit die Festung auf der Südseite anzuschleichen, kam die Mutter ins Zimmer.

«Du kannst dich freuen, Paul, vier Wochen lang brauchst du keine Gemüsesuppe zu essen.»

«Sehr schön», antwortete Paul zerstreut.

«Wenn irgend etwas ist, kannst du ja anrufen oder telegrafieren. Du bist ja groß genug. Telefonnummern und Adressen sind in der Buffetschublade.»

«Natürlich», sagte Paul. Der schwarze Korsar stieß gerade auf den ersten Wachposten.

«Paul! Du hörst ja gar nicht zu!»

«Doch, doch.»

«Wenn du morgen aus der Schule kommst, sind wir schon weg.»

«Ich weiß.»

«Vergiß nicht, jeden Morgen dein Bett zu machen. Tante Herta hat genug zu tun.»

«Hm.» Es war nicht zu hoffen, daß der schwarze Korsar ungesehen an den Soldaten vorbeikam.

«Paul!»

Paul klappte das Buch zu, hielt aber den Zeigefinger zwischen die Seiten.

«Nun mach dir bloß keine Sorgen», sagte er beruhigend zu seiner Mutter.

«Ich mache mir ja keine Sorgen», behauptete Frau Großkopp, «aber...»

Nach dem «aber» folgte eine Reihe von Ermahnungen, die

hier nicht wiederholt werden sollen. Ermahnungen sind selten nützlicher als bei Rotkäppchen. Das wissen die Erwachsenen eigentlich auch, weil sie die Geschichte von Rotkäppchen ja kennen. Trotzdem ist ein Leben so ganz ohne Ermahnungen nicht vorstellbar.
Nachdem Frau Großkopp sich alle Ermahnungen vom Herzen geredet hatte, fiel ihr ein, daß sie noch eine Menge zu tun hatte vor der Abreise. Sie ließ Paul wieder allein.
Paul zog den Zeigefinger aus dem Buch. Es interessierte ihn plötzlich nicht mehr, ob und wie der schwarze Korsar auf die Festung kam. Paul wollte auch reisen. Je länger er darüber nachdachte, desto wichtiger schien es ihm. Hätte man je von Marco Polo gehört, wenn er nicht gereist wäre? Wer würde denn ein Wort über Christoph Kolumbus verlieren, wenn dieser nicht zufällig auf einer Reise Amerika entdeckt hätte? Paul fand, daß Reisen unumgänglich sei. Wie aber sollte er reisen?
Zu schade, daß die Schiffahrtsgesellschaften genug Personal zum Kartoffelschälen hatten! Es hätte ja nicht unbedingt Afrika sein müssen. Schiffe fuhren überall hin. Züge auch. Damit war er wieder beim Hauptproblem angelangt: Wie konnte er sich die Fahrkarte verdienen?
Am folgenden Tag reisten die Eltern ab. Sie flogen nach Amerika. Mit dem Flugzeug kann man auch reisen, dachte Paul bitter. Wenn man dem Buchtitel im Schaufenster der Buchhandlung Krummhaar Glauben schenken durfte, war es sogar möglich, mit dem Fahrrad um die Welt zu fahren. Mit solchen Gedanken beschäftigt, lag Paul noch lange an diesem Abend wach. Es war Sonnabend, und morgen konnte er länger schlafen. «So lange, wie du willst», hatte Tante Herta gesagt. Als ob Paul schlafen wollte oder konnte!
Das Bett schwankte nämlich im Wind. Aber nein doch, nicht

das Bett. Paul saß auf einem riesigen Fahrrad. Das schwankte hin und her wie ein Schiff. Deshalb hatte es auch keinen gewöhnlichen Lenker, sondern ein Steuerruder. Paul war Kapitän und paffte weiße Wolken aus einer großen Pfeife. Die weißen Wolken flogen ihm vorweg, schnurgeradeaus ins Blaue, und blieben dort kleben. «Wieso ist der Himmel vor mir und nicht über mir?» fragte sich Paul erstaunt. Aber es war gar nicht der Himmel, sondern ein riesiges, tiefblaues Plakat für Sonderreisen zu Sonderpreisen. Paul radelte gerade darauf zu und ritsch! ratsch! mitten hindurch und dann den Mühlbach entlang, schneller und schneller, immer bergab. Weit unten im Tal sah er Peter, der die Schulglocke läutete. Aber zwischen ihm und Peter floß der Mühlbach, und als Paul heransauste, dehnte sich der Mühlbach und wurde so breit wie die Elbe bei Cuxhaven. Paul konnte gerade noch am anderen Ufer die Schulglocke erkennen, die sich in einer Palme versteckte. Sie hoffte nämlich, man würde sie für eine Kokosnuß halten.

«Du bist aber eine Schulglocke!» schrie Paul aus Leibeskräften, aber es klang nicht laut, denn Nebelschwaden erstickten plötzlich seine Stimme und nahmen ihm die Sicht. Graue Schatten huschten heran und vorbei. Er hupte: «Freie Fahrt, hier kommt Paul, der Pirat.» «Gib doch nicht so an», sagte Peter und überholte ihn. «Warte doch!» schrie Paul. «Wo fährst du denn hin? Warte!» Jetzt rührte sich sein Fahrrad nicht mehr vom Fleck. «Ich fahre an das Mittelmeer, und wenn du willst, komm hinterher», tönte es zurück, denn im Nebel muß man in Reimen sprechen. Das hatte Paul ganz vergessen. «Lorelei – nebelfrei!» sagte er deshalb schnell. Das Fahrrad ruckte an und fuhr weiter, immer weiter, endlos weiter, denn Paul fiel kein weiterer Reim ein. «Halt!» rief er, denn vor ihm lag das Meer. «Bitte bald, einen Halt!» Da hielt

das Fahrrad genau vor dem Mittelmeer, das wie Tannenbaumschmuck glänzte und glitzerte. Die Schulglocke war auch da. Sie schwebte über Pauls Kopf und summte: «Vom Himmel hoch, da kommt das Meer.» «Falsch», sagte Paul streng. «Es heißt, vom Himmel hoch, da komm ich her.» Aber die Schulglocke hörte nicht auf ihn und summte nur noch lauter. Schließlich setzte sie sich auf seine Nasenspitze. «Hatschi!» Als Paul nieste, zersprang das Mittelmeer in dreitausend glitzernde Stücke, und eine dicke Stubenfliege flüchtete entsetzt von Pauls Nase zum Fenster und stieß mehrmals empört brummend gegen die Fensterscheibe.
Paul wachte auf. Er hörte die Schulglocke noch summen, nein, eigentlich hörte er die Stubenfliege brummen und fand sich nicht gleich in der Wirklichkeit zurecht. Deshalb schloß er vorerst die Augen wieder und ließ den Traum noch einmal an sich vorbeiziehen. Das Mittelmeer! Paul sah es glitzernd vor sich liegen, Palmen bogen sich über den Strand. Nein, das hatte er auf einem Plakat im Reisebüro Müller gesehen. So ähnlich war bestimmt auch das Mittelmeer. Wenn der Mann, der das Buch geschrieben hatte, mit dem Fahrrad um die Welt gefahren war, dann mußte es doch ein Kinderspiel sein, mit dem Fahrrad zum Mittelmeer zu fahren. Überdies haben Träume eine Bedeutung. Sonst gäbe es ja keine Traumdeutung.
Paul legte eine Denkpause ein. In einer Denkpause darf man so lange alles durcheinanderdenken, bis einem etwas einfällt. «Donnerwetter!» sagte Paul nach einer Weile und noch einmal «Donnerwetter!», denn es war ihm tatsächlich etwas eingefallen. In diesem Traum wurde ihm klipp und klar gesagt, nicht auf einem Schiff, sondern mit dem Fahrrad zu reisen. Nicht an die Elfenbein- oder Goldküste, sondern ans Mittelmeer! Aber wohin ans Mittelmeer?

Paul sprang aus dem Bett und holte den Atlas aus seiner Schultasche. Er ließ seinen Zeigefinger über das Inhaltsverzeichnis gleiten: «Kartenkunde... Deutschland... Aha! Europa, Seite 72–73. Diese Seiten waren nicht zusammengeklebt.
Am Mittelmeer liegen jedoch eine Menge Länder. Einige davon sind Spanien, Italien und Griechenland. Wer die Wahl hat, hat die Qual, dachte Paul, denn auch Frankreich, Jugoslawien und die Türkei haben Mittelmeerstrände.
«Der Zufall soll entscheiden.» Paul schloß die Augen und ließ den Zeigefinger über der Europakarte kreisen. Er kniff die Augen fest zusammen, tippte entschlossen mit dem Finger auf die Karte und wagte kaum hinzugucken.
«Wasser», sagte er dann enttäuscht und erleichtert zugleich. Beim nächsten Mal prägte er sich die Lage der Länder gut ein, bevor er die Augen schloß.
«Italien», las er dort, wo sein Finger war. «ITALIEN.»

4. Dank Herrn Hoppelmann fängt eine Reise an

Tante Herta steckte den Kopf durch die Tür. Paul ließ den Atlas unter der Decke verschwinden.
«Bist du schon wach? Ich habe einen Kuchen gebacken. Wenn du ein Stück zum Frühstück möchtest...»
Tante Herta ließ den Satz in der Schwebe. Sie dachte nämlich, sie kenne Paul gut genug in bezug auf Kuchen, und schloß die Tür wieder.

Daß Paul sofort aus dem Bett sprang und in kürzester Zeit am Frühstückstisch erschien, hatte jedoch nichts mit dem Kuchen zu tun.
Tante Herta sah ihn prüfend an. «Du hast deine Zähne nicht geputzt», sagte sie und stellte damit eine Tatsache fest.
Widerspruchslos trollte Paul sich ins Badezimmer. Erst als er die Zahnbürste in der Hand hielt, murmelte er «Hygienefanatikerin!» Dann teilte er seinem Spiegelbild mit: «Ich fahre nach Italien.» Das Spiegelbild freute sich darüber und grinste mit weißem Zahnpastaschaum zurück. Paul spülte sich den Mund.
Als er mit gutem Appetit Tante Hertas frischem Streuselkuchen zusprach, ertönte draußen ein Pfiff, durchdringend und schrill.
«Das ist Günther!» Paul sprang auf.
«Was für eine Art, am Sonntagmorgen herumzupfeifen!» sagte Tante Herta tadelnd. Sie liebte keine lauten Geräusche.
«In der Woche bin ich ja in der Schule, deshalb pfeift er nur am Sonntag», verteidigte Paul den Nachbarjungen und rannte zur Tür, weil ein weiterer, durchdringender Pfiff folgte.
«Hallo», sagte Günther wie nebenbei, als Paul die Gartenpforte öffnete. «Was machst du heute?»
«Nichts Besonderes. Aber ich brauch ein Fahrrad.»
«Leih dir eins.»
«Von wem denn? Ich brauch es für längere Zeit.»
«Ich hab mir neulich das Fahrrad von Karl geliehen.»
«Wer ist denn Karl?»
«Na, Karl Hoppelmann natürlich. Der Rentner, der unseren Garten besorgt und euren doch auch und auch den von deiner Tante Herta.»

«Ach der. Braucht er denn das Fahrrad nicht selbst?»
«Wenn er Rheuma hat, kann er sowieso nicht fahren. Dann leiht er es gern, sagt er.»
«Hat er oft Rheuma?»
«Eure Tante Herta hat zu meiner Mutter gesagt, er hat immer Rheuma, wenn der Garten umzugraben ist.»
«Muß er demnächst den Garten umgraben?»
«Was weiß ich. Frag ihn doch.»
«Kommst du mit?»
«Wohin denn?»
«Na, zu Karl Hoppelmann.»
«Hat das nicht Zeit bis nach dem Mittagessen? Vielleicht stören wir jetzt.»
Günther hatte offensichtlich wenig Lust. Paul hingegen wollte sichergehen, Herrn Hoppelmann nicht zu stören. Erwachsene und auch Kinder sind immer viel netter, wenn sie nicht gestört werden. Es war immerhin wichtig, Herrn Hoppelmann in bester Stimmung anzutreffen.
«Dann sehen wir uns heute nachmittag», verabschiedete Paul sich entschlossen von Günther, denn er hatte noch eine Menge zu tun. Er mußte beispielsweise für den Reiseproviant sorgen. Er war nicht sicher, wie lange eine Fahrt nach Italien dauerte. Die Entfernungen auf Landkarten sind immer trügerisch.
Zu Tante Hertas Freude setzte er sich wieder an den Frühstückstisch. Als sie in die Küche ging, stibitzte er sechzehn Stück Würfelzucker. Irgendwo hatte er gelesen, daß Zucker Energie gibt.
Nach dem Mittagessen räumte Paul freiwillig ab. So gelang es ihm, den übriggebliebenen Zwiebelbraten zu verstecken. Dann ging er zu Günther, und zusammen gingen sie zu dem Häuschen des Rentners hinüber und störten Karl Hoppel-

mann mitten in der Fernsehübertragung eines Fußballspiels. Das trug dazu bei, daß Herr Hoppelmann nicht gerade erfreut über den immerhin überraschenden Besuch war.
«Na», fragte er. «Wo brennt's denn?» Ohne die Antwort abzuwarten, schlurfte er in grünen Filzpantoffeln zum Fernseher hinüber und drehte den Ton ab, blieb aber davor stehen und starrte auf das nunmehr lautlose Spiel.
«Wie geht es Ihnen, Herr Hoppelmann?» fragte Paul höflich, aber gespannt. Alles hing davon ab, ob Herr Hoppelmann Rheuma hatte oder nicht.
Herr Hoppelmann wandte ein wenig überrascht die Augen vom Bildschirm ab und sah die Jungen an.
«Raus mit der Sprache!» knurrte er unwillig. «Ihr seid doch nicht hierhergekommen, um zu fragen, wie es mir geht.»
«Doch doch», versicherte Paul. «Wir, das heißt, ich wollte mich nach Ihrem Rheuma erkundigen.»
«Nach meinem Rheuma?» fragte Herr Hoppelmann ungläubig. «Das ist ja wohl neu.»
Günther meinte Paul zu Hilfe kommen zu müssen.
«Es ist wegen des Fahrrads», erklärte er. «Sie verleihen es doch, wenn Sie Rheuma haben.»
Herr Hoppelmann setzte sich. «Da also liegt der Hase im Pfeffer. Komische Art, sich ein Fahrrad leihen zu wollen. Jede Wette, du wünschst dir von ganzem Herzen, daß mich das Rheuma von den Beinen reißt. Das ist doch so, oder?»
«Nein, bestimmt nicht, Herr Hoppelmann», beeilte sich Paul zu versichern und fügte um der lieben Wahrheit willen hinzu: «Jedenfalls nicht ganz so, Herr Hoppelmann.»
«Nun, das ist ja beruhigend», antwortete dieser. Unvermutet grinste er dann. «Mir geht es nämlich ausgezeichnet. Danke der Nachfrage.»
«Bitte», sagte Paul höflich, und danach entstand eine Pause.

Herr Hoppelmann wandte sich wieder dem Fernseher zu.
«Herr Hoppelmann», begann Paul zögernd.
«Hm?»
«Könnten Sie nicht einmal eine Ausnahme machen und das Fahrrad auch verleihen, wenn es Ihnen gut geht und Sie kein Rheuma haben?»
«Könnte ich. Könnte ich», bestätigte dieser und verfolgte aufmerksam das immer noch lautlose Fußballspiel. Auch die Jungen starrten jetzt auf den Bildschirm. Nicht aus Interesse, sondern aus Verlegenheit. Es folgte eine Reklameansage. Karl Hoppelmann drehte sich um.
«Das Fahrrad steht im Schuppen. Und jetzt verschwindet. Behandelt es gut.»
«Wie mein eigenes!» versicherte Paul strahlend. «Vielen Dank, Herr Hoppelmann. Wir wollen auch nicht weiter stören, Herr Hoppelmann.»
Beide Jungen waren erleichtert, als sie die Tür von außen schlossen.
Jetzt hatte Paul fast alles, was er zur Reise brauchte: ein Fahrrad und Reiseproviant. Es fehlten nur Sicherheitsnadeln. Wie wichtig sie sind, besagt schon ihr Name.
Paul tauschte deshalb fünf Stück von Günther gegen eine Tonpfeife ein, mit der man Seifenblasen macht.
Dann galt es zu warten, bis es Abend wurde und Nacht, denn Paul wollte nachts fahren. Aus gutem Grund. Nachts trifft man nicht viele Leute, die fragen können: «Na, wo fährst du denn hin?»
Mitternacht ist keine Zeitangabe. Es ist null Uhr, null-null. Die Zeit steht still. Das Alte ist ausgelöscht, und das Neue hat noch nicht begonnen. Eine ganze Minute lang hängt die Zeit wie eine Zauberlaterne in der Luft.
Um null Uhr, null-null Minuten schob Paul Karl Hoppel-

manns Fahrrad den dunklen Gartenweg entlang, und als die elektrische Uhr in der Küche auf null Uhr, null-eins sprang und wieder eine Zeit anzeigte, schwang er sich gerade darauf und radelte die leere Straße entlang.
Auf seinem Kopfkissen, mit einer der fünf Sicherheitsnadeln befestigt, lag ein Zettel. Auf dem stand:

Liebe Tante Herta,
ich fahre nach – das letzte Wort hatte Paul durchgestrichen – *weg. Mach dir keine Sorgen. Mutter und Vater sollen sich auch keine machen. Ich komme zurück oder schreibe Euch, sowie ich etwas entdeckt habe und berühmt werde.*

Viele Grüße von Deinem Paul

P.S. Der Streuselkuchen war sehr gut.
P.S. Den Zwiebelbratenrest habe ich mitgenommen.

Aber den Zettel fand Tante Herta natürlich erst am nächsten Morgen.

5. Erstens kommt es anders, und zweitens als man denkt.

«Na, dann woll'n wir mal», sagte Wachtmeister Schulte. Das sagte er mindestens neunzehnmal pro Tag. Je nach Uhrzeit hatte das eine unterschiedliche Bedeutung. Das wußte sein Gehilfe Heinzemann aus Erfahrung. Manchmal hieß es eigentlich nur «na, dann will ich mal», weil Schulte dann dicke Butterbrote auswickelte und sie mit großem Behagen verspeiste. Das «wir» bezog sich in diesem Fall nur auf die Tatsache, daß Heinzemann nach Bier geschickt wurde, das Schulte genüßlich allein trank, weil Heinzemann nach Schultes Ansicht erstens zu jung war, um Bier zu trinken, und zweitens das Polizeiauto bei den Nachtrunden durch die Stadt steuern mußte.

Jetzt war es Zeit zu einer solchen Runde. Drei Uhr morgens.

«Soll ich noch mal nach dem Jungen sehen?» erbot sich Heinzemann.

«Ach wo, der schläft.»

Schulte leerte in einem Zug die letzte halbvolle Bierflasche und ließ sie im Papierkorb verschwinden. Als er sich bückte, entfuhr ihm ein lauter Rülpser. Das war ihm peinlich.

«Na los!» fuhr er deshalb den verdutzten Heinzemann unwirsch an. «Wolltest du nicht nach dem Jungen sehen?»

Heinzemann setzte sich sofort in Trab. Am Ende des schmalen, grau gestrichenen und nur schwach beleuchteten Korridors schloß er eine Tür auf und steckte den Kopf hinein. Sehen konnte er nichts, denn drinnen war es stockdunkel.

«Enrico? Enrico, schläfst du?»

Keine Antwort. Heinzemann lauschte. Tiefe, langgezogene Atemzüge waren zu hören. Deshalb schloß er die Tür und drehte den Schlüssel so leise wie möglich wieder im Schloß.

Drinnen richtete sich der Junge, den Heinzemann Enrico gerufen hatte, auf und atmete wieder normal. Die Pritsche war viel zu hart zum Schlafen. Er horchte auf die Schritte Heinzemanns, die sich entfernten.

Draußen setzte Heinzemann sich ans Steuer, und Wachtmeister Schulte setzte sich neben ihn. «Na, dann woll'n wir mal», sagte er zum neunzehnten Mal und versuchte den Kopf anzulehnen. «Bei der langen Dienstzeit sollte die Polizei bequemere Autos haben», beklagte er sich, nickte aber trotzdem ein, bevor Heinzemann noch die Straße ganz hinuntergefahren war.

Heinzemann steuerte gemächlich durch die menschenleeren Straßen. Vereinzelt kamen Scheinwerfer anderer Wagen auf ihn zu und blinkten kurz vorher schnell ab, als hätte das Polizeiauto sie erschreckt. Die Straßenlampen sahen einsam aus, weil sie ja nichts zu beleuchten hatten. Eine langweilige Runde.

«Da fährt jemand von der Nachtschicht nach Hause», dachte Heinzemann, als er den einsamen Radfahrer sah. «Der ist so müde, der fällt gleich vom Sattel.»

Er fühlte sich sehr solidarisch mit dem Radfahrer, der auch am Sonntag gearbeitet hatte. Langsam überholte er ihn. An Wachtmeister Schultes vornübernickendem Kopf vorbei versuchte er durch das rechte Wagenfenster einen Blick auf den müden Mann zu werfen.

Ein Paar nackte Knie kamen in sein Blickfeld und ein Paar ziemlich dünne Beine.

«Donnerwetter!» dachte Heinzemann und dann noch einmal «Donnerwetter!» Er war so verdutzt, daß er erst an der nächsten Kreuzung bremste, und zwar so plötzlich, daß Schulte mit dem Kopf beinahe gegen die Windschutzscheibe stieß.

«Was ist denn los, in Dreiteufelsnamen?» fuhr dieser auf.

In diesem Augenblick strampelte Paul – denn er war der nächtliche Radfahrer – heran und fuhr am Polizeiwagen vorbei, ohne auch nur einen Blick darauf zu verschwenden. Seine Beine bewegten sich von selbst, er war zu müde, sie zu bewegen.

Schulte sah ihn und runzelte ungläubig die Augenbrauen.
«Mensch», sagte er, «da biste aber platt! So'n kleiner Junge um drei Uhr nachts allein auf der Straße, das sollte verboten werden.»
Bei dem Wort «verboten» wurde er völlig wach. Verbotenes durfte nicht geschehen, nicht unter den Augen von Herrn Wachtmeister Schulte. Er wurde amtlich:
«Überholen Sie, Heinzemann, und bringen Sie den Radfahrer zum Stehen!»
Heinzemann überholte Paul, sprang aus dem Auto und stellte sich breitbeinig auf den Radweg. «Halt!» rief er energisch. Paul sah ihn erst im letzten Augenblick, schwankte, bekam die Bremse nicht zu fassen, dachte an den Rücktritt und trat in seiner Verwirrung noch kräftiger auf das Pedal, sauste auf Heinzemann zu, so daß dieser erschrocken zur Seite sprang, und kam noch mehr in Fahrt, da es jetzt bergab ging.
«Heinzemann, ins Auto!» kommandierte Schulte. «Das ist glatter Widerstand gegen die Staatsgewalt mit Fluchtversuch.»
Der Polizeiwagen schoß voran und erreichte Paul, als dieser gerade die Handbremse zu fassen bekam und sie so scharf anzog, daß er das Gleichgewicht verlor. Das Fahrrad kippte zur Seite und Paul mit ihm. Beide lagen neben dem Polizeiauto, aus dem jetzt Schulte stieg. Er wirkte geradezu gewaltig aus Pauls liegender Perspektive. Schultes Bauch mit der Pistole im Gürtel hing wie ein drohender Schatten über ihm.
«Steh sofort auf, und versuch nur keine Mätzchen, mein Lieber.»
Heinzemann kam um das Auto herum und hob das Fahrrad auf, damit Paul es leichter hatte, auf die Beine zu kommen.

Sein rechtes Knie war abgeschürft und blutete.
«Na, Bübchen, wolltest wohl entwischen, was? Nun mal raus mit der Sprache, was machst du nachts auf der Straße?» Schulte grollte. «Wohl von zu Hause ausgerissen, was? Oder wissen deine Eltern, daß du dich nachts auf der Straße rumtreibst?»
Paul sagte gar nichts. Er stand da mit gesenktem Kopf und blutendem Knie und machte einen recht kläglichen Eindruck.
«Bringen wir ihn doch erst mal auf die Wache», schlug Heinzemann vor. Ihm tat der Junge leid.
«Hm», brummte Schulte, «und das Fahrrad? Der Junge hat ein ganz schönes Loch im Knie.»
Heinzemann bog den Lenker gerade. «Ich könnte mit dem Fahrrad zur Wache fahren, und der Junge fährt mit Ihnen im Auto», erbot er sich.
Paul setzte sich widerspruchslos auf die hintere Sitzbank, als Heinzemann ihm die Tür aufhielt. Wachtmeister Schulte klemmte sich hinter das Steuer. In weniger als sieben Minuten hielten sie vor der Wache und rührten sich nicht, bis Heinzemann auf dem Fahrrad herangestrampelt kam und es vor der Wache abstellte. Erst dann bedeutete Schulte Paul mit einer Kopfbewegung auszusteigen. Und, ohne daß es Paul extra gesagt werden mußte, humpelte er die Treppe zur Wachstube hinauf. Dort durfte er sich setzen. Heinzemann holte Alkohol und eine Binde. Paul biß die Zähne zusammen, als der Alkohol über sein Knie lief und scheußlich brannte.
Schulte saß hinter seinem Schreibtisch und trommelte unentwegt mit dem ungespitzten Ende eines Bleistifts auf die Tischplatte. Er wartete wortlos, bis Paul sein Knie, durch einen dicken Verband ganz steif, aufatmend von sich streckte.

Dann fragte er:
«Name?»
«Paul Großkopp.»
«Geboren?»
«Am 13. April 1973.»
«Wo?»
«In Kleinhausen.»
«Wohnadresse?»
Paul preßte die Lippen zusammen. Diese Frage war gefährlich.
«Nun mal raus mit der Sprache! Wo wohnst du?»
Ob er eine andere Adresse angab? Bisher hatte der Dicke, wie Paul ihn bei sich nannte, jede Antwort widerspruchslos aufgeschrieben. Warum sollte er nicht auch eine falsche Anschrift aufschreiben?
«In Kleinhausen, Mertenstraße 12», sagte Paul in einem Atemzug. Um der Adresse noch einen größeren Anschein von Wirklichkeit zu geben, fügte er hinzu «im dritten Stock». Schulte fand anscheinend nichts an der Adresse auszusetzen. Paul sah überkopf auch die Notiz «III. Stock».
«Warum du dich heute nacht auf der Straße rumtreibst, willst du mir wahrscheinlich auch nicht verraten, was?»
Paul schüttelte einfach den Kopf. Hier sah er keinen Ausweg, sich aus der Klemme zu ziehen.
«Na schön», sagte Schulte friedfertig, «damit soll sich dein Vater beschäftigen, wenn er dich morgen abholt.» Dann wandte er sich an Heinzemann. «Irgend etwas Verdächtiges in der Kunststofftüte gefunden?»
Paul lief es heiß und kalt über den Rücken. Der Reiseproviant!
Heinzemann reichte Schulte den blauen Plastikbeutel. Wachtmeister Schulte warf erst einen Blick hinein und fuhr

dann mit der Hand in den Beutel. Er machte ein verdutztes Gesicht.
«Würfelzucker?» fragte er schließlich ungläubig.
«Würfelzucker und Zwiebelbraten», bestätigte Heinzemann.
«Ist das alles?»
«Jawohl, das ist alles.»
«Kein Diebesgut?»
«Kein Diebesgut, wenn er Zwiebelbraten und Würfelzucker nicht gestohlen hat.»
Schulte winkte ab.
«Was machen wir jetzt mit dir?» wandte er sich an Paul.
«Darf ich gehen?» fragte Paul artig.
«Gehen?» wiederholte Schulte ungläubig, «hast du das gehört, Heinzemann, er will gehen!» Drohend erhob er sich, so daß Paul erschrocken vom Stuhl aufsprang. Da schlug eine nahe Turmuhr.
«Vier Uhr», sagte Schulte überrascht und blickte vergleichend auf seine eigene Uhr. Er schien Paul vergessen zu haben. «Wo zum Donnerwetter bleiben denn die Kollegen zur Ablösung? Man wird doch wohl das Recht haben, auch mal pünktlich nach Haus zu kommen! Heinzemann, bringen Sie den hier» – dabei wies er auf Paul – «hinter Schloß und Riegel. Sollen die anderen sich mit ihm befassen.»
Heinzemann faßte Paul beim Arm: «Vorerst schläfst du einmal hier. Um diese Uhrzeit können wir dich nicht nach Haus fahren.» Und damit schob er Paul den schmalen Korridor entlang.
Paul war heilfroh, daß das Nach-Hause-Bringen aufgeschoben worden war. Nicht auszudenken, was passiert wäre, wenn der Dicke festgestellt hätte, daß es in Kleinhausen gar keine Mertenstraße gab!

6. Ein Fluchtversuch, wie er im Buch steht

Heinzemann hatte es plötzlich eilig. Wortlos schloß er die letzte Tür am Ende des Korridors auf, schob Paul hindurch und schloß sofort hinter ihm ab.
Drinnen war es dunkel. Paul tastete erst links, dann rechts nach einem Lichtschalter, aber er fand keinen.
«Heh!»
Paul fuhr erschreckt zusammen. Offensichtlich war er nicht allein.
«Komm her», flüsterte dieselbe Stimme. «Hier nach rechts.»
Pauls Augen gewöhnten sich an die Dunkelheit, und er erkannte die Umrisse von zwei Betten oder Bänken. Im Gefängnis nennt man das Pritschen, fuhr es ihm durch den Kopf. Auf einer der Pritschen saß jemand. Sonst war der Raum leer. Paul ging auf den Unbekannten zu und setzte sich neben ihn. Beide musterten sich im Dunklen, so gut es ging.
«Wie heißt du?» fragte der Unbekannte. «Ich heiße Enrico. Sprich aber leise, damit die draußen denken, wir schlafen.»
«Ich heiße Paul. Was machst du denn hier?»
«Dasselbe wie du.»
«Ich dachte, nur Erwachsene werden eingesperrt», sagte Paul erstaunt.
«Du bist ja auch nicht erwachsen», bemerkte der andere zutreffend.

Paul schwieg darauf. Sein Leidensgenosse schwieg ebenfalls.
«Weshalb haben sie dich eingesperrt?» unterbrach Paul das Schweigen.
«Der Herr Wachtmeister kam gerade vorbei, als mich die Zigeuner verprügeln wollten. Ich hab Zeter und Mordio geschrien, und da hat er mich gleich mitgenommen.»
«Aha. Schutzhaft sozusagen», stellte Paul sachverständig fest und hoffte den fremden Jungen zu beeindrucken, nur gerade ein bißchen.
«So kannst du es auch nennen», sagte der andere ganz unbeeindruckt. «Aber wenn der Wachtmeister morgen meinem Vater erzählt, daß ich den Zigeunern eine Wassermelone klauen wollte, dann wird mein Vater mich trotzdem versohlen, wenn er von der Nachtschicht kommt. Schutzhaft oder nicht.»
«Dann ist es keine Schutzhaft», gab Paul zu und nahm sich vor, bei nächster Gelegenheit noch einmal nachzulesen, was Schutzhaft genau bedeutete. Um noch etwas Nettes zu sagen, fügte er hinzu: «Ich finde eine Wassermelone stehlen nicht schlimm. Eine einzige Wassermelone ist nicht viel.»
«Es reicht. Meinem Vater reicht es. Er sagt, in der Bibel steht ‹Du darfst nicht stehlen›. Der liebe Gott macht keinen Unterschied, ob viel oder wenig. Deshalb macht mein Vater auch keinen. Er wird mir eins mit dem Hosengürtel überziehen.» Der Junge zog die Schultern hoch, als spüre er schon jetzt das Schnallenende.
«Au Backe!» brachte Paul sein Mitgefühl zum Ausdruck.
Der andere nickte und wollte dann wissen, warum Paul auf der Wache war. Paul erzählte es ihm.
«Und du willst in Italien dein Glück suchen?» fragte er ungläubig, als Paul geendet hatte.
«Warum nicht?» fragte Paul zurück.

«Meinst du mit Glück viel Geld?»
Paul schüttelte energisch den Kopf. Aber dann fiel ihm ein, daß der andere es im Dunkeln nicht sehen konnte.
«Nein. Natürlich hätte ich nichts dagegen, einen Schatz zu finden. Übrigens wollte ich in Afrika eine Diamantenfarm gründen. Aber jetzt möchte ich lieber ein berühmter Entdecker werden.»
«Was willst du denn entdecken?»
Paul dachte nach.
«Du brauchst es nicht unbedingt zu erzählen», sagte der fremde Junge nach einer Weile. Er dachte, Paul wolle ein Geheimnis für sich behalten. «Aber ich könnte dir immerhin helfen. Schließlich komme ich aus Italien.»
«Was», sagte Paul überrascht und versuchte das Dunkel zu durchdringen, um den anderen besser zu sehen. «Du kommst aus Italien? Das finde ich ja toll!»
«Was ist denn daran so toll?»
«Da sitzen wir hier beide zusammen eingesperrt, einer, der nach Italien will, und einer, der aus Italien kommt. Das ist doch Schicksal, Menschenskind!»
«Findest du?»
«Na klar, was soll es denn sonst sein?»
«Zufall.»
«Schicksal sieht manchmal so aus, als wäre es Zufall», belehrte ihn Paul.
«Schicksal oder nicht, das hilft uns auch nicht weiter. Morgen holt mich mein Vater ab und versohlt mich, und dich bringt der Wachtmeister in eine Mertenstraße, die es nicht gibt. Da möchte ich mal sehen, was daran Schicksal ist.»
«Du glaubst doch nicht, daß ich hier so lange warte, bis der Wachtmeister kommt!»
«Es wird dir wohl nichts anderes übrig bleiben.»

«Doch», sagte Paul entschieden. «Ich laufe vorher weg.»
Enrico blickte ihn erstaunt von der Seite an.
«Weglaufen? Von hier? Ja wie denn?»
«Das wird sich finden», sagte Paul zuversichtlich.
«Wenn du mir sagst, wie man hier rauskommt, komm ich mit dir nach Italien.»
«Mensch, ist das dein Ehrenwort?»
Enrico zögerte einen Augenblick. Ein Ehrenwort ist schließlich eine ernste Sache. Er musterte Paul noch einmal im Dunkeln.
«Ganz großes Ehrenwort», sagte er dann.
«Handschlag mit Durchschlag», antwortete Paul ebenso ernst. Sie gaben sich die Hand, und Enrico trennte ihre Hände mit der Linken. So wurde das Ehrenwort besiegelt.
Von nun an war Paul für alles weitere verantwortlich. Er mußte einen Plan machen. So steht das auch in den Büchern. Alle, die aus einem Gefängnis ausbrechen, machen vorher einen Plan.
«Ist das hier ein richtiges Gefängnis?» verlangte er deshalb zu wissen.
«Nee, nur eine Wache.»
«Dachte ich mir doch. Das macht das Ganze schwieriger. In den Büchern, die ich gelesen habe, hat nie einer versucht, aus einer Wache zu fliehen. Aus dem Gefängnis auszubrechen ist viel leichter.»
Enrico sagte nichts dazu. In den Schulbüchern stand nichts darüber, soweit er sich erinnerte, und andere Bücher hatte er nie gelesen.
Paul war aufgestanden und inspizierte den Raum.
«Hast du nicht bemerkt, daß vor dem Fenster dort oben keine Eisenstäbe sind?» fragte er seinen neuen Freund.

«Das ist auch nicht nötig, das Fenster ist viel zu hoch.»
Beide blickten zu der kleinen quadratischen Öffnung hinauf.
«Wir müssen uns beeilen», stellte Paul fest. «Es wird schon hell. Wenn erst mal Leute auf der Straße sind, dann wird es ganz schön schwierig, ungesehen aus dem Fenster zu klettern.»
«Erst mal raufkommen! Außerdem ist das ziemlich hoch, um auf der anderen Seite runterzuspringen.»
«Sei doch kein Frosch!» tadelte Paul. Mit gerunzelter Stirn betrachtete er die Pritsche.
«Hilf mir mal, die unters Fenster zu stellen.»
Enrico faßte mit an. Aber selbst als sie auf die Pritsche kletterten, blieb das Fenster in unerreichbarer Höhe.
«Nichts zu machen», stellte Enrico fest, stieg von der Pritsche und setzte sich darauf.
Paul sah noch mal zum Fenster hinauf, dann auf die Pritsche und maß die Entfernung mit den Augen. Nein, es reichte auch nicht, wenn sie beide Pritschen aufeinanderstellten. Aber... Schon sprang er von der Pritsche und tastete daran herum. Sie war ganz aus Holz, oben Längsbretter und darunter Querleisten. Er richtete sich auf.
«Wir haben eine Leiter», verkündete er.
«Schön wär's», antwortete Enrico verständnislos.
«Wir brauchen die Pritsche nur umzudrehen und schräg der Länge nach unter das Fenster zu stellen. Die unteren Querleisten sind dann so gut wie eine Leiter», erklärte Paul dem Freund.
So leise wie nur irgend möglich bewerkstelligten sie es schließlich, daß die Pritsche mit der Unterseite nach oben schräg unter dem Fenster lehnte.

«Du mußt dich dagegenstemmen, wenn ich hochklettere», wies Paul an. «Sonst rutscht sie womöglich ab.»
Ganz so bequem wie eine Leiter war es nicht. Auf den Querleisten fanden gerade die Zehenspitzen Platz. Aber Paul schaffte es doch.
Das Fenster war eigentlich kein Fenster, sondern eine größere Luftklappe. Das Sims war jedoch breit und bequem wie in allen alten Gebäuden mit dicken Mauern. Tastend fand Paul den Riegel. Der quietschte erst ein wenig, aber dann schwang das Fenster nach außen auf. Paul sah hinaus. Was für eine Enttäuschung! Unter ihm lag ein verlassener Hof. Dunkel war es auch nicht mehr.
«Was siehst du?» flüsterte Enrico ungeduldig von unten. Paul zog sich hoch, bis er ganz auf dem Fenstersims saß. Er erschrak. Er hatte nicht erwartet, daß sie so tief springen mußten.
Vorsichtig kletterte er wieder hinunter.
«Guck es dir mal an», sagte er zu dem gespannt wartenden Enrico. «Es sieht hoch aus. Aber wenn man in der Badeanstalt auf dem Sprungbrett steht, sieht es auch viel höher aus, als es wirklich ist.»
Enrico stieg hinauf und kam gleich wieder vorsichtig zurückgeklettert.
«Unmöglich», sagte er. «Das sind mindestens fünf Meter.»
«Drei Meter höchstens.»
«Vier mindestens. Außerdem ist das auch egal. Da können wir nicht einfach runterspringen. Erstens macht das Lärm, und zweitens brechen wir uns die Beine.»
«In den Büchern reißen die Gefangenen ihre Bettücher in Streifen und machen daraus einen Strick.»
«Wir haben aber keine Bettücher.»
«Aber Wolldecken. Die sind ebensogut.»

«Du hast vielleicht Ideen!» sagte Enrico. Aber es klang anerkennend.

Wenn Enrico nicht ein Taschenmesser gehabt hätte, wäre es wohl unmöglich gewesen, eine Wolldecke in vier dicke Streifen zu zerteilen. Sie knoteten die vier Streifen zusammen, was das Seil leider erheblich verkürzte. Außerdem waren die Knoten sehr dick.

«Ich glaube, in den Büchern machen sie es anders», sagte Paul, als er zweifelnd auf ihr Werk blickte.

«Und wo machen wir den Strick fest?»

Daran hatten sie nicht gedacht. Eine Luftklappe hat kein Fensterkreuz.

Paul erwog alles, was er in Detektiv- und Abenteuerromanen gelesen hatte. Wo befestigt man den Strick, wenn das Fensterkreuz fehlt? Er erinnerte sich an keinen Buchhelden, dem nicht ein Fensterkreuz oder zumindest ein Haken zur Verfügung gestanden hatte.

«Wir können den Strick an das obere Bein der Pritsche binden», schlug Enrico vor, der sich inzwischen umgeschaut hatte, weil er keine Bücher kannte.

«Du bist ein Genie!» erklärte Paul anerkennend. Enrico schwieg stolz, nahm den schweren, unförmigen Strick und kletterte die Pritschenleiter hinauf. Nachdem er das Fluchtseil mit einem dicken, aber festen Knoten um den Beinpfosten der Pritsche geschlungen hatte, war es natürlich noch kürzer geworden. Es mußte eben trotzdem reichen. Er schob das andere Ende zum Fenster hinaus.

«Es reicht nicht ganz», teilte er Paul mit.

«Macht nichts. Wir müssen hier schleunigst weg. Ich habe Stimmen gehört!»

«Soll ich zuerst?»

«Na klar! Mach schon, du bist ja schon oben.»

«Dann stell dich auf die Pritsche, sonst geht sie hoch, wenn ich mich auf der anderen Seite dranhänge.»
Auch daran hatte Paul nicht gedacht.
«Na klar.» Er kletterte auf halbe Höhe. Enrico verschwand. Paul kletterte weiter. Er schwang sich auf das Fenstersims. Sofort ging das untere Ende der Pritsche hoch, weil Enrico als Gegengewicht auf der anderen Seite hing. Paul machte eine halbe Wendung auf dem Sims und ließ die Beine nach draußen hängen. Dann klemmte er die Schenkel um den Wolldeckenstrang. Seine Knie, auch das verletzte, stießen gegen eine rauhe Mauer. Leider. Er erinnerte sich an die Bergsteiger. Die stemmen sich mit den Füßen ab. Jetzt wußte er auch, warum, und tat es ihnen nach. Das ging leichter. Über den ersten Knoten war er schon hinweg. Jetzt baumelte das Seil lose unter ihm. Enrico war also schon unten. Der zweite Knoten und dann der dritte. Erst jetzt wagte Paul einen Blick. O weih. Das war immer noch ganz schön hoch!
«Stoß dich mit den Füßen ab und spring!»
Das war nicht einfach. Aber zurück konnte er auch nicht mehr. Also los! Paul stieß sich von der Wand ab, schwang in der Luft wie auf einer Schaukel – und prallte wieder gegen die Wand. Das tat weh!
«Du tust dir ja weh!» sagte Enrico von unten. «Du mußt die Hände loslassen, wenn du dich abstößt, und springen.»
Paul fühlte sich beschämt, dazu ärgerlich, und außerdem tat sein Knie jetzt wirklich sehr weh. Er stieß sich nochmals ab und sprang blindlings ins Leere. Gleichzeitig hörte er über sich einen dumpfen Schlag. Die Pritsche war zurückgeschnellt. Natürlich fiel er hin. Schuld daran war das dumme Knie. Steif durch den Verband gab es nicht nach. Enrico zog ihn auf die Beine. «Los!» flüsterte er. «Nichts wie weg!»

47

Sie rannten los.

An der ersten Kreuzung bog Enrico rechts ab. Die Wache war nun außer Sicht. Trotzdem rannten sie weiter. Wortlos und schwer atmend. Paul spürte heftiges Seitenstechen. Er konnte nicht mehr. Enrico war ihm ein Stück voraus. Paul wollte rufen. Ihm fehlte der Atem. Und Enrico rannte und rannte. Schon verschwand er um die nächste Ecke. Paul stolperte. Fast wäre er gefallen. Hinter der Ecke lehnte Enrico gegen eine Hauswand und keuchte. Paul lehnte sich neben ihn. Beide konnten kein Wort herausbringen. Sie japsten nach Luft und sahen sich nicht an. Dann stieß Enrico sich von der Wand ab und ging die Straße hinunter. Trotz der Stiche, die er noch spürte, versuchte Paul, seinen Fluchtgenossen einzuholen.

«Enrico!» keuchte er schließlich. «Wohin gehen wir denn?» Der Junge mit den dunklen Locken wandte sich um, wartete, bis Paul ihn einholte, und antwortete: «Nach Italien. Das haben wir doch ausgemacht.»

Von da ab gingen sie nebeneinander her. In einem Torweg wickelte Paul die Binde von seinem Knie und steckte sie in die Tasche. Jetzt war das Knie weniger steif.

«Ich weiß gar nicht, wie wir so haben rennen können», sagte er zu Enrico.

«Wenn du nicht daran denkst, tut es nicht so weh», sagte Enrico tröstend.

Mehr und mehr Menschen begegneten ihnen jetzt. Eine Straßenbahn rumpelte vorbei.

«Wenn wir 'ne Mark hätten, könnten wir mit der Bahn fahren.» Enrico sah der gelben Bahn nach. Paul war zu müde. Jetzt, wo die Spannung nachließ, stolperte er widerspruchslos neben Enrico her. Selbst zum Denken war er zu müde.

Niemand achtete auf die beiden Jungen, die in der Menschenmenge mittrotteten. Sie waren im Industrieviertel. Eine hohe Mauer lief am Gehsteig entlang, und bei jeder breiten Öffnung schwenkten Gruppen von Arbeitern ab und schoben sich durch das Tor. Es mußte kurz vor sieben sein.
Plötzlich bemerkte Enrico das blaue Licht eines Streifenwagens, der langsam die Straße heraufkam. Die hohe graue Mauer bot kein Versteck. Schnell zerrte er Paul hinter eine Gruppe Männer und Frauen. So waren sie von vorn nicht zu sehen. Gerade als das Polizeiauto näherkam, bog die Gruppe ab. Sie wären ohne Deckung geblieben, hätte Enrico nicht den Arm um den müden Paul gelegt, so daß dieser willenlos die Schwenkung mitmachte. Zusammen mit den Arbeitern traten sie auf einen weiten, staubigen Hof. Enrico sah sich um. Der Streifenwagen fuhr langsam vorbei. Schnell sah Enrico wieder geradeaus.
Rechts stand die Tür eines großen Gebäudes offen. Enrico schob Paul hinein. Die Arbeiter gingen weiter.
Die beiden Jungen standen in einem großen Lagerraum. Überall waren Säcke gestapelt. Paul stolperte im Halbdunkel über einen Sack und setzte sich darauf.
«Es riecht hier gut», sagte er, nur um Enrico zu zeigen, daß er noch wach war.
«Mensch», sagte Enrico. «Ich dachte, die kriegen uns.»
«Wer?»
«Die Polizei. Hast du den Streifenwagen nicht gesehen? Sie suchen uns schon.»
Paul riß die müden Augen auf.
Plötzlich heulte die Fabriksirene.
«Die Polizei!» stammelte Paul.
«Ach wo. Das ist die Fabriksirene, Arbeitsbeginn.»

«Pst!» Paul legte schnell die Hand über Enricos Mund. Eine Tür quietschte. Jemand betrat am anderen Ende das Lagerhaus. Paul und Enrico hielten einen Augenblick lang den Atem an. Noch sahen sie niemand. Die gestapelten Säcke verdeckten die Sicht. Das war ein Glück. So waren sie auch für die anderen unsichtbar.

«Gestern war ich mit meiner Frau im Kino», sagte eine Stimme. «Nach einer halben Stunde wurden wir aufgefordert, rauszukommen. Unser Hund, den wir draußen angebunden hatten, machte ein solches Spektakel, daß die Leute sich beschwerten.» Ein anderer Mann lachte. Paul und Enrico drückten sich tief zwischen die Säcke. Die Männer gingen vorbei.

«Wir müssen hier schnellstens raus», flüsterte Enrico an Pauls Ohr. «Die fangen jetzt hier mit der Arbeit an.»
Paul nickte.

«Aber wie?» Er sah sich um und deutete fragend auf die Tür, durch die sie gekommen waren.

«Bist du verrückt», zischte Enrico, «da sehn sie uns doch!»
Paul zuckte die Achseln, um zu verstehen zu geben, daß er dann auch nicht weiterwußte.

Die beiden Arbeiter, die sich außer Sicht befanden, machten sich an einer großen, eisernen Rolltür zu schaffen, die schließlich mit Quietschen und Gedröhne zur Seite rollte. Es wurde so hell im Lagerraum, daß die beiden Jungen sich erschrocken duckten. Die Männer kamen zurück, gingen aber auf der anderen Seite der Barriere aus Säcken zurück. Geduckt liefen die beiden Jungen in die entgegengesetzte Richtung. Beim letzten Sack angelangt, spähte Paul vorsichtig um die Ecke. Am Ende der Halle war eine riesige Ausfahrt. Davor stand ein Güterwaggon. Sie faßten sich bei der Hand und rannten durch die Halle. An der Tür hielten

sie an und sahen hinaus. Drei Güterwagen standen auf einem Gleis und versperrten ihnen die Sicht. Sonst war niemand zu sehen. «Die Luft ist rein», flüsterte Enrico und rannte bis zur Ecke des Gebäudes, Paul hinterher. An der Ecke streckte Enrico vorsichtig den Kopf vor und schnellte sofort zurück. «Aua!» entfuhr es Paul, denn Enrico hatte ihm einen Stoß versetzt.
«Sssst! Da kommen Leute. Nichts wie zurück!» Er begann zu rennen. Paul versuchte ihm halb hüpfend, halb humpelnd zu folgen. Er hätte heulen können, so weh tat sein Knie jetzt. Schon verschwand Enrico durch dasselbe Tor, durch das sie gekommen waren. Paul blieb stehen und sah sich hilflos um. Er schaffte es nicht bis zur Tür des Lagerraums. Aber neben ihm stand einer der Güterwagen offen. Paul stemmte das gesunde Knie in die Öffnung und ließ sich hineinkugeln. Stimmen näherten sich. Paul kroch vorsichtig von dem erhellten Viereck der Tür weg. Auch in dem Waggon befanden sich Säcke. Es roch sehr stark nach Kaffee. Die Leute machten sich an den anderen Waggons zu schaffen. «Diese beiden sind komplett», hörte er sie sagen. Er saß ganz schön in der Falle, wenn sie jetzt zu «seinem Waggon» kamen. Raus konnte er nicht mehr. Auf der anderen Seite war der Waggon geschlossen.
Paul kroch an die Säcke heran. Sie lehnten schräg gegen die Wand und ließen einen schmalen Tunnel frei. Paul legte sich platt auf den Boden – rücklings, weil sein Knie schmerzte – und schob sich langsam zwischen Säcke und Holzwand.

7. Passagiere wider Willen

Enrico hatte nicht gemerkt, daß Paul zurückgeblieben war. Er rannte durch die Lagerhalle hindurch, auf der anderen Seite wieder hinaus und um einen Berg von Abfallmaterial herum, bevor er keuchend stehenblieb. Zerbrochene Kisten und Pappkartons türmten sich vor ihm auf, ein sicheres Versteck. Wo aber war Paul? Hatten sie ihn etwa erwischt? Er machte ein paar unentschlossene Schritte zurück. Nein, er wollte doch lieber hier ein wenig warten.
Er nahm eine noch gut erhaltene Kiste vom Stapel und setzte sich darauf. «Südimport» stand auf der Kiste und auf allen herumliegenden Kartons. Er stand wieder auf. Dann setzte er sich, sprang erneut auf und beschloß schließlich, doch zurückzugehen. Paul mußte doch irgendwo sein.
«Na, Bürschchen, was machst du denn hier?»
Enrico fuhr herum. Drei Männer standen hinter ihm. Er hatte sie nicht kommen hören. Sie trugen blaue Anzüge, und jeder hatte eine Flasche Bier in der Hand. Jetzt hatten sie ihn! Er starrte sie an. Einer der Männer packte ihn am Arm. Zum Weglaufen war es zu spät.
«Guck mal, Otto, der ist ganz weiß vor Schreck geworden, laß ihn doch mal los.»
Der andere schüttelte Enrico ein wenig am Arm.
«Mach bloß den Mund zu, sonst zieht's», sagte er freundlich.

Enrico dämmerte es, daß die Männer ihn gar nicht gesucht hatten. Sie dachten anscheinend, er wolle die Kisten wegtragen. Sollten sie. Er würde sich hüten, dieses Mißverständnis aufzuklären.
«Na, hast du die Sprache verloren?»
«Nein», sagte Enrico nur. Was sollte er auch sonst sagen?
«Dann setz dich mal her. Hier sieht uns nämlich keiner. Da können wir mal 'ne Kaffeepause extra einlegen.»
Der Mann, der Otto hieß, setzte sich auf die Südimport-Kiste, und auch die anderen beiden nahmen eine Kiste vom Stapel und setzten sich. Einer öffnete ein Paket mit Butterbroten. Enrico konnte den Blick nicht vom Brot wenden.
«Da, nimm ein Stück Brot und einen Schluck Bier. Essen hält Leib und Seele zusammen», forderte der Mann ihn auf.
«Danke schön», sagte Enrico höflich und bediente sich. Das Brot schmeckte ausgezeichnet. Schon wollte er die netten Männer nach Paul fragen, aber da kam ihm im rechten Augenblick eine Brotkrume in die Kehle. Er verschluckte sich fürchterlich.
Die Arbeiter klopften ihm kräftig auf den Rücken, und als er endlich wieder bei Atem war, gaben sie ihm Bier, «um nachzuspülen». Aus jeder Flasche mußte Enrico einen Schluck nehmen. Dann ging es ihm wieder besser. Die Arbeiter warfen die leeren Flaschen zwischen die Kisten, klopften ihm noch einmal auf die Schulter und gingen.
Enrico wartete, bis er ihre Schritte nicht mehr hörte. Er fühlte sich besser und zuversichtlich. Jetzt würde er Paul suchen gehen. Mutig und ohne jede Vorsicht trat er hinter dem Stapel hervor. Irgend etwas war mit seinem Kopf geschehen. Er war hohl und sicher größer als sonst. Enrico umschloß das Gesicht mit den Händen. Nein, größer nicht, aber leichter war sein Kopf.

Das Bier fiel ihm ein. Er hätte kein Bier trinken sollen. Ach was, das bißchen Bier. Entschlossen ging er auf den Lagerraum zu und schaute in aller Ruhe hinein. Paul war nirgends zu sehen. Niemand war zu sehen. Er stolperte durch den Lagerraum auf die gegenüberliegende Tür zu. Er mußte sich am Waggon festhalten.

«Nie wieder Bier», schwor er laut und übergab sich.
«Pst! Mach doch nicht so viel Lärm!»
«Du hast gut reden, mir ist übel!» brummte Enrico zurück. Dann erst ging ihm ein Licht auf.
«Paul!» Jetzt flüsterte er ebenfalls. «Paul, wo bist du? Mensch, Paul!»
«Im Waggon, ich seh dich durch die Spalte.»
Enrico opferte noch ein wenig von dem geschenkten Frühstücksbrot, sah sich vorsichtig um und kletterte dann in den Waggon.
«Hier nach links.» Paul krabbelte hinter einer Reihe von Säcken hervor, die er inzwischen um sich herum gebaut hatte, und zog den Freund in Deckung.
«Hier sind wir todsicher. Der Waggon ist schon vollgeladen. Kein Mensch hat während der ganzen Zeit gemerkt, daß ich hier drin war.»
Paul war wieder obenauf. Genau wie Enrico hatte er sich gefragt, was ohne den Freund jetzt werden sollte.
«Mir ist so übel», seufzte Enrico jämmerlich und ließ sich auf die Säcke plumpsen. «Das kommt vom Bier.»
Paul sah den Freund verständnislos an. Dann schnüffelte er.
«Du riechst tatsächlich nach Bier.»
«Natürlich», sagte Enrico nur. Paul wartete auf eine Erklärung, aber sein Freund schloß die Augen, kuschelte sich zwischen die Säcke und war gleich darauf eingeschlafen. Ja, er schnarchte sogar.

Paul schüttelte ihn, dann hielt er ihm die Nase zu. Ohne Erfolg. Enrico hörte zwar zu schnarchen auf, schlief aber weiter. Es blieb Paul nichts anderes übrig, als zu warten. Er machte es sich so bequem wie möglich und horchte auf Enricos Atemzüge. Sie waren ganz tief und regelmäßig. Paul begann sie zu zählen. Er kam bis achtundfünfzig, dann zählte er nicht mehr. Er war selbst eingeschlafen. –
«Paul! Los, nun wach schon auf!» Enrico knuffte seinen Freund aufgeregt in die Seite. «Wir fahren.»
«Aua!» protestierte Paul. «Laß mich doch in Ruhe. Ich bin ja schon wach.»
«Wir fahren», wiederholte Enrico.
Paul setzte sich auf. Der Waggon schwankte.
Tarum – tarum – tarum.
«Hört sich an wie ein Zug», stellte Paul fest.
«Blitzmerker! Wir sind im Zug.»
«In welchem Zug?»
«Frag mich doch nicht. Wahrscheinlich haben sie unseren Waggon an einen Zug gehängt. Fest steht, daß wir fahren!»
«Und wohin?» Beide sahen sich im Halbdunkel ratlos an.
«Bestimmt nach Süden», sagte Enrico nach einer Weile. «Auf den Säcken steht Südimport.»
«Das ist nicht gesagt. Man kann nach dem Süden importieren oder aus dem Süden importieren. Stell dir vor, die Eskimos kaufen etwas in Hamburg. Das ist dann für sie ein Südimport.»
Bei der Idee wurde ihm ganz kalt.
Auch Enrico kamen Bedenken. «Steht denn keine Adresse auf den Säcken?»
«Nein, aber ich weiß, was drin ist: Kaffeebohnen.»
«Dann fährt der Zug auf jeden Fall nach Süden», sagte Enrico beruhigt. «Nur im Süden trinkt man soviel Kaffee.»

Paul versuchte sich in Erinnerung zu rufen, ob und wieviel Kaffee die Eskimos zu trinken pflegen, hatte aber nie etwas darüber gelesen oder gehört. Das beruhigte ihn ein wenig.
«Wie spät mag es sein?»
«Keine Ahnung. Draußen ist es schon fast dunkel. Vorher fiel noch mehr Licht durch die Ritzen.»
«Sag mal, hast du auch Hunger?»
«Erinnere mich bloß nicht daran! Wenn es jetzt dunkel wird, dann hab ich einen Tag und eine Nacht lang nichts gegessen.»
«Ich habe gelesen, daß ein Mensch zwanzig bis dreißig Tage ohne Essen auskommen kann», sagte Paul.
«Sehr beruhigend. Ich habe aber keine Lust auszuprobieren, ob es stimmt.»
«Wir müssen uns daran gewöhnen, wenig oder gar nicht zu essen.»
«Warum denn das?»
«Hast du Geld?» fragte Paul zurück. Enrico schüttelte den Kopf.
«Na also.»
«Was heißt hier na also? In Italien haben wir ein Sprichwort. Übersetzt heißt es: Als ich meinem Esel endlich beigebracht hatte, ohne Futter auszukommen, starb er. In Sprichwörtern liegt immer eine Wahrheit, sagt meine Großmutter.»
«Du hast eine Großmutter?» fragte Paul ein wenig neidisch, denn er hatte keine seiner Großmütter gekannt.
«Natürlich habe ich eine Großmutter. Sie lebt in Sizilien und ist eine Hexe.»
«Eine Hexe?»
«Jawohl, eine Hexe.» Enrico wurde ein wenig verlegen.
«Ich dachte, es gibt keine Hexen.»
«Meine Großmutter gibt es. Und sie hat auch eine ganze

Menge Leute aus dem Dorf gesund gemacht, das kannst du glauben oder nicht.»
«Dann ist sie ein Doktor», sagte Paul beschwichtigend.
«Meine Großmutter ist die siebte Geburt einer Siebengeburt. Das heißt, sie ist das siebte Kind ihrer Mutter, die auch das siebte Kind von ihrer Mutter war, und das siebte Kind eines siebten Kindes wird immer eine Hexe.»
«Moment, da bin ich nicht ganz mitgekommen.»
Enrico hörte aber nicht hin. Er lauschte.
«Ich glaube, der Zug fährt langsamer. Vielleicht kommt ein Bahnhof.»
Tatsächlich, die Räder begannen zu quietschen, Licht fiel durch die Wandritzen, und nach mehrmaligem Rucken blieb der Zug stehen.
«Los, gucken wir mal nach, wo wir sind.»
Schon stolperte Paul über die Säcke zur Tür. Er zerrte an der Türstange, aber die Tür gab nicht nach. Sie versuchten es gemeinsam, aber die Tür rührte sich nicht um einen Millimeter.
«Wir sind eingeschlossen!»
Enrico versuchte es noch auf der anderen Seite. «Nichts zu machen. Die haben von draußen abgeschlossen.»
«Was nun? sprach Zeus», zitierte Paul.
«Wir warten, bis aufgeschlossen wird.»
Unvermutet ruckte der Waggon wieder an. Diesmal rollte er zurück, dann wieder vor. Sie hörten das Aufeinanderklingen von Eisen. Dann stand der Waggon still. Stimmen kamen näher. Durch die Ritzen sahen die Jungen zwei Bahnbeamte mit einer Lampe, die sie jetzt auf den Waggon richteten. «München. Der bleibt also hier», sagte der eine, und dann gingen sie weiter.
«Du, Paul, wir sind in München. Weißt du, wo München liegt?»

«In Süddeutschland.»
«Siehst du, ich hab ja gleich gesagt, daß wir nach Süden fahren!»
«Süddeutschland ist noch lange nicht Süden.»
«Aber die Richtung stimmt.» Enrico ließ sich nicht erschüttern. «Wir fahren eben mit dem nächsten Zug weiter.»
«Du hast 'nen Nerv. Wer weiß, wann die den Waggon aufschließen?»
Der Waggon wurde geöffnet, als helles Tageslicht durch die Ritzen drang, nach vielen Rangiermanövern, bei denen Jungen und Säcke durcheinanderpurzelten. Die Barrikade aus Säcken war vollkommen zerstört. Es blieb keine Zeit, eine neue zu bauen, denn schon hantierten Männer an der Tür. Paul und Enrico drückten sich in die Ecke, von der sie glaubten, daß sie am weitesten von der Tür entfernt war.
Mit einem Ruck wurde die Tür beiseite geschoben und machte dabei ein scheußliches Geräusch. Draußen standen zwei Männer. Der eine hatte einen Block in der Hand.
«Fünfundzwanzig Sack werden hier ausgeladen. Den Rest laßt ihr drin», sagte er und verschwand aus dem Blickfeld der Jungen.
«Wir müssen sofort raus», flüsterte Enrico. «Wir springen einfach raus und rennen. Wenn die da draußen das kapiert haben, sind wir schon über alle Berge.»
«Hoffentlich», flüsterte Paul zurück. «Rennen wir nach rechts oder nach links?»
«Nach rechts.» Sie krochen auf die Tür zu, erstarrten aber zur Unbeweglichkeit, denn zwei Männer waren aufgetaucht und setzten sich gemütlich in die Öffnung. Enrico warf Paul einen verzweifelten Blick zu, kroch aber weiter voran. Es blieb Paul nichts anderes übrig, als ihm nachzukriechen.

Jetzt war Enrico an der Türöffnung. Er bedeutete Paul, daß er auf die andere Seite kriechen werde. Paul sollte hier warten. Langsam richtete Paul sich auf und preßte sich gegen die Wand. Er ließ die Männer nicht aus den Augen. Fast hätte er Enrico vergessen. Der stand schon sprungbereit auf der anderen Seite der Tür. Mit dem Kopf deutete er noch einmal nach rechts. Dahin wollten sie laufen. Er hob die Hand. «Fertig?» sollte das heißen. Paul nickte. Da stieß Enrico einen Schrei aus, daß selbst Paul erschrak. Die beiden Männer sprangen erschrocken auf. Paul und Enrico sprangen aus dem Waggon, rannten rechts um den Waggon herum und dann zwischen zwei Reihen von Güterwagen weiter. Jetzt hörten sie Pfiffe und laute Stimmen. Sie krochen zitternd unter einen Waggon. Auf der anderen Seite rannten vier Männerbeine vorbei. Flach blieben die beiden liegen, den Kopf zwischen den Armen vergraben, als könne sie niemand sehen, wenn sie niemand sahen. Weitere Schritte knirschten an ihnen vorbei. Sie wagten den Kopf nicht zu heben. Der Lärm entfernte sich. Sie sahen sich an.
«Seh ich etwa auch so aus wie du?» fragte Paul leise. Beide waren so dreckig, daß man es kaum beschreiben kann.
«Wir bleiben besser erst hier. Wahrscheinlich suchen sie uns ganz woanders. Sie werden nicht glauben, daß wir in nächster Nähe sind.»
Paul nickte.
«Die Steine tun weh», beschwerte er sich nach einer Weile.
Enrico spähte herum. «Keiner weit und breit zu sehen», verkündete er. «Du», sagte er dann, «auf diesem Zug steht ‹Trieste›. Trieste ist in Italien. Los, nun mach schon, damit wir in den Zug kommen! Dies ist unser Zug.»
«So wie wir aussehen?»
«Danach fragt kein Mensch. Es ist sowieso ein Güterzug.»

Der Waggon war verschlossen. Der nächste auch. Überall hing ein großes Schloß davor.
«Da hinten sind offene Wagen.» Sie liefen den Zug entlang. Da ertönte ein langer Pfiff. Erschrocken blieben sie stehen und sahen sich um. Aber es war nur ein Signalpfiff, und er galt dem Zug nach Trieste.
«Los, hinein in den nächsten offenen Waggon», rief Enrico. Zum Widersprechen blieb keine Zeit. Zum Nachdenken auch nicht. Enrico rannte schon hin und zog Paul hinter sich her. Der Zug fuhr jetzt an. Schafe blökten.
Wieso Schafe, dachte Paul. Hier gibt es doch keine Schafe. Enrico stand über ihm und zog ihn energisch am Arm. Paul suchte mit den Füßen einen besseren Halt und stemmte sich hoch und über die Waggonwand. Da sah er die Schafe. Einen ganzen Waggon voll. Sie guckten dumm. Paul guckte dumm zurück. Dann begannen sie sich zu schubsen und die Jungen zu stoßen.
Enrico, der dem hinteren Ende des Waggons zu getrieben wurde, entdeckte einen abgetrennten Verschlag. Er winkte Paul. Mutig schob sich dieser durch die Schafe hindurch. Endlich waren sie bei dem Bretterverschlag angelangt. Stroh lag darin. «Glück muß der Mensch haben», sagte Enrico und schwang sich als erster hinein. Paul folgte.
Viel Raum hatten sie nicht. Sie konnten gerade nebeneinander sitzen und die Beine ausstrecken. Die Schafe guckten neugierig über die Trennwand und machten lange Gesichter, was aber bei Schafen nichts weiter heißen will.
«Wie lange dauert es bis Italien?» wollte Paul wissen.
«Vielleicht noch mal einen ganzen Tag. Genau weiß ich das auch nicht.»
Eine Weile blieben sie still.
«Es stinkt hier», bemerkte Paul schließlich. «Erzähl mir was

von deiner Großmutter in Sizilien. Vielleicht vergeß ich dann meinen Hunger.»
Enrico dachte nach.
«Ich weiß nicht, wo ich anfangen soll.»
«Von vorne. Es sieht so aus, als hätten wir eine Menge Zeit.»

8. Enricos Geschichte

«Wo ist denn vorne? Ich bin in Sizilien geboren, soll ich damit anfangen?»
Paul nickte.
«Ich habe fünf Brüder. Die sind alle größer als ich. Als Mutter noch lebte – sie ist gestorben, als ich noch ziemlich klein war –, da hatten wir eine Bar. Keine große, aber mit einer richtigen Espressomaschine. Mein älterer Bruder und ich holten jeden Tag aus einer großen Bar zwei Kübel mit Zitroneneis. Dazu bekamen wir künstliches Eis, das wir in unseren Eiskarren legten, damit das Zitroneneis nicht so schnell schmolz. Wir hatten einen schönen Eiskarren. Er war bunt angemalt und hatte drei Räder und einen roten Baldachin mit Fransen. Mein Bruder schob den Karren, und ich lief vorne weg und schrie ‹Gelati!›, das heißt Eis. Du hättest mal sehen sollen, wie die Kinder alle angerannt kamen! Denn ein Eis kostete nur zehn Lire. Du mußt zugeben, das ist billig.» Paul nickte zustimmend. Er glaubte es.

«Dann wurde Mutter krank und starb.»
Enrico schwieg einen Augenblick.
«Nicht lange Zeit danach kamen die Männer.» Wieder eine Pause.
«Welche Männer?» verlangte Paul zu wissen.
«Eigentlich darf ich es dir nicht erzählen. Vater sagt, solche Sachen erzählt man nicht. Aber das ist ja jetzt lange her. Ich hab die Männer auch nicht gesehen, denn wir waren alle schon im Bett. Wir Brüder schliefen in zwei großen Doppelbetten in dem Raum über der Küche. Vater hatte sein Bett unten in der Küche, die durch einen Vorhang von der Bar getrennt war. Mitten in der Nacht klopfte es. Dann hämmerten sie laut gegen die Tür. Wir wachten alle auf.
‹Wer ist da?› wollte Vater wissen.
‹Turiddu› – so wurde mein Vater genannt – ‹mach auf! Es ist zu deinem Besten›, sagte jemand von draußen.
‹Moment. Ich zieh mich nur an!›
Schon kam Vater schnell die Treppe herauf. Er war angezogen.
‹Seid ihr wach? Ihr bleibt hier oben und schlaft, stumm wie die Fische. Egal, was unten passiert. Daß es keiner von euch wagt, sich zu rühren. Auch später kein Wort darüber. Verstanden? Kein Sterbenswörtchen! Zu niemandem!› Damit rannte er die Treppe hinunter. Draußen bullerten sie schon wieder gegen die Tür.
Wir hörten Vater eine Schublade aufziehen. Dort lag seine Pistole. ‹Ich komm ja schon!› rief er und machte sich an der Tür zu schaffen. Angst hatte Vater nicht.
Mehrere Männer kamen herein.
‹Wo sind die Kinder?›
‹Oben. Sie schlafen.›
‹Keine Namen, verstanden?› drohte eine andere Stimme.

‹Schon gut. Womit kann ich dienen?› Das war wieder Vaters Stimme.
‹Erst mal steckst du dein Schießeisen weg. Dies ist ein freundschaftlicher Besuch. Don Calogero schickt uns her.›
‹Jetzt mitten in der Nacht?›
‹Vorher hatten wir Wichtigeres zu tun. Paßt dir vielleicht unser Besuch nicht?›
Darauf antwortete Vater nicht.
‹Wir wollen es kurz machen›, sagte eine andere Stimme. ‹Bisher hat Don Calogero dir Schutz gewährt, weil Maria – Gott segne ihre Seele – Concettas Tochter war.›
Concetta heißt meine Großmutter, Maria ist meine Mutter», erklärte Enrico.
«‹Don Calogero ist ein guter Mann›, fuhr eine andere Stimme fort. ‹Ein großzügiger Mensch. Er will dir auch weiterhin seinen Schutz angedeihen lassen. Aber von jetzt an sollst du dich dankbar zeigen. Zehntausend Lire im Monat ist dafür eine angemessene Summe.›
Vater sagte noch immer nichts. Kurz darauf gingen sie.
Die Tage vergingen. Keiner von uns erwähnte den Besuch auch nur mit einem Wort. Ich vergaß den Vorfall. Damals war ich noch klein.
Eines Abends kam ein Mann in die Bar. Wir kannten ihn vom Sehen. Er hieß Gaetano und trug immer ein großes Kreuz aus Gold auf der Brust. Das trug er auch an dem Abend, daran erinnere ich mich ganz genau. Er kam zu uns in die dunkle Küche. Wir aßen Bohnensuppe und hatten noch kein Licht angemacht, um zu sparen. Das Kreuz blitzte auch im Halbdunkel.
‹Du weißt, warum ich hier bin, Turiddu.›
Vater stand auf. ‹Tano›, sagte er, das ist eine Abkürzung von Gaetano, ‹ich zahle immer noch für das Begräbnis von

Maria. Du weißt, wieviel es mich kostet. Willst du meinen Kindern auch das Brot nehmen?›
‹Nun mal nicht so heftig. Zehntausend Lire sind doch keine Summe. Wäre es nicht schlimmer, deine Kinder mutter- und vaterlos aufwachsen zu lassen? Don Calogero könnte die Geduld verlieren.›
Ich begann zu weinen.
‹Überbringe Don Calogero meine respektvollen Grüße, aber ich kann, und ich werde nicht zahlen!› sagte Vater entschlossen.
‹Habe ich das richtig verstanden? Heißt das, du willst nicht zahlen?› Gaetano schüttelte den Kopf. ‹Das wird Don Calogero nicht gefallen, gar nicht gefallen.›
Damit wandte er sich um und ging in die Bar zurück, zog eine Pistole aus dem Gürtel und schoß in die Kaffeemaschine. Es schepperte laut, und heißer Dampf zischte.
Eine Bar ohne Espressomaschine ist keine Bar. Eine neue konnten wir nicht kaufen. Es wäre auch zwecklos gewesen. Selbst die Stammkunden blieben aus. Don Calogero ist mächtig, und die Leute haben Angst vor ihm. Mein Vater schloß die Bar. Mein Bruder konnte kein Eis mehr verkaufen, weil die große Bar einen neuen Eisverkäufer eingestellt hatte. Wir mußten den Eiskarren verkaufen.
Eines Morgens hörten wir lautes Rufen auf der Straße. Die Mütter riefen ihre Kinder ins Haus. Alle Fensterläden wurden geschlossen und die Türen bis auf einen Spalt zugezogen. Innerhalb kurzer Zeit war es beängstigend still auf der Straße. Nur wir standen vor der Tür mit Vater. Die Sonne schien, und der Staub glitzerte, daß einem die Augen weh taten.
Großmutter kam die Straße herauf. Sie war ganz in Schwarz gekleidet. Groß und dunkel und hager. Ihre langen Röcke

– sie trug mehrere übereinander – reichten fast bis auf den Boden. Trotz der Hitze bedeckte ein schwarzwollenes Tuch Kopf und Schultern.
Wie ein mächtiger, schwarzer Vogel kam sie durch die leere Straße. Sie blieb vor uns stehen und sah uns der Reihe nach an. Mich besonders lange. Jedenfalls schien es mir so. Ich bemerkte zum erstenmal, daß sie blaue Augen hatte. Sie bedeutete meinem Vater mit einer Kopfbewegung, ins Haus zu gehen. Wir blieben draußen und warteten schweigend auf der leeren Straße, bis die Großmutter wieder herauskam.
‹Gute Reise›, sagte sie nur, und diesmal sah sie uns nicht an. Dann ging sie die Straße wieder hinunter, an den geschlossenen Türen und Fenstern vorbei, und wir fuhren nach Deutschland.»
«Hat dein Vater noch die Pistole?» wollte Paul wissen.
«Nein, in Deutschland sind Pistolen verboten.»
«Erzähl mir noch was über deine Großmutter. Warum ist sie eine Hexe?»
«Ich hab dir schon gesagt, sie ist die siebte Tochter einer siebten Tochter. Die siebte Tochter einer siebten Tochter oder der siebte Sohn eines siebten Sohnes wird immer eine Hexe oder ein Hexenmeister. Das weiß doch jeder.»
Paul hatte es nicht gewußt.
«Was macht sie denn? Ich meine, wen verhext sie denn?»
«Sie verhext niemand. Sie spricht mit den bösen Geistern, die man daran erkennt, daß sie sechs Finger an der linken Hand haben. Wenn du deinen Fuß verstaucht hast, dann wickelt sie Schlangenhaut darum, damit das Fußgelenk so geschmeidig wird wie eine Schlange. Sie kann viele Krankheiten heilen und auch den bösen Blick fernhalten. Zu ihr kommen auch viele Leute aus den Nachbardörfern und

sogar aus der Stadt. Sie bringen ihr eine Menge Geschenke. Eier und Mandeln, Schafe und Hühner und natürlich auch Geld. Sie ist eine mächtige Hexe.»
«Dann ist sie so eine Art Wunderdoktor.»
Enrico schüttelte energisch den Kopf. «Nein, eine richtige Hexe!»

9. *Paul fährt nach Sizilien, weil es keine Bundeskanzlerinnen gibt*

Stunden waren vergangen. Die Sonne brannte, und die Jungen waren vor Erschöpfung eingenickt. Der Zug näherte sich der Grenze, aber sie merkten es nicht. Auch als der Zug zum Stehen kam, wachten sie nicht auf. Die Schafe wurden gezählt, aber keiner der diensttuenden Beamten verweilte lange bei diesem Waggon, und so entdeckte auch niemand die schlafenden Jungen.
«Gesundheitsbehörde, wo sind die Schafe?»
Paul schreckte hoch.
«Enrico, wir stehen. Wo sind wir?»
«Controllo sanitario!» sagte jemand anders.
«Die sprechen italienisch», flüsterte Enrico Paul zu.
«Mensch, Paul, wir sind in Italien!» Er wollte aufspringen.
«Bist du total verrückt? Duck dich, oder sie finden uns und schicken uns zurück.»
Enrico rutschte zwar folgsam tiefer ins Stroh, flüsterte jedoch weiter.

«Wir machen einen Plan. Ich hab eine fantastische Idee! Hör mal zu.»
Paul hörte zu und schüttelte mehrmals den Kopf.
«Du wirst sehen, es klappt», sagte Enrico am Ende überzeugt und begann, aus dem Waggon zu klettern.
Aus den Augenwinkeln sah er, daß zwei Waggons weiter eine Gruppe Bahnbeamter stand. Sofort rief er gestikulierend:
«Komm wieder runter, Paul, dieser Zug fährt nicht nach Deutschland. Wir müssen uns einen anderen suchen. Nun mach schon!» Paul verstand kein Wort, denn Enrico hatte italienisch gesprochen. Er richtete sich aber gehorsam auf und kletterte über die Seitenwand, wie ihm Enrico befohlen hatte.
Als sie auf dem Boden standen, waren sie auch schon von den Beamten umringt. «Halt!» donnerte einer unnötigerweise. Paul und Enrico standen stockstill.
Das weitere Gespräch erfolgte auf italienisch und kann ungefähr so wiedergegeben werden:
Beamter: «Was macht ihr denn hier?»
Enrico: «Gar nichts.»
Beamter: «Du willst mich wohl auf den Arm nehmen.»
Enrico: «Ich würde es nicht schaffen.»
Beamter: «Frech bist du auch noch! Ihr kommt sofort mit zur Bahnhofspolizei. Ab, marsch, ihr beiden!»
Enrico wandte sich an Paul und gestikulierte aufgeregt mit Händen und Fingern. Schließlich nickte Paul.
Beamter: «Was machst du denn da für Faxen?»
Enrico, brav: «Mein Bruder ist leider taubstumm. Ich habe ihm gerade erzählt, daß wir unsere Reise nach Deutschland vielleicht verschieben müssen.»
Beamter: «Aha! Ihr wolltet nach Deutschland ausreißen!»

Enrico biß sich auf die Lippen, als habe er aus Versehen zuviel gesagt.

Dem freundlichen Beamten der Bahnhofspolizei gestand er schließlich alles, wenn auch zögernd.

Ja, Paul – Enrico sagte Paolo, weil das italienisch ist – und er kämen aus Sizilien. Da hätten er und der taubstumme Paolo bei der Großmutter gelebt. Ihr Vater arbeite aber in Deutschland, und sie wollten ihn unbedingt besuchen.

«Und da die Großmutter uns kein Geld gibt, weil sie eine Hexe ist, und der Vater kein Geld hat, weil er sparen muß, bitten wir ganz höflich, mit einem Zug, der nach Deutschland geht, mitfahren zu dürfen.»

Damit endete Enrico und wandte sich wieder an Paul, legte die Hand an die Wange, schlug die Hände aufeinander, bildete mit Daumen und Zeigefinger mehrmals ein O, überkreuzte zwei Finger und wiederholte das Ganze noch einmal in blitzschneller Reihenfolge. Paul hoffte nur, daß es richtig war, wenn er jetzt mit dem Kopf nickte, entschied sich dann aber, diplomatisch zu sein, nickte erst mehrmals eifrig, schüttelte dann traurig, aber entschieden den Kopf und öffnete zur Sicherheit noch ein paarmal stumm den Mund.

«Was sagt er?» verlangte der Beamte neugierig zu wissen. Enrico übersetzte bereitwillig: «Mein Bruder sagt, er möchte lieber gleich fahren, weil er Hunger hat.»

«Nun mal langsam. Seit wann seid ihr denn schon unterwegs?»

«Seit gestern», antwortete Enrico diesmal wahrheitsgemäß.

«Ich dachte, seit einer Woche mindestens», sagte der Beamte und musterte beide Jungen nicht unfreundlich.

«Sie meinen wohl, weil wir so schmutzig sind. Wir haben

uns immer wieder verstecken müssen. Da kann man nicht sauber bleiben, wissen Sie.»
Der Polizeibeamte nickte verständnisvoll.
«Bitte», sagte Enrico flehend, «Sie werden uns doch nicht etwa wieder nach Sizilien zurückschicken?»
Dabei betonte er Sizilien besonders.
«Genau das werde ich leider tun müssen. Ihr habt ja nicht einmal einen Ausweis. So kommt ihr nicht über die Grenze.»
Enrico sah zu Boden. Der verständnisvolle Polizeibeamte hätte es nämlich merkwürdig gefunden, daß Enrico jetzt grinste.
Sie durften sich auf einer Toilette waschen und bekamen Brot und Weintrauben. Paul brannte darauf, zu erfahren, wie es weitergehen sollte, mußte aber stumm wie ein Fisch bleiben, weil sie nie allein waren.
Endlich wurden sie an einen Zug begleitet und in einen kleinen Raum gesperrt, in dem Decken und Kissen für den Schlafwagen gestapelt lagen.
«Wohin fahren wir denn jetzt?» flüsterte er, kaum wurde die Tür von außen geschlossen.
«Nach Sizilien!» triumphierte Enrico. «Wenn du nicht gesagt hättest, daß sie uns bestimmt zurückschicken, wäre mir nicht eingefallen, daß wir nur die Richtung zu ändern brauchen, damit sie uns genau dahin schicken, wo wir hin wollen.»
Paul war geschmeichelt, sagte aber trotzdem: «Eigentlich will ich gar nicht nach Sizilien.»
«Du willst nicht nach Sizilien? Ich wollte doch, daß du meine Großmutter kennenlernst.»
«Ich finde das nett von dir. Und vielen Dank für die Einladung. Vielleicht später mal...»

«Was faselst du denn da?» unterbrach Enrico ihn. «Kannst du nicht vernünftig reden?»
«Na ja, weißt du – erinnerst du dich daran, daß ich ein berühmter Entdecker werden will? Damit möchte ich lieber gleich anfangen. Schließlich muß ich ja Geld verdienen.»
«Verdient man mit Entdeckungen Geld?»
«Na ja, nicht gleich zu Anfang, aber später schon. Denk doch mal an Kolumbus. Die spanische Königin hat ihm Schiffe geschenkt und andere Sachen, damit er einen neuen Schiffahrtsweg für sie entdeckt. Und dann hat er Amerika gefunden, durch Zufall sozusagen, und ist berühmt geworden. Entdecken ist außerdem ganz leicht. Man braucht nur etwas zu suchen, was schon da ist. Natürlich muß man die Augen weit aufmachen.»
«Ich glaube nicht, daß man damit verdient. Königinnen gibt es auch kaum mehr. Genau so wenig wie Könige.»
«Sie sind eben nicht mehr modern. Die Könige haben sie durch Bundeskanzler ersetzt. Für die Königinnen haben sie noch keinen Ersatz gefunden, oder hast du schon mal von Bundeskanzlerinnen gehört?»
Enrico schüttelte den Kopf.
«Aber regiert wird jedes Land», fuhr Paul fort. «Und wenn man nicht von der Königin bezahlt wird, dann bekommt man ein Staatsgehalt. Das ist vielleicht nicht dasselbe, aber immerhin.»
Enrico blieb skeptisch. Auf keinen Fall aber wollte er Paul kränken. Deshalb sagte er lieber nichts.
Auch Paul war nachdenklich geworden.
«Es könnte natürlich sein», gab Paul nach einer Weile zu, «daß Entdeckungen jetzt nicht mehr bezahlt werden.»
«Vielleicht, weil es noch keine Bundeskanzlerinnen gibt», pflichtete Enrico ihm zögernd bei.

«Dann werde ich etwas entdecken und ein Buch darüber schreiben. Du glaubst nicht, wie viele Leute Bücher über Entdeckungen lesen. Ich selbst kenne mindestens fünf.»
«Fünf Leute?»
«Nein, fünf Bücher. Sie waren alle sehr interessant. Einer hat sogar einen Schatz gefunden. Ketten und Diademe aus Gold. Stell dir vor, ich würde einen Schatz finden, dann brauch ich nicht mal ein Staatsgehalt!»
«Könnte ich nicht mit suchen helfen?»
«Klar. Dann werden wir beide berühmt und schreiben zusammen ein Buch oder teilen uns den Schatz. – Aber du willst doch zu deiner Großmutter.»
«Ich will ja nicht unbedingt. Du hast aber selbst gesagt, daß uns wahrscheinlich keiner finanziert, oder wie man das nennt. Bundeskanzlerinnen gibt es eben nicht. Wir müssen doch irgendwo wohnen und essen, bis wir das Buch geschrieben haben.»
Paul mußte zugeben, daß Enrico nicht unrecht hatte. Außerdem bietet sich nicht alle Tage die Gelegenheit, eine Hexe kennenzulernen.
«Einverstanden. Wenn deine Großmutter auch einverstanden ist, dann nehme ich die Einladung gerne an.»

10. Nächtliche Besucher

Weder Paul noch Enrico hätten je gedacht, daß die Zugfahrt nach Sizilien so lange dauern würde. Als sie endlich aussteigen durften, schien der Bahnsteig unter ihren Füßen im Takt des Zuges weiterzuschwanken. Sie waren ganz benommen.

Der Zugschaffner brachte sie zu den Carabinieri. So heißen die Polizisten in Italien. Ausgesprochen wird es «Ka-ra-bi-ni-e-ri».

Die Carabinieri brachten Paul und Enrico an einen Bus, und der Bus rumpelte nun seit Stunden über Landstraßen. Paul saß stumm neben Enrico und versuchte sich die Zeit zu vertreiben, indem er aus dem staubigen Busfenster sah. Links lagen nichts als Hügel und Felder, und rechts lagen Felder und Hügel. Ab und zu fuhren sie durch ein Dorf, und Paul zählte die Palmen.

Eine langgestreckte Hügelkette mit spitzen Felszacken auf dem Rücken lag wie ein schlafender Drache in der Landschaft. Die Sonne versank dahinter in sprühenden Farben. Es wurde dunkel. Paul gähnte. Gähnen dürfen auch Taubstumme.

In einiger Entfernung blinkten Lichter. Dort lag ein Dorf. Im Dunkeln sehn sie alle gleich aus, dachte Paul.

Der Bus hielt unvermutet auf freier Strecke. Enrico knuffte Paul in die Seite und machte eine Handbewegung zur Tür.

«Was...?» Ein weiterer Knuff unterbrach Paul. Taubstumme sprechen nicht. Auch nicht deutsch.
Sie standen auf der Straße. Der Bus entfernte sich und bog ab. Sie standen mutterseelenallein in warmer Dunkelheit. Über ihnen funkelten Sterne, die Paul größer und heller schienen als in Deutschland.
Enrico deutete auf die Lichter.
«Das ist Chiatta», sagte er, und es hörte sich wie etwas Besonderes an.
Sie gingen die stille, unbeleuchtete Landstraße entlang und kamen an das Dorf. Niemand war auf der Straße. Straßenlampen schwankten leise an elektrischen Kabeln über der Straßenmitte und beleuchteten trübe, dicht aneinandergedrängte ein- und zweistöckige Häuser. Alle Türen und Fensterläden waren verschlossen. Auf dem schmalen Bürgersteig lag ein Hund. Er war tot. Zwei kleine Hunde tauchten aus einer dunklen Seitengasse auf. Sie blieben stehen und knurrten tief. Der eine fletschte die Zähne. Enrico hob einen Stein auf. Sofort verschwanden sie wieder in der Gasse.
Plötzlich hörten die Häuser auf, wie abgebrochen. Die Straße ging über in einen schmalen Weg. Vor ihnen lag von neuem Dunkelheit. Weiter hinten zeichnete sich etwas Unbestimmtes gegen den Himmel ab, als ständen da Büsche.
«Da wohnt die Großmutter», sagte Enrico leise, als könnten die letzten Häuser es hören. Unwillkürlich gingen sie langsamer.
Die Büsche waren nichts anderes als eine Kaktushecke. Enrico faßte nach Pauls Hand und zog ihn durch eine schmale Öffnung in der stacheligen Umzäunung.
Sie standen vor einem kleinen, flachen Haus. Große Grasbüschel wuchsen auf dem Dach. Es sah aus, als ständen dem Haus die Haare zu Berg.

«Nonna!» rief Enrico halblaut.

«Wie heißt sie?» fragte Paul im Flüsterton.

«Nonna heißt Großmutter auf deutsch.»

«Ach so.»

Die Tür knarrte und schwang auf. Eine hohe, hagere Gestalt trat heraus. Paul stellte sich hinter Enrico.

«Nonna, ich bin dein Enkel, Enrico. Ich hab einen Freund mitgebracht.» Das sagte Enrico natürlich italienisch.

Er bekam keine Antwort. Die Alte blickte unbeweglich in Richtung der Jungen, als versuche sie die Dunkelheit zu durchdringen. Dann wandte sie den Kopf nach links, als horche sie. Mit einer energischen Kopfbewegung bedeutete sie den Jungen dann wortlos, ins Haus zu treten.

Drinnen war es stockdunkel. Sie faßten sich bei der Hand und warteten. Es dauerte einige Zeit, bis auch die Nonna eintrat und die Tür hinter sich schloß. Sie konnte anscheinend auch im Dunkeln sehen. Die Jungen hörten sie brummend herumhantieren.

Ein Streichholz flammte auf. Der Docht der Petroleumlampe zischte leise, als die Nonna die Lampe an einen Haken an der Decke hängte. Sie faßte die beiden Buben hart am Arm und zog sie in den Lichtkreis. Prüfend blickte sie sie an. Auch Enrico wagte nichts zu sagen.

«So, so, du bist also mein Enkel. Mein Enkel Enrico.» Sie faßte Enrico unter dem Kinn und wandte sein Gesicht der Lampe zu. «Kein Zweifel. Du siehst deiner Mutter – Gott segne ihre arme Seele – sehr ähnlich.»

Sie deutete in Pauls Richtung. «Und was macht ihr hier zu gottloser Nachtzeit?»

Enrico begann zu erklären, und Paul konnte sich in Muße umsehen. Unter der Lampe stand ein runder Tisch, der mit wunderlichen Zeichen bedeckt war. Neben der Tür schliefen ein paar Hühner in einem Holzverschlag. Aus einem Wasserhahn neben der Tür tropfte es eintönig in ein Loch im Boden.

Es roch stark nach Kräutern, die in Bündeln überall von der Decke hingen. Ein großes Bett mit verschnörkeltem, goldbemaltem Kopfteil ragte weit ins Zimmer hinein. Ein Kruzifix hing daran. Auf der großgeblümten Bettdecke schlief eine schwarzweiße Katze.

Von allen Wänden schauten Heiligenbilder in den Raum. Da kämpften Männer, von Engeln umgeben, mit Drachen oder starben, von unzähligen Pfeilen durchdrungen. Eine Madonna lächelte mild.

Während Paul sich umsah, hörte er mit halbem Ohr, wie Enrico redete und redete. Erstaunlich, wie schnell und geläufig ein Italiener italienisch spricht, fand Paul und war ein bißchen neidisch.

Enrico schwieg unvermutet. Die Großmutter hatte ihn beim Ohr gepackt und zog ihn näher zu sich heran.

«Weiß dein Vater, daß du hier bist? Und» – sie wies auf Paul – «weiß sein Vater, wo er ist?»

Enrico versuchte, sich ihrem Griff zu entwinden. Sein Ohr wurde rot. Da hörte er auf.

«Aber Nonna, der arme Paul hat überhaupt keinen Vater, jedenfalls ist es so gut, als habe er keinen, und seine Mutter ist auch gestorben. Stell dir vor, er ist ganz allein auf der Welt.»

«So, so.» Die Großmutter schien davon keineswegs beeindruckt zu sein. «Aber du hast doch einen Vater, oder?»

Sie ließ blitzschnell von seinem Ohr ab und versetzte ihm einen Katzenkopf, ehe Enrico sich ducken konnte.

«Nun?»

Enrico rieb sich verlegen den Kopf.

«Ich dachte», begann er zögernd und schielte zu Paul hinüber, der verlegen die schlafende Katze streichelte.
«So, so, du dachtest. Können Hohlköpfe überhaupt denken?»
«Aber Großmutter, freust du dich gar nicht, daß wir hier sind? Wir können dir doch helfen.»
«Helfen? Sehe ich aus, als brauche ich Hilfe?»
Nein, so sah die Großmutter nicht aus.
«Umgekehrt, mein Lieber, ich werde euch helfen. Und wie ich euch helfen werde!»
Sie machte eine Handbewegung, die keinen Zweifel darüber ließ, welcher Art ihre Hilfe sein würde, hielt aber plötzlich inne und lauschte. Warnend hob sie die Hand. Jetzt hörten auch Paul und Enrico eilige Schritte, die sich näherten.
Die Großmutter legte den Finger auf die Lippen und zeigte auf eine schmale Tür. Als die Jungen sie verständnislos anblickten, packte sie sie schweigend bei der Schulter und schob sie entschlossen durch diese Tür. Dahinter war ein Abstellraum.
Da standen sie nun. Die Großmutter hatte die Tür fest zugezogen. Dunkel war es aber nicht, denn durch eine fensterartige Luftöffnung über der Tür fiel das Licht der Petroleumlampe und malte einen hellen Fleck auf die gegenüberliegende Wand. Es klopfte scharf an die Haustür.
Sie blickten einander an. Das genügte zur Verständigung. Auf keinen Fall wollten sie sich entgehen lassen, was zwischen der Großmutter und dem nächtlichen Besuch im anderen Raum geschah.
Mit vereinten Kräften schleppten sie einen hohen Bottich vor die Tür und unter die Luftöffnung. Zum Glück war der Bottich leer. Sie hätten es sonst nicht geschafft.
Auf dem Holzdeckel konnten beide gerade mit einem Fuß

ganz und mit dem anderen Fuß halb stehen. Eine wackelige Angelegenheit.
Wieder klopfte es. Diesmal hämmerte der Besucher mit einzelnen Schlägen gegen die Tür.
Die Großmutter überhörte dies. Sie stellte gerade eine eigentümliche Schnabelschale auf den Tisch. Daraus quoll dichter, grünlicher Rauch. Ein stark würziger Duft stieg auf.
Jetzt glitt die Großmutter mit schneller Bewegung hinter den Tisch und setzte sich auf einen hohen, steifen Stuhl. Mit einem kurzen Blick zur geschlossenen Tür breitete sie mit geübter Hand ein Spiel Karten vor sich aus. Der grüne Rauch verdüsterte inzwischen das Licht und stand wie Nebelstreifen im Raum.
Der Besucher hörte auf, gegen die Tür zu hämmern. Einen Augenblick lang war es totenstill.
«Die Tür ist auf», sagte die Großmutter plötzlich mit unerwartet ruhiger Stimme.
Die Tür wurde heftig aufgestoßen und schmetterte gegen die Wand. Ein Stück Kalk fiel auf den Boden. Paul und Enrico beinahe auch. Der Bottich wackelte bedenklich.
Auf der Schwelle stand ein untersetzter Mann. Er stand geduckt wie zum Angriff, den Kopf zwischen die Schultern gezogen, die Hände zu Fäusten geballt. Da Paul und Enrico noch um ihr Gleichgewicht kämpften, sahen sie das Messer nicht sofort.
Der Mann hielt tatsächlich ein Messer in der Hand!
Die Großmutter betrachtete aufmerksam die Karten vor sich auf dem Tisch, wunderliche Bilderkarten mit leuchtenden Farben. Sie nahm von dem Mann so gut wie keine Notiz. Kurz blickte sie auf.
«Guten Abend. Mach die Tür zu.»

Der Mann sah sich mißtrauisch um und tastete rücklings nach der Tür. Er zog sie mit einem Ruck von der Wand und knallte sie zu, indem er nach hinten austrat wie ein störrischer Esel.

Die Großmutter hob endlich den Kopf und sah ihren nächtlichen Besucher an. Dieser strich sich mit der freien Hand – in der anderen hielt er noch immer das Messer – über den dunklen Schnurrbart, erst nach links und dann nach rechts. Dabei zog er in der Nase hoch. «Du bist allein», stellte er fest, schob das Messer lässig in die Jackentasche und machte einen entschlossenen Schritt vorwärts.

«Vorsicht!» Großmutters Stimme klang scharf, «nicht so hastig, sonst trittst du in den Geisterbann!»

Der Mann blieb abrupt stehen, starrte mißtrauisch auf die grünen Rauchschwaden, die im Raum standen, und zog dann wieder in der Nase hoch. Diesmal lautstark.

«Damit kommst du bei mir nicht an», sagte er dann.

Seine Stimme klang rauh und ungeübt. Er senkte nun langsam die Faust und vergrub das Messer tiefer in seiner Jackentasche. Dann trat er fast vorsichtig ein paar weitere Schritte näher an den Tisch. Dabei streckte er den Hals weit vor, als sei er neugierig oder auf der Pirsch.

Die Großmutter schob mit flinker Bewegung die Karten zusammen und deckte dann die Hand darüber.

«Was machst du da?» verlangte er zu wissen.

«Ich lege Karten.»

«Wozu soll das gut sein?»

«Weder gut noch schlecht. Die Geister der Erde zeigen mir in den Karten den Weg.»

«Welchen Weg?»

«Je nachdem.»

«Je nach was?»

«Je nachdem, welche Frage man stellt. Die Karten beantworten Fragen.»
«Tun sie das?»
«Willst du es versuchen?»
«Bist du wirklich eine Hexe?»
«Die Leute sagen es.»
Bedächtig sah er sich im Raum um. Dabei reckte er den Hals vor und zog die Schultern hoch, als erwarte er einen Angriff.
«Und du wohnst allein?»
«Was hast du denn erwartet? Aber willst du mir nicht sagen, warum du gekommen bist? Hat dich jemand zu mir geschickt?»
«Kennst du Salvatore Di Catena?»
«Den alten Salvatore? Ich hab ihn schon lange nicht mehr gesehen.»
«Er ist tot.»
«Das tut mir leid», sagte die Großmutter. Es klang aufrichtig.
«Ich bin sein Freund.»
«So, so.»
Beide schwiegen.
Der Mann strich sich den Schnurrbart glatt. Diesmal mit beiden Fäusten gleichzeitig.
«Setz dich doch», forderte die Großmutter ihn auf.
«Nee, nee.»
«Was willst du denn?»
«Wie gut kanntest du Salvatore Di Catena?»
«So gut wie jeder im Dorf.»
«Ich bin sein Freund.»
«Das hast du schon gesagt.»
Er zog einen Stuhl heran, ohne die Großmutter aus den Augen zu lassen, und setzte sich nun doch. Erneutes Schwei-

gen. Die Großmutter mischte die Karten. Der Mann betrachtete die wunderlichen Zeichen auf der Tischplatte.

«Für tausend Lire lege ich dir die Karten», erbot sich die Großmutter. «Ein Preis unter Freunden.»

«Deshalb bin ich nicht hergekommen.»

«Ach nein?» fragte die Großmutter, ohne aufzublicken. «Warum denn?» Jetzt sah sie ihren Besucher unvermutet durchdringend an. Dieser blickte fest an ihr vorbei in die nächstliegende Zimmerecke.

«Also, dann leg mir schon die Karten, wenn du unbedingt willst», sagte er zu der Zimmerecke.

«Erst zahlen», verlangte die Großmutter und ordnete die Karten zu drei kleinen Häufchen auf dem Tisch.

«Wieviel?» fragte er und war jetzt ganz bei der Sache.

«Oh, nur tausend Lire für jede Frage, die du stellst. Ich sagte es dir doch, ein reiner Freundespreis.»

«Tausend Lire? Glaubst du, ich finde das Geld auf der Straße?»

«Glaubst du, du findest jemand auf der Straße, der deine Zukunft lesen kann? 950 Lire ist mein letztes Wort!»

Das war aber noch lange nicht Großmutters letztes Wort, denn jetzt begann das Feilschen um den Preis.

11. Ein äußerst schwieriger Kunde
oder
Wie man das Fürchten lernt

Um den Preis zu feilschen, ist in Sizilien ein Gesellschaftsspiel, und besonders deshalb beliebt, weil beide gegnerischen Parteien dabei zu gewinnen glauben.
Ehrlich gesagt, gewinnt meist der Händler. Dabei ist er aber so freundlich, dem Kunden zu versichern, er selbst habe das Spiel haushoch verloren, er sei fast ruiniert, die Ware sei geradezu geschenkt!
Hochbefriedigt über den erfolgreichen Billigkauf zieht der Kunde von dannen, überzeugt, beim Handeln selbst dem schlausten Händler überlegen zu sein. Einen Spottpreis hat er bezahlt!
Käme er nach zehn Minuten in denselben Laden zurück, so könnte er die Freudensprünge bewundern, die der Händler vollführt wegen des unerwartet guten Verdienstes, der ihm gerade vor zehn Minuten zufiel.
Sofern der Kunde aber nicht zurückkommt, dürfen sich beide über das gewonnene Spiel herzlich freuen.
Auch das Spiel zwischen der Großmutter und dem nächtlichen Kunden näherte sich einem guten Ende.
«500 Lire sind mehr als genug. Ich stelle ja nur eine leichte Frage.»
«Ich würde dir ja gern den Gefallen tun, aber es wäre eine

Schande für mich, nur 500 Lire zu nehmen. Schließlich bin ich die beste Hexe hier in der Gegend.»

«Na schön, ich will nicht knausern – 600 Lire.»

Sie einigten sich schließlich auf 750 Lire.

Zur Bekräftigung legte er die Summe auf den Tisch.

Wortlos schob die Großmutter die Karten zusammen und reichte sie ihrem Kunden über den Tisch.

«Misch die Karten und konzentriere dich dabei auf deine Frage.»

Wortlos nahm er die Karten entgegen und ließ beim Mischen keinen Blick von ihnen. Auf seiner Stirn bildeten sich vor Anstrengung Längs- und Querfalten, so stark konzentrierte er sich.

Die Großmutter blies in eine der Schnabelöffnungen des Gefäßes, bis eine feine Rauchsäule aufstieg, sich kräuselte und dann fast unbewegt über dem Tisch schwebte. Beschwörend hob die Großmutter nun die Arme. Sie begann mit geschlossenen Augen und eigenartig klangloser Stimme einen Gesang.

«O Erdgeister, die ihr an der linken Hand den sechsten Finger der sechsten Weisheit tragt...»

Soviel konnte Enrico gerade noch verstehen. «Jetzt wird's spannend!» flüsterte er Paul ins Ohr. Dieser nickte nur und wandte kein Auge von der Großmutter.

Die Worte gingen in einen eintönigen Singsang über. Die Großmutter bewegte tonlos die Lippen, der Klang schien direkt aus ihrer Kehle zu kommen und war seltsam rauh. Die weiten Ärmel ihres Kleides fielen zurück und gaben ihre großen knochigen Hände und spindeldürren Arme frei, die sie im Takt über dem Kopf schwingen ließ. Die Schatten ihrer Hände huschten abwechselnd über Wände und Heiligenbilder wie lautlose Nachtfalter. Die Rauch-

säule über dem Tisch verflüchtigte sich, durch die Bewegungen zerrissen.
Der Mann saß steif und weit nach hinten gelehnt. Unruhig glitten seine Blicke durch den Raum. Einmal drehte er ruckartig den Kopf, als vermute er jemand hinter seinem Rücken.
Unvermutet brach die Großmutter den Singsang ab. Langsam ließ sie die Arme sinken und öffnete ihre Augen weit und blicklos.
«Ich habe Dinge gesehen», verkündete sie.
«Dinge gesehen?» echote ihr Gegenüber und vergaß, den Mund zu schließen. Er sah recht dumm aus.
«Salvatore Di Catena!»
Der Mann zuckte zurück und biß sich auf die Lippen, als er den Mund fest schloß.
Die Großmutter richtete den knöchrigen Zeigefinger auf ihn, als wolle sie ihn durchbohren. «Salvatore war nicht dein Freund!» Ihre Stimme hatte einen hohlen Klang.
Danach blieb es still. Der Mann kaute an seiner Oberlippe.
«Gib mir jetzt die Karten herüber», sagte die Großmutter dann mit ihrer Alltagsstimme.
Der Mann rückte ein paarmal auf dem Stuhl hin und her, als sei ihm der Sitz zu heiß. Dann zog er wieder geräuschvoll die Nase hoch und reichte der Großmutter zögernd die Karten.
Manche Leute schnauben vor Wut, dachte Paul bei sich, er zieht vor Angst die Nase hoch.
Die Karten mit beiden Händen haltend, beschrieb die Großmutter einen langsamen Kreis über der Schnabelschale.
«Wie lautet deine Frage?» verlangte sie dann zu wissen.
«Meine Frage? Ach so, du willst meine Frage wissen? Du willst sie wissen, und ich soll sie dir sagen?»

«Natürlich.»

«Ich habe sie vergessen.» Das war – so klar wie die Sonne – gelogen, stellte Enrico im stillen fest.

«Das macht nichts», sagte die Großmutter ruhig. «Ich werde sie aus den Karten lesen.»

Wieder rutschte er auf dem Stuhl hin und her wie eine Henne, die sich auf den Eiern zurechtsetzen will, ohne sie kaputtzumachen.

«Ich denke gerade, daß es eigentlich doch schon spät ist...» Der Satz blieb unbeendet in der Luft hängen. Hoffnungsvoll sah er die Großmutter an.

«Es ist spät, aber nicht zu spät, um die Wahrheit zu erfahren.»

«Welche Wahrheit?» fragte er hastig.

«Erst die Zukunft bestätigt die Vergangenheit. Die Wahrheit von heute findest du in der Zukunft von morgen und übermorgen. Alles muß erst Zukunft werden, damit wir wissen, ob wir heute recht handeln. Deshalb fragt der Mensch nach der Zukunft.»

«Das kann ja sein», sagte er, obwohl er kein Wort verstanden hatte. «Aber...» Wieder blieb der Rest des Satzes unausgesprochen.

Die Großmutter legte dessen ungeachtet dreizehn Karten auf den Tisch, verdeckt, mit der Bildseite nach unten, sieben Karten längs und sieben quer, ein Kreuz, bei dem die vierte Karte der Querreihe und der Längsreihe dieselbe war.

Auf diese Karte zeigte sie jetzt.

«Hier überschneiden sich Gegenwart, Vergangenheit und Zukunft. Diese Karte ist der Schlüssel zu allen dreien, denn diese Karte bist du.»

Damit deckte sie die Karte auf.

«Wunderbar», sagte sie. «Der Zauberer!»

«Was bedeutet das?» Interessiert beugte sich der Mann über den Tisch.
Sie hielt die Karte in die Höhe. Ein Mann mit einem Zauberstab war darauf abgebildet. Er trug einen eigenartigen Hut in Form einer querliegenden Acht und stand hinter einem Tisch, auf dem unbestimmte Dinge lagen.
«Das bedeutet, daß du dein Schicksal selbst in der Hand hast, du kannst es zum Guten wenden und zum Schlechten.»
Sie legte die Karte zurück, diesmal mit der Bildseite nach oben.
«Der Tag beginnt im Osten. Dort werden die Sonne und die Fragen geboren.»
Diesmal nahm sie die äußerste Karte, links, in die Hand.
«Mit dieser Karte beginnt deine Frage in der Vergangenheit. Alle Fragen beginnen in der Vergangenheit und ziehen über den Horizont der Gegenwart.» Sie deutete auf die Querlinie der Karten.
«Die Zukunft können wir von Norden nach Süden lesen. Der Nordpol», sie deutete erklärend auf die oberste Karte, «und der Südpol. Die Pole bestimmen die Gezeiten, Ebbe und Flut der Meere. Ohne Nordpol gibt es keinen Südpol und umgekehrt. – Das verstehst du doch?»
Der Mann nickte und fuhr sich mit der Zunge über die Lippen.
«Die Karten, die über der Horizontlinie liegen, im Norden, entsprechen den Kräften, die dich beeinflussen. Die Karten im Süden, unter der Horizontlinie, sind das Ergebnis aller Kräfte, der Gegenwart und der Vergangenheit. Sie werden deine Frage beantworten. – Jetzt setz dich aber bitte, du wirfst Schatten auf die Karten.»
Gehorsam setzte er sich und faßte mit den Händen die Tischplatte, als wolle er den Tisch umstoßen.

Jetzt erst zeigte sie ihm die Karte, die sie in der Hand hielt: ein Knochenmann, der die Sense schwang.

«Der Tod. Am Anfang deiner Frage steht der Tod. Der Tod eines Menschen: Salvatore Di Catena!»

Der Adamsapfel des Mannes sprang ein paarmal auf und ab, als habe er Schluckschwierigkeiten. Schon deckte die Großmutter die nächste Karte auf.

«Das Glücksrad!» rief sie aus. «Es geht also um Vermögen, irdisches Vermögen, Geld vermutlich.»

Der Mann richtete sich auf. Sein Schnurrbart bebte. «Das ist nicht wahr!»

«Nun, vielleicht ist es nicht gerade Geld, aber es steht mit Geld in Zusammenhang», sagte die Großmutter bestimmt.

«Weib, das steht nicht in den Karten.»

«Glaub, was du willst. Soll ich dir jetzt sagen, was zwischen dir», sie deutete auf den Zauberer, «und dem großen Glücksrad steht?»

Schnell drehte sie die Karte um. Der Mann beugte sich weit über den Tisch.

«Der Eremit!» verkündete die Großmutter triumphierend. «Das war zu erwarten.»

«Wieso war das zu erwarten? Wer ist denn dieser Eremit?» Erstaunt betrachtete er überkopf das Bild eines Mannes in Mönchskutte.

«Der Eremit bist du ebenfalls selbst. Sieh her.» Die Großmutter zeigte mit langem, dürrem Zeigefinger auf die Karte. «Der Eremit trägt eine Lampe. Er sucht etwas, tappt aber im Dunkeln, weil er sich mit seinem weiten Ärmel das Licht selbst verdunkelt.»

«Na und?»

«Lies doch mal die vier Karten in ihrer Reihenfolge: Ein

Mann stirbt. Das Glücksrad dreht sich bei seinem Tod auf die Schattenseite. Der Eremit sucht das verlorene Glück, Geld, oder was immer es sein mag. Also muß es versteckt sein...»
Sie blickte erstaunt auf. Der Mann war langsam aufgestanden. Drohend breitbeinig stand er vor dem Tisch.
«Sehr interessant!» sagte er, wobei er beide Wörter überdeutlich in die Länge zog. «Und du sagst, das steht in den Karten? Daß ich nicht lache! Raus mit der Sprache, welches Vögelchen hat dir dieses Lied gesungen? Genug jetzt mit dem Hokuspokus!»
Er hob die Tischplatte an. Die Schnabelschale kam ins Rutschen. Die Großmutter sprang auf. Die Schale zerbrach auf dem Boden. Glühende Aststücke und Mandelschalen lagen verstreut auf dem Boden. Die Karten rutschten nach. Wo sie mit der Glut in Berührung kamen, krümmten sie sich in der Hitze und verkohlten. Langsam ließ er den Tisch wieder sinken.
«Jetzt wollen wir beide mal vernünftig miteinander reden. Ohne Osten und Süden und so.» Er wiegte sich auf den Zehenspitzen und kam um den Tisch herum.
Die Großmutter starrte noch immer zu Boden. Nicht, daß sie um den Fußboden fürchten mußte, denn der war aus festgestampfter Erde. Eine Karte, die vor ihren Füßen lag und langsam verkohlte, hielt ihren Blick gefangen.
«Der Erhängte!» murmelte sie, und dann an den Mann gewandt: «Hüte dich vor dem Erhängten! Denk an meine Worte, hüte dich vor dem Erhängten!»
Der Mann packte sie hart am Arm: «Halt endlich deinen Mund. Erzähl mir nichts mehr von Karten. Ich...» – hier sagte er ein Wort, was nicht wiederholt werden soll, weil

jeder es kennt – «... auf deine Karten! Raus jetzt mit der Sprache! Was weißt du von dieser Geschichte?»
«Alles, was ich weiß, steht in den Karten, du hast sie selbst zerstört, du hast die Wahrheit selbst zerstört. Aber es ist so, wie ich dir gesagt habe, der Erhängte ist nicht weit.»
«Hör mal, Alte», unterbrach er sie ungeduldig, «soll ich dir mal die Zukunft voraussagen? Deine Zukunft? Eine kurze Zukunft! Der Erhängte kann auch *die* Erhängte werden!» Er packte die Großmutter am Haar.
Der Schrei, der jetzt folgte, war so markerschütternd, daß Paul die Haare zu Berg standen, weil er so nah an seinem Ohr gellte. Enrico sprang hinunter, riß den Bottich scheppernd zu Boden und stieß die Tür auf. Alles in solcher Sekundenschnelle, daß Paul sich gerade noch mit letzter Geistesgegenwart an die Fensteröffnung klammern konnte, bevor ihm der Bottich unter den Füßen fehlte und er buchstäblich mit den Beinen im Leeren baumelte.
Der Mann war herumgefahren, zum Angriff geduckt. Er starrte auf die geöffnete Tür und wich entsetzt zurück. Abwehrend streckte er die Hände vor. «Der Erhängte!» Er stieß einen rauhen Schrei aus. «Teufelsspuk. Erbarmen!» brachte er mühsam über die Lippen und wandte sich zur Flucht. Mit einem Satz war er bei der Haustür und riß sie auf. Er warf noch einen hastigen Blick über die Schulter zurück und floh dann in die Nacht hinaus.
Jetzt war es seltsam still im Raum. Enrico hielt beide Arme fest um die Großmutter geschlungen. Sie strich ihm über das Haar. Paul verharrte noch immer in seiner unglücklichen Lage. Die Großmutter wandte den Kopf und blickte zu ihm hinüber.
«Der Erhängte!» Sie lachte kurz auf. Es klang aber nicht fröhlich. «Er hat geglaubt, den Erhängten zu sehen! Aber

vielleicht hatte er auch recht. Hol deinen Freund herunter, Enrico, er hat seine Pflicht getan.»
Paul fand in die Gegenwart zurück, löste die Hände und landete unversehrt auf zittrigen Beinen. Der Schreck war ihm in die Glieder gefahren.
«Mannomann!» Mehr brachte er nicht heraus und erholte sich erst wieder, als Enrico ihm erklärte, es sei sein Verdienst, daß der Fremde die Flucht ergriffen habe.
Die Großmutter kehrte die Scherben und verkohlten Karten zusammen und braute den Jungen einen Schlaftrunk. Er schmeckte würzig und süß.
«Großmutter», begann Enrico, und es bestand kein Zweifel, daß dies der Anfang einer langen Reihe Fragen sein sollte.
«Morgen», winkte sie ab. «Jetzt ab ins Bett.»
«Aber wir können doch unmöglich schlafen. Wir sind auch gar nicht müde.»
«Ihr werdet es bald sein», sagte die Großmutter in einem Ton, der jeden Widerspruch nutzlos erscheinen ließ. Sie schlug die geblümte Bettdecke zurück.
«Sollen wir da schlafen?» fragte Paul. «Beide zusammen?»
«Das Bett ist doch groß genug», sagte Enrico erstaunt.
«Und wo schläft deine Großmutter?»
«Mit uns zusammen. Wir schlafen alle im selben Bett. Sie hat kein anderes.»
Das sah Paul, aber peinlich war es doch. Er hatte noch nie mit jemand im selben Bett geschlafen. Enrico hingegen hatte noch nie allein in einem Bett ganz für sich geschlafen.
Dann fiel Paul mit Schrecken ein, daß er nicht einmal einen Schlafanzug hatte.
Enrico lachte. «Das macht doch nichts, ich hab auch keinen. Wir schlafen eben ohne.»
«Ganz ohne?» verlangte Paul zu wissen.

«Das kannst du machen, wie du willst. Ich zieh mir nur Hemd und Hose aus. Dann ist man auch am Morgen schneller angezogen.»

«Das ist eigentlich sehr praktisch», stimmte Paul erleichtert zu. «Ich schlaf in der Mitte», sagte Enrico und kletterte schon ins Bett. «Nun mach schon!»

Paul legte sich anfangs ganz auf die Kante. Auf keinen Fall wollte er Enrico stören. In dem Bett war jedoch erstaunlich viel Platz, so daß er sich nach kurzer Zeit streckte und reckte wie in seinem eigenen. Aber das merkte Paul nicht mehr, weil er, genau wie Enrico, sofort eingeschlafen war.

Die Großmutter löschte das Licht. Lange saß sie noch im Dunkeln und starrte gedankenversunken in die Nacht hinaus. Dann ging sie und schob den großen Riegel langsam vor die Tür. Das tat sie sonst nie, und deshalb quietschte der Riegel auch. Doch die Jungen hörten es nicht.

12. *Wichtige Telefongespräche nach Deutschland*

Paul schlug die Decke zurück. Sie war ihm zu warm. Er seufzte zufrieden im Halbschlaf und drehte sich auf die andere Seite. Die schwarzweiße Katze schälte sich unmutig aus den Falten der zurückgeworfenen Decke und bedachte Paul mit einem Katzenblick, der Bände sprach. Da dieser aber unbekümmert weiterschlief, setzte sie sich und begann sich mit dem rechten Hinterbein schwungvoll zu kratzen. Das machte sie so heftig und mit solcher Ausdauer, daß die

Matratze rhythmisch bebte, und Paul glaubte, im Zug zu fahren.
«Wieso Zug?» dachte er schlaftrunken. Mit einem plötzlichen Ruck setzte er sich auf.
Das störte die Katze. Sie liebte ungestüme Bewegungen anderer gar nicht. Mit gemessener Eleganz sprang sie deshalb vom Bett und stolzierte steil erhobenen Schwanzes davon, ohne Paul auch nur eines weiteren Blickes zu würdigen.
Paul hingegen blickte sich um. Der Raum war der gleiche und doch nicht derselbe wie am Vorabend. Das kam aber daher, weil alle Räume und Zimmer ein Tag- und ein Nachtleben führen. Ein unaufgeräumtes Schlafzimmer ist nur bei Tag unordentlich; bei Nacht wird es gemütlich, wenn die Nachttischlampe ein sanftes Licht verbreitet. Ein Festsaal strahlt und lacht die ganze Nacht hindurch; am Morgen wird er melancholisch und gähnt alle an, die ihn betreten. «Kaum wiederzuerkennen», sagen die Leute dann, nur weil der Raum sein Tagleben begonnen hat. Das war auch der Grund, warum Paul den Raum verändert fand. Das Tageslicht zeigte, daß auch die dunklen Ecken nichts Geheimnisvolles verbargen. Aus den Heiligenbildern war das nächtliche Leben gewichen. Starr hingen sie an den weißgetünchten Wänden, einfache Drucke, kraftlos in den Farben, übersät von schwarzen Pünktchen. «Fliegenschmutz!» stellte Paul sachlich fest. Der Wasserhahn tropfte immer noch. Der Hühnerverschlag stand jetzt leer. Paul war allein.
Er schwang die Beine aus dem Bett und schlüpfte in seine Hose. Unschlüssig stand er dann vor dem ungemachten Bett.
«Den letzten beißen die Hunde», murmelte er, da ihm nichts Passenderes in den Sinn kam, und begann das Bett zu

machen. Bei anderen Leute macht man freiwillig, was man zu Hause nur unfreiwillig tut. Warum? Weil man einen guten Eindruck machen will. Das wollte Paul auch.

Draußen hörte er Enricos Stimme, deshalb beeilte er sich. Die schwarzweiße Katze kam wieder herein, setzte sich abwartend neben die Tür und sah buchstäblich durch Paul hindurch. Als er aber die geblümte Überdecke glattstrich, erhob sie sich, streckte die Hinterbeine, als wollte sie sagen: «Na endlich!», und sprang mit einem weichen Satz auf das frischgemachte Bett. Dort rollte sie sich zusammen und hob auch nicht den Kopf, als Enrico hereinkam und sich auf das Bett setzte.

«Gut, daß du endlich wach bist. Großmutter sagt, wir müssen mit ihr auf die Post gehen.»

«Auf die Post?»

«Sie sagt, wir müssen nach Deutschland telefonieren. Sie sagt, es ist unverantwortlich, daß sich die anderen Sorgen machen. Sie sagt, wir müssen sofort Bescheid sagen, daß es uns gut geht und wo wir sind.»

«Ich auch?»

«Na klar.»

«Und wenn sie verlangen, daß ich sofort zurückkomme?»

«Dann sagst du eben, nein danke, es geht mir gut, und legst den Hörer auf. Dann wissen sie Bescheid. Ich tu's ja auch nicht gern. Aber zu Hause können sie denken, wir sind unters Auto gekommen oder im Krankenhaus oder schlimmer, und machen sich Sorgen. Das sagt jedenfalls Großmutter.»

Paul überlegte. Enrico und die Großmutter hatten nicht unrecht. Erwachsene denken immer gleich an das Schlimmste. Außerdem hatte Mutter leider vor ihrer Abfahrt noch betont: «Du mußt Tante Herta genauso gehorchen wie Vater und mir. Sie vertritt uns ja in dieser Zeit.» Aus diesem

Grunde konnte er auch schlecht «nein danke» sagen, falls Tante Herta darauf bestand, daß er zurückkam.
«Könnte ich nicht sagen, daß ich die Telefonnummer nicht weiß?» fragte er deshalb.
«Dann müssen wir bestimmt die Auskunft anrufen. Schließlich kannst du ja nicht behaupten, daß du deine eigene Adresse nicht kennst. Wenn die Adresse bekannt ist, findet man auch die Telefonnummer.»
Paul seufzte.
Die Großmutter kam herein. Ihr Blick fiel auf das gemachte Bett, und sie nickte Paul anerkennend zu.
«Fertig?» fragte sie und nahm ein schwarzes Umschlagtuch vom Nagel neben der Tür. Eine gegenteilige Antwort oder überhaupt eine Antwort wartete sie nicht ab. Sie ging einfach, und den Jungen blieb nichts anderes übrig als hinterherzutrotten.
Die Großmutter schritt hoch aufgerichtet voraus. Ihre langen, schwarzen Röcke berührten fast den staubigen Weg. Das große Umschlagtuch bedeckte Kopf und Schultern.
«Sie sieht aus wie in Trauer», bemerkte Paul.
«Sie trägt ja auch Trauer. Schließlich ist sie Witwe.»
«Wann ist dein Großvater denn gestorben?»
«Das weiß ich nicht genau. Jedenfalls war er schon tot, als ich geboren wurde.»
«Und dann trägt sie jetzt noch Trauer?»
«Alle Witwen tragen hier Trauer», erklärte Enrico.
«Immer?»
«Ich glaube, ja.»
«Du, Enrico», Paul sah den Freund von der Seite an. «Weißt du was, ich hab Hunger.»
«Ich auch. Hoffentlich kauft uns Großmutter ein Brötchen mit Eis im Dorf.»

«Ein Brötchen mit was?»
«Mit Zitroneneis. Erwarte hier bloß keine Butterbrötchen, die gibt es nämlich nicht.»
«Wer will denn Butterbrötchen?» beschwichtigte Paul den Freund. «Eisbrötchen ist doch eine tolle Idee!»
Sie erreichten, der Großmutter in gebührlichem Abstand folgend, die ersten Häuser des Dorfes. Die Straße war ungepflastert und uneben. Überall lagen Steine im Weg. Hier standen niedrige Häuser, fast fensterlos. Alle Türen waren zur Straße hin geöffnet. Alte Leute saßen auf Holzstühlen vor der Tür, regungslos, die Hände im Schoß gefaltet. Eine Menge Kinder, kleine und große, spielten lärmend auf der Straße. Eine schrille Frauenstimme rief laut einen Namen, den sie bei jeder Wiederholung noch mehr überdehnte: «Totozzo!» – «Totoozzooo!» – Totooozzoooo!»
Dann verstummten plötzlich alle. Die Kinder verschwanden rechts und links in den hellblau und rosa getünchten Häusern, die Türen wurden zugezogen. Es war, als flüstere die Straße.
«Was ist denn nun los?» fragte Paul erstaunt und wagte nicht, laut zu sprechen.
«Die haben Angst vor Großmutter», antwortete Enrico ebenfalls mit halber Stimme. Sie wagten die Unterhaltung nicht weiterzuführen.
Die Großmutter ging ungerührt voran. Nur ein Mädchen war auf der Straße stehengeblieben und sah ihnen entgegen. Eine Frau kam aus dem Haus gelaufen und zog sie heftig am Arm. Das Mädchen schüttelte trotzig den Kopf und entwand sich dem Griff. Herausfordernd sah sie der Großmutter entgegen.
Paul fand das Mädchen sofort bemerkenswert. Sie war braungebrannt, trug Kunststoffsandalen an den bloßen Fü-

ßen, und das dunkle Haar hing ihr wirr ins Gesicht und auf die Schultern. Sie musterte die Großmutter mit neugierig blitzenden Augen, ohne Furcht. Dann sah sie die Jungen verächtlich an, als sie vorbeigingen.
Paul drehte sich nach ihr um. Sie schnitt ihm eine Fratze und streckte die Zunge heraus. Schnell sah Paul wieder geradeaus. Erst als sie ein ganzes Stück weiter waren, wagte er es noch einmal, sich umzudrehen. Das Mädchen stand noch immer dort und sah ihnen nach, dann drehte auch sie sich um und lief in die entgegengesetzte Richtung davon.
Sie bogen in eine asphaltierte Straße ein. Hier waren die Häuser größer, hatten Fenster und sogar Balkone, und die Menschen grüßten die Großmutter respektvoll. Nur ein paar alte Frauen in Schwarz bekreuzigten sich vorsichtshalber. Sie gingen die «Via Roma» entlang.
Jedes sizilianische Dorf hat eine Straße, die «Via Roma» heißt, und einen Platz. Dort steht die größte Kirche, liegen die größeren Bars und die besten Geschäfte.
Die Großmutter blieb stehen und drehte sich nach den Jungen um, von denen sie bisher nicht die geringste Notiz genommen hatte. «Enrico!» Aus einem Beutel, der an ihrem Gürtel hing, kramte sie einen Geldschein. «Holt euch Brötchen mit Eis, wenn ihr wollt.»
«Danke, Nonna.» Enrico sah Paul triumphierend an und zog ihn in die nächste Bar.
Die Brötchen, die ihnen über die Theke gereicht wurden, waren so groß wie deutsche Brötchen im Doppelformat.
«Na», sagte der Mann hinter der Bartheke. «Da soll mich doch der Schlag treffen, wenn du nicht der Sohn von Turiddu und Maria bist! Ist dein Vater auch hier? Seid ihr zu Besuch? Mal Heimatluft schnuppern, was? Ist doch was anderes. Du heißt doch Enrico, wenn ich mich nicht irre.»

Enrico nickte und schüttelte abwechselnd den Kopf. Auch wenn er den Mund nicht voll gehabt hätte, wäre es schwer gewesen, alle Fragen zu beantworten.
«Und wie geht es euch allen, und deinen Brüdern?»
Jetzt hatte er den Mund gerade leer: «Gut, danke», antwortete er deshalb höflich.
Ein Kreis von Männern hatte sich um die Jungen gebildet. Plötzlich wollten alle wissen, wie es Enrico ging, seinem Vater, seinen Brüdern. Alle stellten dieselben Fragen, schoben den Jungen Bonbons in die Tasche, küßten Enrico auf beide Wangen und Paul gleich mit. Jemand drückte ihnen ein riesiges Eishörnchen in die Hand. Sie tätschelten Enricos Wangen, klopften ihm auf die Schulter, hielten ihn reihum auf Armeslänge von sich und versicherten einander, daß er unglaublich gewachsen sei, wie ähnlich er seinem Vater sehe, nein, der Mutter, nein, eigentlich allen beiden, unverkennbar Turiddus und Marias Sohn, so ein hübscher Bursche und so groß, und dann fingen sie wieder von vorn an.
Plötzlich stießen sich die Männer an und sprachen leiser. Die Großmutter stand in der Tür. Sofort nahmen die Männer Abstand von den Jungen. Der Weg zur Tür wurde frei.
Enrico sah sich noch einmal strahlend um. «Wir müssen jetzt gehen. Vielen Dank für alles», fügte er artig hinzu. Ein beifälliges Gemurmel kam von den Männern. «Erzogen wie ein kleiner Herr», sagte jemand anerkennend. «Vergiß nicht, deinen Vater zu grüßen!» Dann standen Enrico und Paul wieder auf der Straße.
«Das war aber 'ne Begrüßung!» sagte Paul anerkennend und leckte sich schnell das letzte Eis von der Hand.
Die Post lag der Bar gegenüber und war leer. Nicht nur menschenleer, sondern überhaupt. An einer Wand hing ein vergilbter Kalender, an der gegenüberliegenden ein ver-

staubtes Kruzifix. Hinter dem einzigen Schalter saß ein junger Mann und bohrte mit dem kleinen Finger gelangweilt im Ohr. Aber nur so lange, bis die Großmutter auf der Schwelle erschien. Sofort erhob er sich.

«Guten Morgen.» Es gelang ihm sogar eine Verbeugung. «Womit kann ich dienen?»

«Bist du nicht der Sohn des Ex-Bürgermeisters Di Legami?» fragte die Großmutter streng.

Der junge Mann schluckte und nickte.

«Du bist gewachsen.»

Der junge Mann nickte wiederum.

«Es wird Zeit, daß du heiratest.»

Der junge Mann wurde rot, widersprach aber nicht.

«Wie geht es Vater und Mutter?» verlangte die Großmutter zu wissen.

«Gut, gut», beeilte sich der junge Mann zu versichern. «Vater leidet an Rheuma, aber sonst geht es gut.»

«Grüß deine Eltern und bestell deinem Vater, er solle gefälligst vorbeikommen. Concetta hat ein Wundermittel gegen Rheuma. Verstanden?»

«Ja, natürlich, werde ich ausrichten, ein Wundermittel gegen Rheuma. Vielen Dank.»

Die Großmutter schwieg und sah sich forschend in dem kahlen Raum um.

«Hier habt ihr doch sicher so einen Apparat, so ein Telefon?»

«Aber natürlich. Möchten Sie telefonieren?» Der junge Mann war sichtlich erleichtert, daß die Großmutter so etwas Normales wie ein Telefon wünschte. Er wies auf einen Kasten an der Wand. Die Großmutter trat darauf zu und betrachtete ihn kritisch. Der junge Mann fuhr sich mit einem Taschentuch über die Stirn.

«Enrico», die Großmutter winkte den Enkel heran. «Laß dir erklären, wie das Ding funktioniert.» Sie wandte sich wieder an den jungen Mann: «Das hier ist mein Enkel, der Sohn von Turiddu. Er will mit seinem Vater in Deutschland sprechen. Geht das mit diesem Kasten hier?»
«Ein Ferngespräch nach Deutschland? Sofort, wenn die Herrschaften mir die Nummer geben wollen?»
Enrico sagte sie ihm, und er schrieb sie geflissentlich auf. Davor setzte er eine Reihe anderer Nummern. «Das ist die Vorwahl, wissen Sie», sagte er erklärend. Die Großmutter nickte hoheitsvoll. Der junge Mann erhob sich und ging zum Apparat.
«Lassen Sie mal», sagte Enrico. «Das mach ich schon selbst.» Der junge Mann reichte ihm den Zettel mit der Nummer und setzte sich an seinen Platz, nahm ein Stück Papier aus der Schublade und tat sehr beschäftigt.
Die Großmutter beobachtete stolz ihren Enkel, als dieser ganz selbstverständlich den Hörer abnahm und die Nummer wählte. Offensichtlich hatte sie noch nie in ihrem Leben telefoniert.
«Hallo», sagte Enrico in den Apparat. «Spricht dort die Familie Schneider? Hier spricht Enrico. Enrico aus dem 4. Stock. Können Sie mal bitte so nett sein und meinen Vater ans Telefon rufen? Er ist bestimmt da. Er hat ja Nachtschicht diese Woche. Vielen Dank.»
Während er wartete, wandte er sich an Paul. «Wir haben nämlich kein Telefon. Deshalb muß ich immer bei Schneiders anrufen. Die sind aber nett. Sie holen jetzt meinen Vater ans Telefon.»
«Papa!» schrie er gleich darauf in den Hörer und ließ eine solche Redeflut auf italienisch folgen, daß der Vater gar nicht zu Wort zu kommen schien.

Die Großmutter trat heran und nahm ihrem Enkel entschlossen den Hörer aus der Hand. Sie schob ihr Umschlagtuch zurück und hielt ihn ans Ohr.
«Hallo?» fragte sie probeweise. «Hallo, Turiddu?» Sie horchte und nickte dann. «Kein Zweifel, es ist dein Vater, der da spricht», sagte sie zu Enrico.
«Hallo, Turiddu», wiederholte sie. «Es geht beiden Jungen gut. – Wieso beiden? Na es sind doch zwei. Enrico hat einen Freund mitgebracht.» Wieder lauschte sie in den Apparat und krauste angestrengt die Stirn. «Jetzt hör mir mal genau zu!» befahl sie dann. «Du setzt dich sofort in den nächsten Zug und kommst her. Das Fahrgeld kriegst du von mir wieder, keine Angst. – Wieso geht das nicht? Die Züge fahren doch! – Was heißt hier, du hast eine Arbeit und eine Familie. Natürlich hast du das, bestreitet ja niemand. – Wenn ich dir aber sage, es ist wichtig! – Was sagst du, nichts ist wichtiger als ein fester Arbeitsplatz? Na hör mal, da könnte ich dir aber eine Reihe von Dingen aufzählen, die mindestens ebenso wichtig sind. – Was heißt hier, ich soll nicht alles so wörtlich nehmen!» Jetzt war die Großmutter eine Weile still und runzelte die Stirn, während sie den Hörer mit beiden Händen ans Ohr preßte.
«Jetzt hör mir mal gut zu!» sagte sie dann entschieden. «Wenn das so ist, bleibt der Junge erst mal hier. Jawohl, hier bei mir! Ich hab ja wohl das Recht auf eine Hilfe im Alter. In die Schule gehen kann er hier auch.»
Enrico strahlte, die Großmutter nicht.
Sie nahm den Hörer vom Ohr und hielt ihn weit von sich. Unverständliche Worte in schnellster Reihenfolge rasselten daraus. «Dein Vater meint», erklärte sie Enrico, «daß es eine vollkommen unberechtigte Belohnung wäre, wenn er dir erlaubt, hierzubleiben.»

Sie hielt die Muschel wieder ans Ohr, aber mit Abstand.
«Kann man das Telefon nicht leiser stellen?» fragte sie Enrico flüsternd. Als dieser verneinte, bedeckte sie die Hörmuschel probeweise mit der anderen Hand und nickte befriedigt. Enrico grinste.
«Dein Vater sagt, du gibst deinen Brüdern ein schlechtes Beispiel. Damit hat er gar nicht so unrecht.»
«Großmutter!» sagte Enrico so flehend, daß sie ihm beruhigend zunickte. Sie gab die Hörmuschel wieder frei und sagte dann: «Aber Turiddu, wir wollen uns doch nicht zanken, ich bitte dich! Natürlich wird der Junge gehörig bestraft, darauf kannst du dich verlassen. Er wird hier arbeiten müssen wie ein Pferd! Was sag ich, wie ein Pferd! Wie ein Esel wird er schuften müssen. Er wird es bereuen, hiergeblieben zu sein, verlaß dich drauf!» Nach kurzer Zeit gab sie Enrico den Hörer. «Sag deinem Vater auf Wiedersehen.»
Das tat Enrico und bestellte auch Grüße an seine Brüder und Tante Anna, dann legte er mit einem erleichterten Schnaufer den Hörer auf.
«Das ist noch mal gut gegangen», teilte er Paul mit. «Jetzt bist du dran. Viel Glück.»
Paul atmete tief ein und langsam wieder aus, wobei er die Luft leise durch die Zähne zischen ließ. Dann wählte er die Nummer. Bis zuletzt hoffte er, das Besetztzeichen zu hören.
«Tuut – tuut.» Nein, das war nicht das Besetztzeichen. Was sag ich denn jetzt? dachte er und warf Enrico einen hilflosen Blick zu. Dieser stellte sich schützend neben den Freund.
«Klick.» Jemand nahm den Hörer ab.
«Im Auftrag der Familie Großkopp. Guten Tag», sagte eine Männerstimme. Sie kam Paul bekannt vor.
«Guten Tag», brachte er mühsam heraus. «Spricht dort Großkopp?»

«Ja, sozusagen im Auftrag der Familie Großkopp. Sie wünschen, bitte?»
Ja, was wünschte Paul?
«Eigentlich nichts», antwortete er wahrheitsgemäß.
«Spaßvogel», sagte die Stimme am anderen Leitungsende gelassen und legte auf.
Verdutzt starrte Paul auf den Hörer.
«Ja, was ist denn nun?» drängte Enrico.
«Nichts, er hat aufgelegt.»
«Wer war denn am Apparat?»
«Wenn ich das wüßte. Komisch, es war eine Männerstimme. Mensch, Enrico, das kann nur Karl Hoppelmann, der Gärtner, gewesen sein.»
«Von dem du das Fahrrad hast?»
«Genau der! Enrico, was sag ich ihm nun bloß? Er wird doch bestimmt nach seinem Fahrrad fragen.»
«Sag ihm einfach, wo es ist. Die Polizei hat es bestimmt dortbehalten.»
«Weißt du denn, wo die Wache war?»
«Na klar, Polizeiwache 3, bei unserer Wohnung gleich um die Ecke.»
«Dann will ich ihm das mal lieber gleich sagen, begeistert wird er ja nicht sein.»
Die Großmutter mischte sich ein: «Telefoniert er nun oder nicht?»
«Sofort, Nonna!»
Paul wählte von neuem.
«Im Auftrag der Familie Großkopp, guten Tag.»
«Herr Hoppelmann?» fragte Paul zur Sicherheit.
«Jawohl, hier spricht Karl Hoppelmann, im Auftrag der...»
«Herr Hoppelmann, hier ist Paul. Paul Großkopp. Es tut mir furchtbar leid wegen Ihres Fahrrads. Es ist nämlich auf

der Polizeiwache Nummer 3 in Hamburg. Da können Sie es bestimmt abholen.»

«Nun halt mal, Junge! Paul Großkopp sagst du? Wo bist du denn, du Lausebengel? Hier stehen die Leute ja alle Kopp! Komm du sofort zurück, verstanden, Junge!»

«Aber Herr Hoppelmann, das geht doch nicht, ich bin ja gerade in Sizilien.» Schließlich hatte Mutter nichts davon gesagt, daß Paul auch Herrn Hoppelmann gehorchen sollte.

«Wo bist du? Mach doch keine Witze, Junge!»

«Herr Hoppelmann, ich ruf ja nur an, damit alle wissen, daß es mir gut geht und daß ich nicht unters Auto gekommen bin, oder sonst was. Bitte richten Sie das Tante Herta aus und grüßen Sie alle von mir. Und Ihr Fahrrad...»

«Paul!» Das war Tante Hertas Stimme. «Paul, mein Junge, wir sind ja alle so in Sorge. Wo bist du denn? Dir ist doch nichts passiert? Wie konntest du nur, Junge! Paul?»

«Ja, Tante Herta, deshalb ruf ich ja an. Es geht mir gut, bestimmt. Mach dir bloß keine Sorgen. Ich schreib dir auch mal», fügte er großzügig hinzu. Da damit eigentlich alles gesagt war, wünschte Paul noch schnell «alles Gute» und legte auf. Er hatte es geschafft! Tante Herta sah Karl Hoppelmann entgeistert an, schlenkerte den Hörer und hielt ihn abermals ans Ohr. «Die Leitung ist unterbrochen worden!»

«Er hat wohl aufgelegt.» Karl Hoppelmann stopfte sich die Pfeife.

«Aufgelegt? Aber ich weiß doch nicht einmal, wo der Junge jetzt ist!»

«In Sizilien, hat er gesagt.»

«Reden Sie doch keinen Unsinn!» wies ihn Tante Herta ärgerlich zurecht. «Wie soll der Junge dahin kommen? Das sieht ihm ähnlich! Sizilien! So ein Träumer. Wo mag er nur

wirklich stecken? Was machen wir nun? Ich wage die Eltern nicht zu benachrichtigen.»
«Wenn Sie mich fragen: abwarten und Tee trinken.» Herr Hoppelmann zündete sich die Pfeife an. «Er wird sich schon wieder melden. Nett von ihm, gleich an mein Fahrrad zu denken. Braver Junge! Wenn er es nur wenigstens hier in der Nähe abgestellt hätte. Schließlich bin ich ja nicht mehr der Jüngste. Auf der Polizeiwache zu erscheinen war schon anstrengend genug. Die fragen einem ja ein Loch in den Bauch. Und dann bin ich den ganzen Weg zurück mit dem Fahrrad gefahren. In meinem Alter!»
«Mit Ihnen läßt sich einfach nicht reden. Sie denken immer nur an sich!» sagte Tante Herta vorwurfsvoll und rauschte hinaus.
«Einer muß ja schließlich an mich denken», murmelte Karl Hoppelmann und zog an seiner Pfeife.
Tante Herta unterbrach ihn in seinen Betrachtungen.
«Lassen Sie mich ans Telefon, ich muß sofort die Polizei benachrichtigen, daß der Junge sich gemeldet hat und daß wir immer noch nicht wissen, wo er ist.»
Karl Hoppelmann stand wortlos auf und schlurfte hinaus.
Der Polizeibeamte notierte gewissenhaft, daß sich der gesuchte Paul Großkopp, Mühlenweg Nr. 8, gemeldet habe, Uhrzeit, Datum, und schloß dann die Akte.
Als Tante Herta ungeduldig wissen wollte, was nun zu tun sei, sagte er genau wie Karl Hoppelmann: «Abwarten. Er meldet sich bestimmt wieder.»

13. Ein Mädchen, das ein Junge werden sollte und Antonietta heißt

Enrico hatte inzwischen die Großmutter umarmt und ihr versichert, sie sei die beste aller Großmütter, mit Abstand die beste. Darauf hatte die Großmutter gelacht, wie eine Großmutter und nicht wie eine Hexe, und dann verkündet:
«Ich muß noch etwas besorgen. Dabei kann ich euch nicht brauchen. Geht nach Haus und macht ein Feuer auf dem Hof. Wenn ich zurückkomme, will ich genug Glut vorfinden, um ein Kaninchen zu braten. Ihr werdet doch wohl ein anständiges Feuer machen können?»
Da sie selbst überzeugt war, daß sich eine Antwort hierauf erübrigte, wartete sie diese auch nicht ab und ging in die entgegengesetzte Richtung davon.
Paul nahm Enrico beim Arm. «Hör mal, wir müssen jetzt sofort einen Plan ausarbeiten», sagte er, während sie die Straße hinuntergingen.
«Plan?»
«Enrico, du hast doch nicht vergessen, daß wir hierhergekommen sind, um etwas zu entdecken?»
«Nein, natürlich nicht.»
«Na also. Je eher wir anfangen, desto besser!»
«Aber ich hab doch versprochen, der Großmutter zu helfen.»

«Klar, machen wir. Am Tag helfen wir der Großmutter, und in der Nacht gehen wir entdecken. Aber den Plan müssen wir sofort machen.»
Darauf sagte Enrico nichts. Er hätte nachts nämlich gern geschlafen. Aber Versprechen müssen gehalten werden.
«Weißt du», begann er, «ich versteh mich nicht besonders aufs Entdecken, aber wenn man etwas entdecken muß, das versteckt ist, dann findet man es doch leichter am Tag. Im Dunkeln sieht man so wenig.»
«Deshalb müssen wir eben genau planen. Wir müssen uns die Zeit einteilen.»
«Müssen» fand Enrico kein gutes Wort. Man muß lernen, und man muß arbeiten, das reicht vollauf. Deshalb sagte er: «Wir können es uns ja teilen. Ich mach das Feuer auf dem Hof, und du machst den Plan. Das kannst du bestimmt besser als ich.»
«Na schön», sagte Paul, obwohl er selbst ganz gern das Feuer vorbereitet hätte. «Erst die Arbeit, dann das Vergnügen. Ich werde mich beeilen, damit ich dir helfen kann.»
Auf der Via Roma herrschte jetzt nicht nur ein reges, sondern auch ein lautstarkes Leben. Die Hausfrauen kauften für das Mittagessen ein; alles ganz frisch.
In den Städten ist «frisch» etwas Besonderes. Der Gemüsehändler schreibt auf ein Stück Karton «Frisches Gemüse» oder «Frisches Obst» und verlangt dafür gleich eine Mark mehr das Pfund.
«Frisch» ist in Sizilien selbstverständlich und kostet nicht mehr und nicht weniger. Es gibt kein anderes Gemüse als frisches Gemüse und kein anderes Obst als frisches Obst. Die Bauern holen es jeden Morgen «frisch» vom Feld. Sie reiten schon um drei Uhr oder vier Uhr in der Frühe los, und wenn die Hausfrauen aufstehen, dann steht das Gemü-

se vor der Tür. Jawohl, vor der Tür! Die Hausfrau im zweiten Stock läßt an einem langen, starken Bindfaden einen Korb auf die Straße hinunter, und der Bauer belädt ihn aus seinem Eselskarren. Das Bezahlen erfolgt auf gleiche Weise, nur legt diesmal die Kundin das Geforderte in den Korb.

Keine Hausfrau muß sich mit schweren Einkaufstaschen abschleppen. Ja, sie braucht sich nicht einmal anzuziehen, um einzukaufen, das kann sie ganz bequem im Nachthemd besorgen, wenn sie mal spät aufgestanden ist. Ohne Lärm geht das natürlich nicht ab, wenn man sich von der Straße bis zum zweiten Stock überzeugend unterhalten will. «Hören Sie», schreit der Bauer hinauf, «zu *dem* Preis kriegen Sie im ganzen Dorf keine Artischocken!» – «Das will ich gern glauben, keiner ist so teuer wie Sie! Außerdem will ich keine Artischocken!»

Der Milchmann treibt seine Ziegen durch die Straße und verkauft Ziegenmilch nach dem Motto «direkt vom Produzenten (Ziege) an den Verbraucher». Kinder und Frauen überreichen ihm einen Topf, und «stripp – strapp – stroll» wird die Milch hinein gemolken. Der Preis ist niedrig, weil der Milchmann ja die Ladenmiete spart.

Paul und Enrico bogen von der Via Roma ab und in die ungepflästerte Straße ein. Schon von weitem sahen sie das Mädchen, das der Großmutter getrotzt hatte.

Sie schleppte einen Krug aus Ton, den sie mit beiden Armen an sich drückte. Bei jedem Schritt schwappte Wasser daraus und über ihr Kleid. Sie ging unnatürlich gerade mit hocherhobenem Kopf und blickte weder nach rechts noch nach links. Ein Knäuel mehr oder weniger schmutziger, barfüßiger, lärmender Kinder folgte ihr in kurzem Abstand.

«Mala femmina!» höhnten sie. «Mala femmina!» grölten sie

und versuchten, das Mädchen mit Spucke zu erreichen. Paul blieb stehen. «Was schreien die denn?»
«Es bedeutet so viel wie ‹schlechtes Mädchen›.»
Da flogen auch schon die ersten Steine. Das Mädchen zuckte zusammen. Ein Stein hatte sie am Kopf getroffen. Paul setzte sich in Trab.
«Seid ihr verrückt!» schrie er auf deutsch, schlug einem Jungen den Stein aus der Hand, riß den nächsten zurück, weil er das Mädchen an den Haaren zog, erhielt einen Fußtritt, trat zurück, und dann hingen kleine Jungen wie Kletten an ihm, bissen, schlugen, spuckten und kratzten.
Enrico erging es nicht besser. Mit Mühe hielt er sich auf den Beinen. Ein Junge hing auf seinem Rücken, schwer wie ein nasser Sack, und trat ihm von hinten gegen die Beine, ein anderer hatte sich in seinen rechten Arm verkrallt, und Enrico hieb, so gut es ging, mit der freien Linken auf andere Angreifer ein.
Ratsch! Da riß Pauls Hose. Wenige Augenblicke später ließen die lästigen Kletten mit triumphierendem Geschrei von ihm ab und balgten sich am Boden.
Pauls Hosentasche war gerissen, und alle Bonbons, die man ihm in der Bar zugesteckt hatte, lagen jetzt unter den schreienden Kindern. Das Mädchen war verschwunden. Auch Enrico und Paul fanden, daß sie hier nichts weiter zu suchen hatten, und rannten die Straße hinunter, den Feldweg entlang, und standen kurz darauf keuchend auf Großmutters Hof.
«Man hat's nicht leicht, aber leicht hat's einen!» brachte Paul endlich heraus.
«Das kann man wohl sagen», bestätigte Enrico und steckte sich das Hemd in die Hose. Das verbesserte sein Aussehen aber nur sehr wenig, weil auf der Brust ein großer Dreiangel

klaffte, die graue Hose große Flecken zeigte, sein Arm aus Kratzern blutete und der Schweiß sich im Gesicht mit Staub zu grauen Streifen vermischte.

Paul sah dem Freund nicht unähnlich. Ein Riß reichte von der Hosentasche bis zum Knie, seine Wange war zerkratzt und brannte, und sein Hemd hing aus der Hose.

Als sie sich unter dem Wasserhahn wuschen, fragte Paul: «Warum ist sie denn ein schlechtes Mädchen?»

«Was weiß ich. Wir können ja Großmutter fragen, wenn sie kommt.»

«Mensch», sagte Paul und sah an sich herunter, «ich hab nicht mal 'ne andere Hose.»

«Großmutter wird sie flicken», versicherte Enrico. «Mein Hemd ist auch nicht besser. Das können wir jetzt nicht ändern. Ich muß sofort anfangen Feuer zu machen, sonst wird sich Großmutter schön für meine Hilfe bedanken.»

Trockene Äste und zerbrochene Kisten fanden sie in dem windschiefen kleinen Stall, der sich hinten an das Haus lehnte. Die schleppten sie zur Feuerstelle auf den Hof, wo größere Steine zu einem Kreis ausgelegt waren.

«Jetzt mach ich das schon allein, fang du mal mit deinem Plan an», sagte Enrico und begann das Holz kunstvoll und mit Zwischenräumen in die Feuerstelle zu stapeln.

«Hast du vielleicht ein Stück Papier und einen Bleistift?» bat Paul. Enrico fand im Haus eine braune Papiertüte und einen Bleistiftstummel. Damit setzte sich Paul an den verwitterten Holztisch, der auf dem Hof in den Boden gerammt war, und starrte eines der wohlbekannten Löcher in die Luft.

«Hältst du es für möglich, daß es hier in der Gegend einen unentdeckten Völkerstamm gibt? Wilde Eingeborene, meine ich, Kopfjäger zum Beispiel», erkundigte er sich nach einer Weile.

Da Enrico gerade versuchte, das Feuer zu entfachen, warf er nur kurz den Kopf in den Nacken und schnalzte mit der Zunge. Das gehörte in Sizilien zur Sprache und heißt jeweils den Umständen entsprechend: nein, unmöglich, das kommt gar nicht in Frage, das kannst du von mir nicht verlangen und alles andere, was ablehnend gemeint ist.

«Na, hör mal», sagte Paul deshalb. «Du kannst doch nicht einfach nein sagen. Man hat sie eben noch nicht entdeckt.»

Jetzt brannte das Feuer richtig. Enrico wandte sich dem Freund zu.

«Was sind Kopfjäger?»

«Wilde, die im Dschungel leben, anderen den Kopf abschneiden und auf die Zaunpfähle spießen, die das Dorf einzäunen.»

«Woher weißt du das?»

«Ich hab ein Buch darüber gelesen.»

«Dann sind sie also schon entdeckt worden?»

Paul nickte.

«Wir müssen etwas ganz Neues finden.»

Paul nickte wieder.

«Höhlenmenschen!» schlug er dann vor. «Bis jetzt hat man Höhlen entdeckt, in denen Menschen gelebt oder gemalt haben – wir entdecken eben Menschen, die in Höhlen leben!» schloß er triumphierend.

«Ich kenn ein paar Höhlen auf den Hügeln, da schlafen die Schafhirten manchmal.»

«Das ist nicht das Richtige.»

Sie versanken in Schweigen.

«Ich würde es vorziehen, einen Schatz zu entdecken», sagte Enrico. «Bei dem Wort entdecken fällt mir eigentlich immer zuerst ein Schatz ein.»

Vor Pauls geistigem Auge erlosch das Bild langbehaarter Höhlenmenschen, aber nicht ganz. Es gefiel ihm zu gut.
«Es ist aber viel schwieriger, einen Schatz zu finden, bei Höhlenmenschen hat man es einfacher. Wir brauchen nur systematisch in allen Höhlen nachzusehen. Wo keine Höhle ist, sind auch keine Höhlenmenschen, und wo eine ist, da könnten welche sein. Verstehst du, das erleichtert das Suchen. Ein Schatz kann überall sein, unter der Erde verschüttet, eingemauert oder im Keller vergraben...»
«Die Häuser im Dorf haben keine Keller», unterbrach ihn Enrico. «Keller können wir streichen.»
«Na schön, und was hast du damit gewonnen? Laß dir das sagen, Enrico», Pauls Stimme klang unangenehm belehrend, «Schätze sind eine Rarität.»
«Höhlenmenschen auch!» antwortete Enrico heftig, sprang auf und ging neues Holz holen.
Das gab Paul die nötige Zeit, sich für seine Besserwisserei zu schämen. Wahrscheinlich konnte Enrico sich nicht vorstellen, wie hochinteressant Höhlenmenschen sein können. Natürlich sind Schätze auch interessant. Vor allem sind sie lohnend – vorausgesetzt, daß man sie findet.
Als Enrico mit dem Holz zurückkam, war Paul zu einem Kompromiß bereit.
«Inzwischen ist mir etwas eingefallen, Enrico. Kennst du die Geschichte von Ali Baba und den vierzig Räubern? Die Räuber hielten ihre Schätze in einem Berg versteckt. Das war nichts anderes als eine Höhle. Schätze können sehr gut in Höhlen verborgen sein. Wir könnten also bei den Höhlen anfangen, deinen Schatz zu suchen. Weißt du was, ich helf dir den Schatz suchen, und du hilfst mir die Höhlenmenschen finden.» Pauls Begeisterung wuchs mit jedem Satz. «Stell dir vor, wir fänden beides!»

Da Enrico selbst gern einlenken wollte, fand er Pauls Vorschlag annehmbar. Die Geschichte von Ali Baba kannte er zwar nicht, fand es jedoch beruhigend, daß Schätze in Verbindung mit Höhlen auch in Büchern vorkamen. Enrico hatte Respekt vor Büchern. «Einverstanden!» verkündete er deshalb und streckte Paul die Hand hin.
Die Großmutter kam gerade auf den Hof, als der Pakt besiegelt wurde. Sie glaubte die Lage mit einem Blick erfaßt zu haben. Dies war der Friede nach dem Sturm, oder besser gesagt nach dem Hurrikan, dachte sie, während sie ihre Blicke prüfend über Risse, Flecken und Kratzer der vermeintlichen Gegner schweifen ließ.
«Ihr habt wohl eine größere Meinungsverschiedenheit gehabt?» wandte sie sich an ihren Enkel.
«Nicht der Rede wert», sagte Enrico gleichmütig, denn er dachte natürlich an die Höhlenmenschen.
«Es freut mich zu hören, daß es nicht der Rede wert war», sagte die Großmutter, und ein Wetterleuchten in ihrer Stimme zeigte an, daß sie sich keineswegs freute, im Gegenteil. Da brach das Gewitter auch schon los: «Der Riß in deinem Hemd ist wohl auch nicht der Rede wert? Und deine Hosen? Guck dir deine Hosen an und die von Paul! Zur Strafe sollte ich euch nackt durch die Gegend laufen lassen, und es ist gar nicht ausgeschlossen, daß ich das tue!»
Jede Großmutter, ebenso wie jede Mutter, verabscheut zerrissene Kleidung. Das liegt daran, daß solche Kleidung geflickt werden muß, und ist deshalb begreiflich.
Trotzdem ließ sich Enricos Großmutter schnell beschwichtigen, als Enrico erzählte, wie die Straßenschlacht verlaufen war. Nachdem sie nach allem Drum und Dran gefragt hatte, nickte sie sogar beifällig und sagte: «Bravo.» Das verstand auch Paul.

Dann erzählte die Großmutter: «Das Mädchen ist Antonietta. Sie ist die Tocher von Sassa Carrara, der gleich neben dem Schuster wohnt. Niemand im Dorf nennt Sassa Carrara bei seinem Namen, niemand sagt zum Beispiel: ‹Heute habe ich Sassa Carrara auf dem Platz getroffen.› Sie sagen statt dessen: ‹Reich-bin-ich war heute auf dem Platz.› Reich-bin-ich ist Sassa Carraras Spitzname seit Antoniettas Geburt.

Das kam so: Sassa Carrara, der noch heute ein armer Landarbeiter ist, hatte zwölf Töchter. Tag um Tag mußten mindestens vierundzwanzig Teller Suppe auf den Tisch kommen, für jedes Kind einer am Mittag und einer am Abend, Eltern nicht mitgerechnet. Zwölf Kinder bedeuten außerdem zwölf Paar Schuhe, zwölf Kleider und an Festtagen zwölf Eislutscher und vieles andere mal zwölf genommen. Deshalb hatte Sassa Carrara es nicht leicht.

Wären es statt Töchtern Söhne gewesen, hätte er sie genauso gern gehabt, wäre aber reicher gewesen. In Sizilien sind Söhne der Reichtum armer Familien. Als Fünfjährige können sie anfangen, ein paar Lire durch Botengänge zu verdienen, als Sieben- und Achtjährige schleppen sie Kisten, Kasten und Pakete für Ladenbesitzer oder helfen beim Barbier oder in Geschäften für ein geringes Taschengeld. Pinuccio, der schon zehn ist, arbeitet nachts beim Bäcker und ernährt Vater, Mutter und Geschwister, die keine Arbeit haben. – Es ist aber so gut wie ausgeschlossen, daß Mädchen etwas verdienen, denn Botengänge dürfen sie nicht machen, Kisten sollen sie nicht schleppen, und alles andere dürfen sie erst recht nicht tun, ganz einfach, weil sie Mädchen sind. Das ist so in Sizilien.

Wer kann es also Sassa Carrara verdenken, daß er sich einen Sohn wünschte, als das dreizehnte seiner Kinder unterwegs war? Die Nachbarinnen betrachteten Frau Carrara kritisch.

‹Es wird ein Junge›, behauptete eines Tages jemand. Die Nachbarinnen wiederholten es, und Sassa Carrara selbst wiederholte es so lange, bis er fest daran glaubte. ‹Ich bin reich›, pflegte er zu sagen. ‹Diesmal wird es ein Junge! Reich bin ich!›
Die Leute begannen ihn ‹Reich-bin-ich› zu nennen und fuhren erst recht fort, diesen Spitznamen zu gebrauchen, als Antonietta geboren wurde.
Vielleicht ist Antonietta aus diesem Grund ein etwas sonderbares Kind geworden. Sie benimmt sich nicht, wie ein Mädchen sollte, aber sie benimmt sich auch nicht wie ein Junge. Viele Leute sagen, sie hat kein Benehmen. Das ist falsch, Antonietta benimmt sich nur anders, als es von ihr erwartet wird. Ist jemand sehr unfreundlich zu ihr, lächelt sie, wenn aber jemand freundlich ist, dann streckt sie die Zunge heraus. Das ärgert die Leute, die freundlichen wie die unfreundlichen, weil es sie irritiert. Auch die Kinder mögen Antonietta nicht, weil sie anders ist. Aber Antonietta ist ein gutes Mädchen. Sie nimmt ihren Schwestern ungeliebte Arbeiten ab, wie Wasserholen zum Beispiel.»
Damit beendete die Großmutter die Geschichte.
«Das müssen wir ausprobieren», sagte Enrico zu Paul und meinte Antoniettas Benehmen. «Wenn wir sie nächstes Mal treffen, sagst du zu ihr, sie sei eine Kuh mit Eselsohren, und ich strecke ihr die Zunge heraus. Mal sehen, wie nett sie dann zu uns ist.»
«Ihr müßt nicht immer alles so wörtlich nehmen», sagte die Großmutter.
Während des Erzählens hatte sie den Kaninchenbraten mit Kräutern und Olivenöl eingerieben. Jetzt brutzelte er an einem Spieß über der Glut und verbreitete einen wunderbaren Duft.

«Was ist denn in dem Paket auf dem Tisch, Großmutter?» fragte Enrico neugierig.

«Das könnt ihr auspacken. Ihr habt es ja fast verdient. Brauchen könnt ihr es jedenfalls.»

Als Enrico das Zeitungspapier ungeduldig aufriß, kamen vier Turnhosen zum Vorschein, dazu vier gestreifte T-Shirts, und darunter lagen zwei Paar Sandalen aus Kunststoff.

«Großmutter, du kannst ja hellsehen!» behauptete Enrico und zog sofort sein Hemd aus.

Paul war ein bißchen verlegen. «Wo ich doch gar nicht ihr Enkel bin», sagte er zu Enrico und streifte die neuen Sandalen über.

«Wie sagt man eigentlich vielen Dank auf italienisch?» Enrico sagte es ihm.

«Mille grazie», sagte Paul darauf zur Großmutter, gab ihr die Hand und machte einen artigen Diener. So etwas tat er ganz selten und nur bei besonderen Gelegenheiten.

14. Hexenkunde – Theorie und Praxis in umgekehrter Reihenfolge

Zum Kaninchenbraten gab es grüne Oliven, schwarze Oliven und Salat. Weil es allen gut schmeckte, verlief das Mittagessen wortkarg, denn mit vollem Mund spricht man bekanntlich nicht.

Da hörten sie Hufschläge auf dem Weg.

«Concetta!» rief eine rauhe Stimme gleich darauf.
«Brr!» Ein Reittier wurde gezügelt. «Concetta!»
«Was ist denn?» rief die Großmutter zurück, wischte sich mit dem Ärmel über den Mund und stand auf.
«Concetta!» Es klang fast wie ein Hilferuf. Dann zwängte sich ein Esel durch die Öffnung in der Kaktushecke. Er trug einen Reiter, einen kleinen, hageren Mann.
«So ein Glück. Ich dachte schon, du bist nicht da», wandte er sich an die Großmutter.
«Hallo Beppe! Welch guter Wind treibt dich zu mir?»
«Ein schlechter Wind, Concetta, ein Sturm, ein Hurrikan, ein Taifun!»
Er ließ sich aus dem Sattel gleiten und humpelte zu einem Stuhl, auf dem er sich niederließ.
«Was ist denn mit deinem Fuß?»
«Gebrochen!» verkündete er mit Grabesstimme. «Ganz bestimmt gebrochen. Ein Unglück kommt selten allein, niemals kommt es allein.»
«Laß mal sehen.» Die Großmutter wischte sich die Hände am Rock sauber.
«Dazu bleibt keine Zeit. Du mußt mich verstecken, Concetta, mich und den Esel, sonst kriegen die Verrückten mich doch noch!»
«Nun mal der Reihe nach! Welche Verrückten, und warum sind sie hinter dir her?»
«Ich weiß es nicht, Concetta. Ich schwöre dir, ich weiß es wirklich nicht. Ich war oben bei den Höhlen mit meinen Ziegen, und plötzlich haben sie geschossen. Zwei Fremde haben auf mich geschossen. Oder auf meine Ziegen. Jedenfalls geschossen haben sie.»
«Warum sollten sie denn auf dich schießen?»
«Ich hab sie nicht gefragt. Ich bin gleich weg. Solche Leute

legen dich erst um und lassen dann mit sich reden. Du kennst ja die Sorte. Bitte, Concetta, versteck mich!» flehte er.

Da saß er wie ein trauriger schwarzer Rabe, dachte Paul. Alles an dem kleinen Mann war dunkel, Haar, Augen, Jacke und Ränder unter den Fingernägeln. Von weitem hörten sie Hunde bellen.

«Da sind sie schon!» Der Mann, der Beppe hieß, sprang vom Stuhl auf. Er stöhnte, weil er nicht an seinen verletzten Fuß gedacht hatte. Hilfesuchend stützte er sich auf Pauls Schulter, weil dieser ihm am nächsten stand.

«Wenn du mich versteckst, Concetta, bringe ich dir meine beste Ziege!»

«Vielen Dank, aber die hast du mir schon voriges Jahr gebracht. Nach einer Woche ist sie dann an Altersschwäche gestorben», antwortete die Großmutter ungerührt.

«Du bekommst ein neugeborenes Zicklein, Concetta. Aber mach jetzt schnell, sie kommen!»

«Das ist ein Wort», nickte die Großmutter und wurde geschäftig. Sie packte den Esel am Zaumzeug. «Den bring ich hinten in den Stall. Paul und Enrico, ihr bringt Beppe ins Haus. Enrico, legt ihn aufs Bett und deckt ihn einfach ganz zu. Nun macht schon!»

Die Hunde kläfften hinter der Kaktushecke, als Enrico mit einem Ruck die geblümte Decke vom Bett zog. Beppe ließ sich bis in die Mitte rollen, wo die Matratze so durchgelegen war, daß der schmächtige Mann in die Vertiefung sank. Paul und Enrico zogen die Decke wieder über. Nichts verriet, daß darunter jemand lag. Auch die Katze sprang wieder aufs Bett und rollte sich zusammen, um ihren so plötzlich gestörten Mittagsschlaf wieder aufzunehmen.

«Guten Tag die Herren», hörten sie die Großmutter drau-

ßen sagen. Der Gruß blieb unerwidert. Statt dessen sagte eine bekannte Stimme: «Wo ist denn der schmutzige Ziegenhirt?»
Kein Zweifel, das mußte der Besucher von gestern nacht sein.
«Ziegenhirt?» Das war Großmutters Stimme.
«Jawohl, Ziegenhirt. Die Hunde haben seine Spur hierher verfolgt. Kluge Tiere. Du willst mir doch nicht wieder erzählen, daß du allein bist?» grollte die Stimme weiter.
«Nein, ich habe Besuch», sagte die Großmutter kurz.
«Na, das trifft sich aber gut», hörten Paul und Enrico eine unbekannte Männerstimme sagen. «Wir haben nämlich mit deinem Besucher ein Wörtchen zu reden.»
«Tatsächlich? Und darf ich fragen, warum?»
«Das darfst du nicht. Wo ist er?»
«Wo ist wer?»
«Dein Besucher. Stell dich nicht dumm!»
«Keineswegs. Ich fragte nur, weil ich zwei Besucher habe. Welchen von beiden wollt ihr sprechen?»
Es blieb einen Augenblick still draußen. Dann sagte die fremde Männerstimme ein wenig unwirsch: «Beide! Ruf sie beide!»
«Enrico! Paul!» rief die Großmutter mit angehobener Stimme. «Kommt doch mal bitte auf den Hof.»
Enrico kniff Paul in den Arm und zwinkerte ihm zu: «Jetzt wird es wieder einmal spannend!» Gelassen öffnete er die Tür und trat betont langsam auf den Hof. Paul folgte ihm auf den Fersen. Die beiden Männer standen mitten auf dem Hof, dicht bei der Feuerstelle. Sie starrten die Jungen wortlos an. Die Jungen starrten zurück. Die Überraschung war auf beiden Seiten gelungen. Darüber freute sich jedoch niemand, denn es war eine unangenehme Überraschung.

Auch für Enrico und Paul. Beide Männer trugen nämlich dichtbestückte Patronengürtel wie eine Schärpe über die Schulter geschlungen. In der Hand hielten sie doppelläufige Flinten, so nachlässig und selbstverständlich, als wären es Einkaufstaschen.

Paul blieb ruckartig stehen. Das trug ihm die Mißbilligung zweier staubiger Köter ein. Sie unterbrachen das Schnüffeln im Hof und knurrten ihn an. Der kleine Braune zeigte gefährlich spitze Zähne.

«Soll das ein Witz sein?» fragte der Mann mit einer Handbewegung gegen die Jungen. Er trug die Schirmmütze so tief ins Gesicht gedrückt, daß man kaum seine Augen sah.

«Guten Tag», grüßte Enrico laut. Da es ihm Mut machte, daß seine Stimme ganz alltäglich klang, wiederholte er es gleich noch einmal. Eine Antwort bekam er nicht.

Der Fremde wandte langsam den Kopf und sah die Großmutter durchdringend an. Mit dem Flintenlauf schob er bedächtig die Mütze aus der Stirn. Dann wanderte sein Blick wieder zu den Jungen. Er lächelte böse. Paul schien ihm besonders zu gefallen. Sein Lächeln wurde noch breiter.

Paul stand stocksteif und wagte sich nicht zu rühren, weil einer der Hunde gerade seine Beine beschnüffelte. Es war der kleine Braune mit den spitzen Zähnen!

«Da haben wir ja ein Paar junge Augen», sagte der Mann und lächelte immer noch böse. «Zwei Paar junge Augen», verbesserte er sich und nickte Enrico zu. «Und junge Augen sehen besser als die Augen einer alten Frau. Natürlich können so junge und gute Augen auch weiter blicken als ich und mein Freund hier.» Der Fremde legte eine Pause ein. «Diese jungen und guten Augen haben vielleicht hier in der Nähe einen Ziegenhirten gesehen? Denn sollten sie

ihn nicht gesehen haben, werden wir sie mitnehmen, um ihn schneller zu finden. Was ist? Heraus mit der Sprache!»
Paul hatte kein Wort verstanden und sagte deshalb nichts. Enrico war seiner Stimme nicht mehr so sicher wie vorher und schüttelte deshalb nur den Kopf. Er schielte zur Großmutter hinüber. Sie würde bestimmt einen Ausweg wissen.
«Meine alten Augen sehen oft Dinge, die andere nicht sehen», sagte die Großmutter ruhig und hob einen Ast auf. Das mißfiel beiden Hunden. Ein Ast ist so gut wie ein Stock, und damit verbanden sie keine guten Erfahrungen. Jaulend ergriffen sie die Flucht. Die Großmutter zeichnete ein Kreuz in die Aschenreste der Feuerstelle. Der Kleine zog wieder die Nase hoch. Der Große warf einen kurzen Blick auf das Zeichen in der Asche. Darauf rückte er seinen Patronengürtel zurecht, drückte sich die Schirmmütze schräger übers Ohr und zupfte wie unabsichtlich an einem Taschentuch, das übereck aus seiner oberen Rocktasche lugte. «Du weißt wohl nicht, mit wem du es zu tun hast?»
«Unverkennbar», antwortete die Großmutter ruhig, «auch ohne Taschentuch.» Sie schien wenig oder gar nicht beeindruckt.
Nun muß man aber wissen, daß eine schiefe Schirmmütze und ein Taschentuch übereck in der Rocktasche in Sizilien soviel bedeuten wie «Vorsicht», denn Leute, die so was tragen, gehören zur Mafia, und beides ist so etwas wie ein Vereinsabzeichen. Das ist sehr praktisch und erspart ihnen, den Leuten Angst zu machen, denn wer so eine schiefe Mütze sieht, hat von allein Angst. Immerhin haben Mitglieder der Mafia mindestens ein Verbrechen direkt oder indirekt auf dem Gewissen – direkt, wenn sie es selbst ausge-

führt haben, indirekt, wenn es jemand für sie auf Bestellung begangen hat.

Da es dem Großen trotz alledem nicht gelungen war, die Großmutter sonderlich zu beeindrucken, spie er wenigstens im hohen Bogen verächtlich auf den Hof.

Die Großmutter hatte schweigend begonnen, die beiden gemessenen Schritts zu umkreisen. Dabei drückte sie mit dem Stock in ihrer Hand hart auf den Boden. Langsam formte sich ein Kreis. Der Kleine, der sie aus den Augenwinkeln betrachtete, trat unwillkürlich drei Schritte zurück. Vorsichtshalber. So stand er außerhalb des Kreises.

Der Große räusperte sich und schielte auf den unfertigen Kreis, aber er rührte sich nicht.

«Es kann immerhin sein» – er räusperte sich noch einmal – «daß dieser Ziegendieb...dieser Ziegenhirt...ein Dieb ist er auch...und dürr wie eine Distel und schwarz wie seine Seele...» Er stockte. Der Kreis drohte sich zu schließen. «Daß dieser Ziegendings...» – Schnell machte er einen großen Seitenschritt durch die noch verbliebene Öffnung und stieß fast mit der Großmutter zusammen, die den Kreis vollendete – «...sich im Haus befindet», beendete er schnell den Satz und atmete, als wäre er gelaufen.

«Warum geht ihr nicht hinein und seht nach?» Die Großmutter wies mit dem Stock auf die Haustür. Diese stand einen Spalt breit auf.

«Es eilt nicht», verkündete der Große und hob dann seine Stimme an. «Du kannst ihm bestellen, wenn du ihn siehst, daß er oben bei den Höhlen nichts verloren hat, aber etwas verlieren kann, wenn er sich dort noch einmal sehen läßt und nicht Wasser im Munde trägt. Und wenn ich Wasser im Mund sage, dann mein ich das!»

Wenn man den Mund voll Wasser hat, kann man nämlich nicht reden, und das meinte der Große – absolutes Stillschweigen bewahren.

Er spuckte in die Kaktushecke, und die beiden wandten sich zum Gehen.

Paul und Enrico warteten ein wenig, schlichen dann vorsichtig an die Öffnung in der Kaktushecke und spähten hinaus. Die Männer schritten querfeldein direkt den Hügeln zu. Die Hunde liefen voraus. Weder die einen noch die anderen blickten zurück.

Diese gute Nachricht wollten sie Beppe sofort überbringen, damit er sich nicht mehr zu ängstigen brauchte. Aber als sie ins Haus traten, war das Bett leer. Die bunte Decke lag unordentlich zurückgeschlagen, und die Katze saß auf der Fensterbank. Ungemachte Betten liebte sie offenbar nicht. Beppe lag auch nicht unter dem Bett. Sie fanden ihn im Abstellraum.

«Er schnarcht!» stellte Enrico erstaunt fest. Die Großmutter hob eine leere Flasche auf und hielt sie gegen das Licht.

«Kein Wunder», sagte sie und roch an der Flasche. «Er hat den Wein ausgetrunken, den ich vorgestern als Essig angesetzt habe. Der war schon letzte Woche sauer. Lassen wir ihn seinen Essigrausch erst ein wenig ausschlafen.»

Sie ging nach nebenan, um unter Aufsicht der Katze das Bett wieder zu machen.

«Die kommen bestimmt nicht zurück, Großmutter. Du hast ihnen ordentlich Angst gemacht.»

«Ich? Nein, sie haben sich vor ihrer eigenen Angst gefürchtet.»

«Das ist wieder einer von deinen Sprüchen, die niemand versteht», urteilte Enrico.

«Von welchen Sprüchen, Enrico?»

«Du weißt schon! Wie die Sprüche von gestern nacht über Ebbe und Flut und Vergangenheit.»
«Ach, die meinst du.» Die Großmutter lachte. «Das mußt du unterscheiden lernen. Gestern nacht hatte ich einen gutzahlenden Kunden. Den durfte ich doch nicht enttäuschen. Niemand zahlt, um die nackte Wahrheit zu hören. Deshalb verkleide ich die Wahrheit in geheimnisvolle Sprüche. Das wird doch wohl erlaubt sein? Ein Clown trägt auch ein übertrieben lächerliches Kostüm, um die Leute schneller zum Lachen zu bringen, denn das wird von ihm erwartet. Von mir erwartet man, daß ich geheimnisvoll bin, und deshalb mache ich unverständliche Sprüche.»
«Dann kannst du gar nicht Karten lesen?»
«Ich kann Menschen lesen», antwortete die Großmutter darauf.
Darüber sprach Enrico erst einmal mit Paul.
«Siehst du», sagte dieser, «hab ich's nicht gleich gesagt? Hexen gibt es nicht.»
Eine solche Antwort ging Enrico gegen den Strich und die Familienehre.
«Du hast doch selbst den Zauberkreis gesehen! Und weißt du, was passiert wäre, wenn die Großmutter die beiden darin eingeschlossen hätte?»
«Nein, was denn?»
Enrico mußte zugeben, daß er auch nur dunkle Ahnungen hatte.
«Frag sie doch mal», riet Paul. Er war selbst neugierig.
«Großmutter, was wäre geschehen, wenn die Männer in dem magischen Kreis geblieben wären?»
«Nichts.»
«Nichts?»
«Was sollte denn geschehen? Ein Kreis ist ein Kreis.»

«Aber Großmutter, warum hatten sie denn solche Angst? Und warum hast du den Kreis denn gezeichnet?»
«Damit sie vor ihrer eigenen Angst weglaufen.»
«Ist das einer deiner Zaubertricks?» fragte Enrico hoffnungsvoll.
«Ein Trick schon, aber kein Zaubertrick. Sie wollten dir und Paul und mir Angst machen, deshalb hab ich den Spieß umgedreht. Als sie mit Mafia und Gewehren drohten, hab ich einfach ein Kreuz und einen Kreis gezeichnet. Da hielten sie das für eine noch größere Drohung. Furcht beruht immer auf der Vorstellung, was passieren könnte. Und da sie sich einbildeten, es könnte etwas Fürchterliches passieren, haben sie gar nicht erst gewartet, ob es nun tatsächlich eintrifft. Sie haben sich mit ihrer eigenen Angst so viel Angst gemacht, daß sie weggelaufen sind. Das ist der ganze Trick.»
Enrico wäre zwar ein echter Zauberkreis lieber gewesen als ein nur eingebildeter. Das verriet er aber nur Paul. Er wollte nicht, daß die Großmutter merkte, wie enttäuscht er war. Da die Großmutter aber Menschen lesen konnte, merkte sie es doch.
Paul hörte Enrico interessiert zu.
«Ich versteh dich nicht», sagte er schließlich. «Warum willst du eigentlich unbedingt, daß alles Zauber ist? Wenn deine Großmutter zaubern könnte, hätte sie doch nur mit den Fingern schnippen brauchen, und die unsauberen Herren wären verschwunden. Das ist doch keine Leistung! Aber zwei bewaffnete Männer mit nichts und wieder nichts in die Flucht zu schlagen, das ist doch Spitzenklasse!»
So herum hatte Enrico die Sache nicht betrachtet. Plötzlich begriff er: Das Besondere liegt darin, daß manche Menschen bewundernswerte Dinge zustande bringen, obwohl sie auch nicht anders sind als du und ich.

Stolz sah er seine Großmutter an und sagte dann bewundernd:
«Wenn du schon ohne Hexerei so viel fertigbringst, dann möchte ich dich erst mal zaubern sehen.»
«Darauf wirst du verzichten müssen, Enrico. Ich kann nämlich nicht zaubern.»
«Das macht nichts», sagte Enrico großzügig. «Paul und ich finden dich ja gerade deshalb so großartig.»

15. *Was alles in Höhlen zu finden ist*

Als Beppe nach unbestimmter Zeit erwachte, fühlte er sich recht unsicher auf den Beinen. Daran war sein verletzter Fuß nicht allein schuld.
«Hallo», sagte die Großmutter, als sie ihn in der Tür lehnen sah. «Ich wußte gar nicht, daß du so gern Essig trinkst. Ich werde dir hin und wieder eine Flasche davon spendieren.»
«Jetzt versteh ich auch, warum der Wein so sauer war. Kaum trinkbar. Ich dachte, es sei schlechte Qualität. – Sind sie weg?» fügte er hinzu und sah sich um.
«Über alle Berge», bestätigte die Großmutter.
«Was haben sie gesagt?»
«Eine Menge, aber davon später. Jetzt will ich mich erst mal um deinen Fuß kümmern.»
Beppe humpelte zum Bett und setzte sich neben die schlafende Katze.
«Zeig mal, welcher Fuß ist es denn?»

Beppe stöhnte vorsichtshalber schon, bevor die Großmutter seinen Fuß anfaßte, und rollte verzweifelt mit den Augen, als sie ihn fachkundig untersuchte.
«Ist er gebrochen?» fragte er und wagte nicht hinzusehen.
«Nein, nur verstaucht. In zwei Tagen ist alles wieder in Ordnung.»
«Zwei Tage, sagst du? Und was mach ich inzwischen mit meinen Ziegen?»
«Wir werden sehen. Es ist sowieso besser, wenn du dich vorerst nicht blicken läßt, jedenfalls nicht auf offenem Feld oder auf den Hügeln.»
«Aber meine Ziegen, Concetta! Wer soll denn die Milch am Morgen verkaufen?»
«Das könnte doch dein Vetter tun.»
«Mein Vetter!» sagte Beppe wegwerfend. «Wenn ich den losschicke, dann bekomme ich keine Lira vom Verdienst zu sehen.»
«Der fällt auch weg, wenn du deinen Vetter nicht schickst. Du wirst zwei Tage lang nicht laufen können.»
«Concetta, du mußt den Fuß heilen, unbedingt!»
«Zwei Tage», wiederholte die Großmutter fest. «Schneller geht es nicht. Dein Fuß ist stark geschwollen.»
Sie erwärmte Schafsfett und rieb den Fuß damit ein. Danach legte sie einen stützenden Verband aus Hanfschnüren an, die sie in Eiweiß tauchte. Paul und Enrico sahen interessiert zu.
«Nur wegen dieser Banditen!» stöhnte Beppe zwischendurch. «Was wollen die eigentlich von einem armen Ziegenhirten? – Wegen lumpiger zehn Liter Wein brauchen sie doch nicht gleich zu schießen! – Das ist doch keine Art, selbst wenn der Wein gut ist! – Woher wußten sie überhaupt ... Auaaa! Du tust mir weh!»

«Schon gut. Mit deinem Fuß bin ich fertig. Nun sag mir mal, wie kommst du denn zu zehn Liter Wein? Und warum sollten sie deswegen auf dich schießen?»

«Das weiß ich ja eben nicht!» Er stockte und fuhr dann fort: «Es ist immerhin sehr guter Marsalawein, einer der besten, würde ich sogar sagen. So was bekommt man nicht einmal für gutes Geld zu kaufen.»

«Und weil man ihn nicht kaufen kann, warst du sozusagen gezwungen, ihn dir auf andere Weise zu beschaffen. Das wolltest du wohl sagen?» half die Großmutter nach.

«Concetta!» Es klang ehrlich entrüstet. «Du glaubst doch nicht, daß ich einem seinen besten Wein stehlen würde? Nicht einmal meinem schlimmsten Feind – den zweitbesten vielleicht und auch den drittbesten, aber den besten nie! Soviel Respekt muß man doch noch aufbringen – außer vielleicht, außer natürlich, wenn er seinen besten Wein nicht zu schätzen weiß oder ihn nicht mehr schätzen kann.»

«Natürlich. Und der Besitzer von zehn Liter Marsala war wohl so ein Mensch?»

Beppe nickte traurig: «Er gehört zu denen, die ihn nicht mehr schätzen können – Gott sei seiner armen Seele gnädig!»

«Du willst doch damit nicht sagen, daß er gestorben ist?» fragte die Großmutter. Es klang, als wäre sie davon wenig überzeugt.

«Dir kann ich's ja erzählen, Concetta. Letzte Woche ritt ich ganz zufällig an dem kleinen Haus vorbei, das Salvatore Di Catena sich auf dem Land gebaut hat. Und während ich so vorbeiritt, dachte ich mir, ich sehe doch mal nach, ob sich etwas verändert hat, jetzt, wo Salvatore nicht mehr ist. Es war aber alles genau wie früher. Auch der Wein, den er

immer direkt aus Marsala kommen ließ, stand da in der Ecke, ganz wie früher. Mir kamen die Tränen beim Gedanken, wie schnell doch ein Mensch vergessen wird und wie wichtig es ist, einen Menschen in guter Erinnerung zu behalten.»
Er unterbrach sich und fuhr mit dem schwarzen, kurzen Daumennagel unter den Augen entlang, um die Trauer wirkungsvoll zu unterstreichen.
«Aber sicher!» bestätigte die Großmutter. «Wie recht du hast! Wir beide wollen Salvatore in gutem Andenken behalten! – Zehn Liter Marsala, sagst du? Das ist für alte Leute so gut wie zehn Liter Gesundheit. Morgens mit einem Ei geschlagen, ist er ein ausgezeichnetes Kräftigungsmittel. Unentbehrlich. Ich muß dir gestehen, ich fühle mich in letzter Zeit nicht wie sonst, Beppe. Man wird alt. Die Kräfte lassen nach. – Aber was weißt du schon davon? Du bist schließlich im besten Alter! Ein langes Leben und viele Liter Marsala liegen noch vor dir.»
Beppe sah sie bestürzt an. Es war jedoch nicht Großmutters Gesundheitszustand, um den er sich sorgte.
«Concetta, du übertreibst», sagte er dann sachlich. «Ich bin nur ein paar Jahre jünger als du, und Frauen leben sowieso länger. Außerdem bekommst du ja schon mein bestes Zicklein!»
Die Großmutter wiegte ihren Kopf von einer Seite zur anderen. «Natürlich ist ein zartes Zicklein auch nicht zu verachten. Wenn ich aber an deine beste Ziege vom letzten Jahr denke... Wie groß ist denn das Zicklein schon?»
«Wie mißtrauisch du doch bist, Concetta! Ich versichere dir, du bekommst ein zartes Zicklein, höchstens zwanzig oder dreißig Tage alt. Du kannst es dir aussuchen.»
«Das ist etwas anderes. Wie groß ist denn die Auswahl?»

«Wir werden sehen. Die Zicklein sind ja noch nicht geboren.»

«Ich würde sagen, das entscheidet es. Lieber heute ein Ei als morgen ein Huhn, dann weiß man, was man hat. Ich bekomme den Marsala, und du behältst dein Zicklein. Es wäre doch jammerschade, dich um einen guten Verdienst zu bringen. Ein Zicklein verkauft sich immer gut.» Sie nickte bekräftigend.

«Warum sollen wir denn schon jetzt darüber streiten? Der Marsalawein ist auf den Hügeln, und dort sind auch die Banditen. Wer sagt denn, daß sie ihn nicht finden?»

«Aber Beppe, die Banditen sind doch nicht hinter dem Marsala her.»

«Nicht? Warum haben sie denn geschossen?»

«Du hast sie eben verärgert. Was hast du denn da oben gemacht? Erzähl mal genau.»

«Nichts Besonderes, das schwöre ich dir!»

«Schwör nicht! Erzähle!»

«Na gut, wenn du meinst. Also den Marsala, von dem wir gerade sprechen, hatte ich oben in einer der Höhlen versteckt, damit er kühl im Dunkeln steht. Es war eine von diesen Berggrotten, in denen ich ab und zu übernachte. Aber da ich so nach und nach in allen mal übernachtet habe, erinnerte ich mich nicht mehr daran, welche es nun war. Also habe ich bei der ersten zu suchen angefangen, obwohl ich natürlich sicher war, daß der Marsala gar nicht in der ersten sein konnte. Daran erinnerte ich mich genau, in der ersten hab ich ihn nicht versteckt.»

«Komm zur Sache!» unterbrach ihn die Großmutter.

«Ich erkläre es dir ja gerade. Also, ich bin in die erste Grotte rein. Natürlich war da der Marsala nicht, das hatte ich ja gleich gewußt, und da bin ich denn wieder raus und in die

nächste Grotte rein. Da war er auch nicht, und da bin ich wieder raus und in die nächste...»
«Beppe! – Ich will wissen, welchen Grund sie hatten, auf dich zu schießen!»
«Du hast doch gefragt, was ich gemacht habe. Und ich hab nichts anderes getan als den Marsala gesucht. Ich war in wenigstens fünf Grotten, und als ich aus der fünften kam, da haben sie angefangen, von unten am Hügel auf mich zu schießen. Natürlich bin ich den Hügel auf der entgegengesetzten Seite hinuntergeklettert, da, wo er steil ist. Dann bin ich auch noch ausgerutscht und habe mir den Fuß gebrochen.»
«Verstaucht, Beppe, nur verstaucht.»
«Das tut auch weh! Zum Glück hab ich mich an meinen Esel erinnert und ihn hergepfiffen. Der hat mich dann hierhergebracht. Wo sollte ich denn sonst hin, dein Haus ist schließlich das nächste. Und das ist alles.»
Die Großmutter war aufgestanden und ging nachdenklich auf und ab.
«Sicher», sagte sie zu sich selbst. «Natürlich, so wird ein Vers daraus», bestätigte sie ihre Gedanken. «Sie haben beobachtet, wie du in alle Grotten gegangen bist. Daraus haben sie geschlossen, daß du etwas suchst. Sie suchen nämlich auch etwas, und da dachten sie, du könntest es finden. Das wollen sie auf gar keinen Fall. Aber der Marsala ist es nicht, das kann ich dir versichern. Sie streifen schon seit mehr als zwei Wochen hier in der Gegend herum. Ich habe sie oft beobachtet. Kein Mensch sucht zwei Wochen lang zehn Liter Wein.»
«Sag das nicht», warf Beppe ein.
«Nein, nein, mein Lieber. Hier geht es um mehr. Hier steht eine Menge Geld auf dem Spiel. Einer der beiden war schon

hier und hat es praktisch zugegeben. Außerdem steht das alles im Zusammenhang mit Salvatore. Das ist ja gerade das Merkwürdige! Was hat Salvatore mit Vermögen oder Geld zu tun? Soviel ich weiß, nichts. Und trotzdem muß es so sein. Stell dir vor, einer der beiden Kumpane hatte tatsächlich den Mut zu behaupten, er sei Salvatores Freund! Salvatore hätte lieber einen giftigen Skorpion gestreichelt als mit solchen Leuten auch nur ein Glas Wein zusammen getrunken!»

«Großmutter», unterbrach sie Enrico. «Das wollte ich dich schon lange fragen. Wer ist denn eigentlich dieser Salvatore Di Catena?»

Die Großmutter warf ihm einen erstaunten Blick zu und sagte zu Beppe: «Siehst du, so haben sich die Zeiten geändert!» Dann wandte sie sich an Enrico.

«Vor zehn Jahren gab es niemand in der Gegend, der nicht wußte, wer Salvatore Di Catena war.»

Das ist wieder mal eine typische Antwort Erwachsener, dachte Enrico. Du fragst sie, wo Amerika liegt, und sie antworten empört: Was, du weißt nicht einmal, wo Amerika liegt? Nun gehst du schon so viele Jahre zur Schule, und da haben sie dir nicht einmal das beigebracht? Darüber regen sie sich dann so auf, daß man am Ende immer noch nicht weiß, wo Amerika liegt, und auch nicht mehr danach zu fragen wagt.

Damit tat Enrico der Großmutter jedoch unrecht, denn sie gehörte zu den Erwachsenen, die alles gern erklären.

So erfuhren sie, daß Salvatore Di Catena ein Bänkelsänger gewesen war.

«Jawohl, so etwas gibt es. Bänkelsänger ziehen von Ort zu Ort. Auf einem Platz rollen sie ihre Bildergeschichte auf, etwa wie eine Landkarte, nur größer, und hängen sie irgend-

wo auf, möglichst hoch, damit alle sie sehen. Wenn genügend Leute neugierig herumstehen und die Bilder betrachten, beginnt der Sänger die Geschichte – die übrigens zumeist von Greueltaten handelt – im Sprechgesang zu erzählen und zeigt dabei mit einem Stock auf die einzelnen Bilder, damit die Leute wissen, was er gerade singt und ob er in der Mitte oder schon am Ende der Geschichte ist.
Bevor er dann mit der nächsten Geschichte beginnt, sammelt er Geld von den Zuhörern ein, denn er will erst sehen, ob es sich auch lohnt, die zweite Geschichte zu erzählen.
Salvatores Geschichten waren besonders beliebt, denn sie waren ganz anderer Art. Er selbst hätte es nämlich scheußlich gefunden, Blutrache oder Morde auch noch zu besingen. Das war bekannt. Ob die Leute ihm nun gerade deshalb gern zuhörten oder aus irgendeinem anderen Grund, weiß ich nicht.»
«Und damit verdiente er Geld?» fragte Enrico skeptisch.
«Nicht gerade viel, aber genug zum Leben.»
«Dann kann er doch kein Vermögen hinterlassen haben. Oder war seine Familie reich?»
«So arm, daß sie Salvatore nicht einmal zur Schule schickten. Lesen und schreiben hat er sich allein beibringen müssen, als er schon erwachsen war.»
«Aber, Concetta», unterbrach Beppe sie. «Geld muß er doch gehabt haben. Wovon hat er denn sonst in den letzten Jahren gelebt? Da hat er doch nicht mehr gearbeitet.»
«Das konnte er ja auch nicht, Beppe. Er hatte es auf der Brust. Bei mir holte er sich ab und zu Balsam und Säckchen mit Leinsamen, um sie sich nachts warm auf die Brust zu legen. Manchmal hatte er kaum genug Atem zum Sprechen, geschweige denn zum Singen. Natürlich konnte er nicht mehr arbeiten! Aber du hast recht, seltsam ist es schon. Er

hat nie um den Preis gehandelt und immer gezahlt, was ich verlangte. Wo er das Geld her hatte? Gespart? Laß mich mal nachdenken. Wie lange arbeitete er schon nicht mehr? Fünf oder sechs Jahre mindestens. So viel kann er doch gar nicht gespart haben.»

«Nicht zu vergessen, daß er Marsala literweise kaufte», fügte Beppe hinzu. Es klang ein wenig neidisch.

«Da stimmt doch etwas nicht!»

«Da stimmt was nicht», bestätigte Beppe.

«Ich frage mich nur», fuhr die Großmutter fort, «wieso und woher die beiden Banditen wissen, was wir scheinbar nicht wissen. Dabei stammen sie nicht einmal von hier.»

«Vielleicht gerade deshalb!»

«Wie meinst du das?»

«Mir fiel gerade ein, daß Salvatore manchmal nach Palermo fuhr. Nicht sehr oft, denn in seinem Alter ist das 'ne ganz schöne Reise. Aber warum, frage ich dich, fuhr er nach Palermo? Aus welchem Grund? Ich sage dir, Concetta, da liegt das ganze Geheimnis. Und ich könnte wetten, daß die beiden Kumpane aus der Gegend von Palermo sind.»

«Du bist gar nicht dumm, Beppe», sagte die Großmutter anerkennend.

Beppe lächelte selbstgefällig und wollte gerade einen weiteren Beweis seiner Intelligenz liefern, da ertönte von draußen ein dünnes Bimmeln und lauteres «Mäh!».

«Meine Ziegen!» schrie Beppe und versuchte aufzuspringen. Das bekam aber seinem Fuß nicht. Stöhnend sank er wieder aufs Bett.

Paul und Enrico rannten auf den Hof. An der Kaktushecke spähten sie erst einmal vorsichtig durch die Öffnung. Es hätte ja sein können, daß die Ziegen in unerwünschter Begleitung waren. Das waren sie aber nicht. Gemächlich

kamen sie querfeldein geradewegs zu Großmutters Haus, als
wüßten sie, wo sie ihren Herrn zu suchen hatten.
Zwölf Ziegen zählte Paul.
«Beppe!» schrie Enrico zum Haus hinüber, «wie viele Ziegen hast du?»
«Zwölf.»
«Dann sind sie alle hier.»
«Daß sie mir nicht auf den Hof kommen!» rief die Großmutter.
«Wir passen schon auf.»
Auf dem Feld konnten die Ziegen wenig Schaden anrichten,
denn es war abgeerntet. Paul und Enrico ließen sich am
Wegrand nieder.
«Mensch, Paul, mit den Höhlen hast du den richtigen
Riecher gehabt. Es sieht so aus, als ob man in den Höhlen
so gut wie alles finden kann. Sogar zehn Liter Marsala.»
Er grinste.
Paul nicht. Er seufzte.
«Ich wünschte, wir könnten mit dem Entdecken sofort
anfangen. Stell dir bloß vor, die beiden Banditen finden vor
lauter Suchen am Ende unseren Schatz.»
«Oder die Höhlenmenschen», fügte Enrico hinzu, um Paul
einen Gefallen zu tun.
Dieser wehrte jedoch ab. «Ach was, laß die Höhlenmenschen. Jetzt müssen wir erst mal vor den beiden finden, was
dieser Salvatore versteckt hat.»
«Und wenn das Versteck in Palermo ist?»
«Wie kannst du solchen Unsinn auch nur denken!» Paul
verfiel wieder einmal in den belehrenden Ton. «Wo würdest
du ein Vermögen verstecken, wenn du eins hättest? In
hundert Kilometer Entfernung? Bestimmt nicht. So ein
Versteck will man im Auge behalten. Das leuchtet doch

jedem ein, der ein bißchen Grips hat! – Nebenbei bemerkt, wo sind eigentlich diese Höhlen, von denen Beppe erzählte, und wo ist das Haus von diesem Salvatore?»
«Da fragst du mich zuviel. Wo die Höhlen sind, weiß ich, wo das Haus ist, nicht», antwortete Enrico kurz angebunden. Er konnte es nun einmal nicht leiden, wenn Paul belehrend wurde.
Paul wartete darauf, daß der Freund erklärte, wo die Höhlen waren, aber Enrico schwieg, starrte auf die Ziegen, als wären sie hochinteressant, und tat überhaupt so, als sei Paul nicht vorhanden.
Paul sah ihn von der Seite an. Er räusperte sich. Nichts.
«Enrico?»
Keine Antwort.
«Ich hab wohl mal wieder so getan, als hätte ich die Weisheit mit Löffeln gefressen», sagte er wie zu sich selbst und starrte ebenfalls zu den Ziegen hinüber.
«Ziemlich», sagte Enrico zu den Ziegen.
«Ich hab sie nicht, das weiß ich selbst. Aber du mußt doch zugeben...»
«Du hast wohl heute deinen überheblichen Tag?» Diesmal sah Enrico den Freund an.
«Scheint so», sagte Paul kleinlaut. Enrico lachte.
«Na schön, Herr Professor. Und wenn du es wissen willst, ich glaube sogar, du hast recht. Dort liegen übrigens die Höhlen.»
Er wies auf einen felsigen Hügel, gar nicht weit entfernt. Dieser ragte steil und zerklüftet aus den Feldern.
«Wenn du um den Hügel herumgehst, kannst du die Höhlen schon von weitem sehen. Die ganze Felswand ist durchlöchert wie ein Schweizer Käse. Ich weiß gar nicht, wie viele Höhlen da sind. Es sei eine uralte Totenstadt, sagen die

Leute. Aber jetzt sind es ganz normale Höhlen. Manchmal schlafen die Hirten darin, wie Beppe.»
«Eine Totenstadt? Das ist ja eine tolle Sache!» Paul war ehrlich begeistert. «Mensch, und das sagst du jetzt erst? Ich will ja nicht wieder überheblich sein, aber wußtest du, daß die Toten in alten Zeiten mit ihren Schätzen begraben wurden? Solche Höhlen sind eine Fundgrube, sag ich dir.»
«Das wußte ich nicht. Woher hatten denn alle Toten plötzlich Schätze?»
«Na ja, vielleicht nicht alle», gab Paul zu. «Aber Könige hatten welche.»
«So viele Könige gibt es gar nicht, wie da Höhlen sind. Außerdem sind die Höhlen leer, das kann ich dir garantieren. Wenn da etwas drin war, dann haben das schon andere vor uns gefunden. Übrigens sind dort jetzt die beiden Banditen, und die schießen, hast du das vergessen?»
Das hatte Paul vergessen.
«Außerdem hast du doch gesagt, daß es logisch ist, in der Nähe von Salvatores Haus zu suchen. Das finde ich auch logisch.»
«Und wenn sein Haus nah dabei liegt?»
«Das glaub ich nicht. Ich erinnere mich nicht, auf der anderen Seite des Hügels je ein Haus gesehen zu haben. Da ist nur ein altes, steiniges Flußbett ohne Wasser.»
«Die Totenstadt möchte ich trotzdem gern mal sehen.»
Ehe Enrico antworten konnte, rief die Großmutter.
«Enrico! Paul!»
Sie standen auf.
«Versuch von Beppe zu erfahren, wo das Haus von Salvatore ist», flüsterte Paul dem Freund zu, als könne die Großmutter sie hören.
Aber das mußte warten. Die Großmutter schickte sie ins

Dorf, um Beppes Vetter zu suchen, einen gewissen Giovanni, der gegenüber der Kirche des Heiligen Stefano wohnte.

16. Eine leere Dose vertieft eine flüchtige Bekanntschaft

Die Kirche des Heiligen Stefano lag an der Via Roma, also mußte auch Giovanni hier wohnen. Es war aber niemand auf der Straße, den sie hätten fragen können, denn das Dorf hielt seinen Nachmittagsschlaf. Vor der Kirche blieben Paul und Enrico stehen, dann musterten sie die Häuser auf der anderen Straßenseite, was jedoch nicht sehr aufschlußreich war, denn Namensschilder gibt es in einem sizilianischen Dorf nicht, da sowieso jeder jeden kennt.
Ein Stück weiter saß eine alte Frau im Schatten der Hauswand auf einem Holzstuhl, und Enrico ging zu ihr hinüber.
«Verehrteste», sagte er, denn in Sizilien werden Respektspersonen stets so angesprochen. «Verehrteste, können Sie mir sagen, wo Giovanni, der Vetter des Ziegenhirten, wohnt?»
«Giovanni? Wer will ihn denn sprechen?»
«Ich.»
«Ah, du. Und wer bist du?»
«Ich bin Concettas Enkel.»

«Du mußt schon entschuldigen, meine Augen sind nicht mehr so gut, wie sie einmal waren. Kenne ich dich?»
«Ich weiß es nicht. Ich war lange weg.»
«So so, du bist also Concettas Enkel, sagst du. Was willst du denn?»
«Ich möchte nur wissen, wo Giovanni, der Vetter von Beppe, dem Hirten, wohnt.»
«Ach so. Natürlich. Er wohnt hier.» Sie machte eine unbestimmte Bewegung mit der Hand und schloß die Augen. Enrico blieb vor ihr stehen, aber als sich eine Fliege auf der Wange der alten Frau niederließ und eine zweite auf der Nase, ohne daß sie verscheucht wurden, bestand kein Zweifel mehr, daß die Verehrteste eingeschlafen war.
Enrico ging deshalb zur nächstbesten Tür, hob den schweren Türklopfer an und ließ ihn gegen die Tür zurückfallen. Es dauerte lange, bis die Tür einen Spalt breit geöffnet wurde. Enrico winkte Paul kurz zu und verschwand im Haus.
Paul lehnte an der Hauswand und sah die menschenleere Straße aufmerksam hinauf und hinunter, denn jemand sang, aller Mittagsruhe zum Trotz, sehr laut und wenig melodisch. Lange brauchte er sich nicht zu wundern, denn eben bog Antonietta, aus vollem Hals singend, in die Via Roma ein.
Sie stutzte – nicht etwa, weil sie Paul an der Hauswand lehnen sah. Bewahre, sie unterbrach das Lied nur, um die Mittagsruhe zu respektieren, und sie ging nur auf die andere Straßenseite, um nicht im Schatten spazieren zu müssen. Und da die Häuserfront auf ebendieser Straßenseite besonders interessant war, konnte sie Paul gar nicht sehen, denn sie hielt den Kopf ja abgewandt. Antonietta beschleunigte ihre Schritte, weil – weil sie schneller gehen wollte.
Paul stieß sich von der Mauer ab und ging ihr nach, leise vor

sich hin pfeifend. Mitten im Weg lag eine leere Coladose. Er gab ihr einen Tritt, und Antonietta drehte sich erschrocken um. Ehe Paul ihr jedoch zunicken konnte, blickte sie schon wieder geradeaus.

Da die alte Dose erfolgversprechend schien, stieß Paul sie noch ein bisschen weiter, bis sie auf gleicher Höhe wie Antonietta trudelte und Paul sie einholen mußte, um weiterspielen zu können. Aber gerade dort bog Antonietta in eine Seitengasse ein.

Paul blieb stehen. Er mußte ja auf Enrico warten. Schnell gab er der Dose einen solchen Tritt, daß sie an Antonietta vorbeischoß, und bückte sich dann, um die Riemen seiner Sandalen zu kontrollieren. «Rintintintinn!» machte die wunderbare leere Coladose und rollte Paul wieder vor die Füße. Paul nahm sie schnell auf, wurde ein wenig rot und blickte zu Antonietta hinüber.

Antonietta blickte ihn ebenfalls kurz an, dann wandte sie sich schnell um und rannte die Straße hinunter.

Paul behielt die leere Dose in der Hand und ging langsam wieder zurück. Enrico kam ihm schon entgegen.

«Ich hab das richtige Haus erwischt, aber Giovanni war nicht da und kommt erst heute abend nach Hause. Seine Frau hat versprochen, ihn noch vor dem Abendbrot zu Großmutter zu schicken.»

Paul nickte nur, und so gingen sie eine Weile schweigend nebeneinander her. Paul warf einen Blick in jede Seitengasse. Antonietta war nirgends zu sehen.

«Du sagst ja gar nichts», beschwerte sich Enrico.

«Du ja auch nicht.»

Dann stieß Enrico den Freund mit dem Ellbogen in die Seite.

«Sieh mal, da ist Antonietta!»

Richtig, da saß sie auf einer Treppenstufe und blickte in die entgegengesetzte Richtung.

«Hallo Antonietta!» sagte Enrico und fügte nicht unfreundlich hinzu, «alte Ziege», nur um zu sehen, ob die Großmutter recht hatte.

«Hallo selbst.» Sie wandte den Kopf.

«Wie geht's?» fragte Enrico weiter, weil ihm nichts anderes einfiel. Paul stand stumm dabei.

«Warum willst du das wissen?» forschte Antonietta und krauste unwillig die Stirn.

«Eigentlich will ich es gar nicht wissen», antwortete Enrico wahrheitsgemäß.

«Ach so. Danke, es geht mir gut. Ist das dein Freund?» Sie wies mit dem Kinn auf Paul.

«Ja. Er spricht aber nicht Italienisch und kommt aus Deutschland.»

«Dann bestell ihm mal, daß er ganz schön blöd war, sich für nichts und wieder nichts heute morgen herumzuprügeln.»

Enrico übersetzte gehorsam.

«Sag ihr, es wäre noch blöder gewesen, sich nicht zu prügeln.»

Enrico übersetzte zurück. Das ging Antonietta nicht schnell genug.

«Ich will Deutsch lernen», verkündete sie deshalb entschlossen und verlangte sofort zu wissen, wie Katzenjammer, Giftpilz und Schokoladeneis auf deutsch hieß.

Enrico sagte es ihr, und sie versuchte es auch zu wiederholen.

Dann stand sie auf und strich ihr Kleid glatt.

«Das ist aber eine komische Sprache», stellte sie fest, und dann, zu Paul gewandt: «Warum lernst du nicht lieber Italienisch?»

«*Grazie mille* (vielen Dank). *Carabinieri* (Polizei)», brachte Paul sein italienisches Sprachwissen zur Anwendung. Antonietta lachte.

«Frag doch mal Antonietta, ob sie weiß, wo das Haus von Salvatore Di Catena ist.»

«Salvatore Di Catena? Du meinst Salvatore, den Bänkelsänger! Warum wollt ihr denn wissen, wo er wohnt?»

«Nur so», wich Enrico aus. Antonietta krauste die Stirn.

«Wenn es nicht wichtig ist, dann brauch ich es euch ja nicht zu sagen.»

«Brauchst du auch nicht. Wir können andere danach fragen.»

«Ich bring euch hin, wenn ihr wollt», sagte Antonietta drauf überraschend bereitwillig.

Enrico sah sie verdutzt an. Er zögerte.

«Du Paul, sie sagt, sie will uns hinbringen!»

Paul hätte Antonietta sehr gern dabei gehabt. Enrico offensichtlich nicht.

«Willst du etwa Antonietta mitnehmen?» vergewisserte er sich.

«Warum nicht? Antonietta kann uns sogar sehr nützlich sein.» Aber davon wollte Enrico nichts wissen und bestritt die Nützlichkeit von Mädchen im allgemeinen und in diesem Fall im besonderen. Paul hatte seinen eigenen Kopf, um nicht zu sagen Dickkopf, wenn er etwas wollte, und bereitete sich gerade zum Gegenangriff vor, als beide bemerkten, daß Antonietta verschwunden war. Sie hatte sie einfach stehenlassen.

«Antonietta!» rief Paul. «Antonieeettaaa!»

Aber Antonietta ließ sich nicht sehen.

«Wir hätten schon auf dem Weg zu Salvatores Haus sein können», sagte Paul ärgerlich. «Jetzt wissen wir immer noch nicht, wo es ist.»

«Wir können ja Beppe fragen», versuchte Enrico ihn zu beschwichtigen, aber Paul antwortete nicht, und sie machten sich schweigend auf den Heimweg.
Beppe und die Großmutter saßen jetzt auf dem Hof und unterhielten sich.
«Nun?» fragte die Großmutter, als Paul und Enrico auf den Hof kamen.
«Giovanni kommt heute abend vorbei. Er arbeitet jetzt auf dem Feld», berichtete Enrico kurz und setzte sich neben Beppe auf die Bank, mit dem festen Vorsatz, so schnell und unauffällig wie möglich herauszubekommen, wo Salvatores Haus war, um sich mit Paul auszusöhnen.
Aber es kam anders.
«Wir könnten zum Abendbrot Eier brauchen», sagte die Großmutter. «Wie wäre es, wenn du mit Paul die Kaktushecke inspizierst, denn darunter legen diese dummen Hühner immer wieder ihre Eier, und mir fällt das Bücken nicht leicht.»
Paul und Enrico teilten sich die Arbeit. Enrico suchte hinter dem Haus und Paul auf der Straßenseite unter den stacheligen Kaktusblättern.
In einer Mulde fand Paul zwei Eier auf einen Schlag, und als er sich noch tiefer in die Hecke zwängte, sah er etwas Helles durch die dichtgewachsenen Stauden schimmern, rosa-weiß wie Antoniettas Kleid.
Er ließ die Hühner Hühner sein, legte der Großmutter die beiden Eier in den Schoß und lief auf die Straße.
Antonietta saß am Wegrand auf einem Stein, die Arme um die Knie geschlungen. Neben ihr lag ein kleiner Hund, dessen Farbe zwischen gelb und braun schwankte.
Antonietta blickte nur kurz auf und fragte:
«Gehen wir nun?»

Soviel Italienisch verstand Paul gerade noch. Er nickte.
Antonietta wies auf den Hund und sagte: «Herkules.»
Paul fand den Namen um einige Nummern zu groß für ein so kleines Tier, überlegte aber, daß der Hund auf Zuwachs getauft sein könnte, und sagte: «Hallo Herkules.» Dieser wedelte zur Begrüßung mit einem dünnen Schwanz.
Da stand Paul, und da saß Antonietta. Beide sagten nichts, aber das störte sie nicht.
«Paul! Wo bist du denn?» Enrico kam heraus. Der Blick, den er Antonietta zuwarf, war nicht gerade der freundlichste. Gerade deshalb lachte Antonietta ihn freundschaftlich an. Herkules war aufgesprungen, wedelte erwartungsvoll mit dem Schwanz und sprang freudig an Enrico hoch. «Hallo», sagte Enrico da um zwei Grad freundlicher und streichelte Herkules.
«Gehen wir?» wiederholte Antonietta ihre Frage.
«Na schön», gab Enrico nach. «Gehen wir!» Zu Paul gewandt, fügte er hinzu: «Du bist doch hoffentlich einverstanden, daß wir ihr kein Wort verraten?»
Paul nickte.
Enrico fragte die Großmutter, ob sie weggehen könnten, Antonietta habe sie abgeholt. Die Großmutter sagte ja und überlegte, ob sie noch etwas aus dem Dorf brauchte, denn sie dachte natürlich, sie gingen ins Dorf.
Enrico hütete sich, diesen Irrtum richtigzustellen, und atmete erleichtert auf, als die Großmutter verkündete, nein, sie brauche eigentlich nichts und wünsche viel Vergnügen. Gleich darauf waren die vier – Herkules mitgerechnet – auf dem Weg zu Salvatores Haus.

17. Alle beweisen großen Mut

Dieser Bänkelsänger mußte schon ein ungewöhnlicher Mann gewesen sein, denn andere Leute wohnen in Sizilien niemals außerhalb eines Dorfes mitten in den Feldern. Das hat einen wichtigen Grund: Außerhalb der Dörfer gibt es kein Wasser, und ohne Wasser läßt sich schlecht leben.
Wo kein Wasser ist, da hat der Boden gerade die Kraft, das Allernötigste hervorzubringen, wo aber Wasser ist, da grünen und blühen, wachsen und ranken Bäume, Sträucher und Blumen, daß es eine Pracht ist. Inmitten solcher Pracht lag Salvatores Haus, denn Salvatore war der glückliche Besitzer eines eigenen Brunnens.
Da standen Feigen- und Maulbeerbäume, da wuchsen Palmen über die hohe Steinmauer, die das Haus und den Hof einzäunte, da rankten lila Blüten, und in der Mauer wohnten eine Menge Eidechsen, die sich lässig sonnten.
Aber nicht alle sonnten sich auf der Mauer, und das wurde einer Eidechse fast zum Verhängnis, als Herkules sie entdeckte. Sie floh eine Sekunde zu spät, Herkules erwischte sie gerade noch beim Schwanz. Da ließ sie ihren Schwanz fahren und brachte sich ohne ihn auf der Mauer in Sicherheit. Da saß sie nun unbeweglich. Das Herz klopfte ihr bis in die Kehle vor Schreck.
Herkules bellte verdutzt den zuckenden Schwanz an. Wie konnte er auch erwarten, daß sich jemand so mir nichts, dir

nichts von seinem eigenen Schwanz trennt. Er hätte das jedenfalls nicht getan.

Ein Johannisbrotbaum mit dunkelgrünen Blättern lehnte sich gegen die Mauer und überschattete den Brunnen. Auf dem Brunnen lag ein Deckel und auf dem Deckel eine graubraune Schlange. Sie glitt hinunter und verschwand so schnell, daß die Freunde unangenehmerweise nicht wußten, wohin. Sie konnte überall sein.

Deshalb nahm Enrico einen Stock und stocherte damit rechts und links und vor sich her, als sie über den Hof zum Haus gingen. Paul hatte dauernd das Gefühl, die Schlange gerade weggleiten zu sehen.

Die Tür des niedrigen Hauses war unverschlossen und knarrte nicht einmal, als Paul sie aufstieß.

Sie standen in einer einfachen Küche, die nur durch den eisernen Herd als solche zu erkennen war. Ansonsten war der Raum ein einziges Durcheinander.

Auf dem Tisch und auf dem Boden standen Schachteln, Dosen und Flaschen herum, und daneben lagen Deckel und Schraubverschlüsse dazu verstreut. Alle Herdklappen standen auf, und die Ofenringe waren herausgenommen. Auch die Petroleumlampe hatte jemand in ihre Bestandteile zerlegt.

«Hier hat offensichtlich jemand nach etwas gesucht», sagte Paul und sah Enrico bedeutungsvoll an.

«Das seh ich.» Er hob eine kleine Büchse auf, die noch ein paar Pfefferkörner enthielt. «Wie groß, meinst du, ist ein Vermögen, das jemand in einer so kleinen Büchse sucht?»

«Es könnte immerhin ein Diamant sein!» gab Paul zurück.

«Wenn es hier was zu finden gab, dann ist es schon gefunden worden», sagte Enrico enttäuscht.

«Nichts haben sie gefunden», beruhigte ihn Paul, «sonst würden sie ja nicht mehr suchen.»

Antonietta stemmte die Hände in die Hüften.
«Darf ich vielleicht mal wissen, worüber ihr euch unterhaltet?» Enrico und Paul hatten natürlich deutsch gesprochen.
«Aber sicher», sagte Enrico, vielleicht ein bisschen zu höflich, «wir wunderten uns gerade darüber, warum hier alles so durcheinander ist.»
«Könnt ihr euch nicht auf italienisch wundern?» brummte Antonietta. «Überhaupt braucht ihr euch gar nicht groß zu wundern. Nach Salvatores Tod ist so ungefähr das halbe Dorf hier gewesen und hat nach Geld für seine Beerdigung gesucht. Beerdigungen kosten nämlich. Natürlich hat sich hinterher niemand die Mühe gemacht, aufzuräumen.» Sie machte sich entschlossen daran, für jede Dose den entsprechenden Deckel zu finden.
«Hat man denn Geld gefunden?»
«Was man gefunden hat, hat gerade für den Sarg gereicht. Um eine Messe in der Kirche zu bezahlen, haben alle zusammengelegt.»
«Dann hatte er wohl nicht viel Geld?»
«Woher sollte er denn viel Geld haben?» fragte Antonietta zurück, und das war so gut wie eine Antwort. «Wollt ihr mir nicht helfen, hier ein bisschen Ordnung zu schaffen?»
Enrico sah Paul an. «Dazu sind wir nicht hergekommen», lehnte er ab.
«Ich auch nicht», antwortete Antonietta kurz. «Aber der arme Salvatore wird sich im Grab umdrehen, wenn er sein Haus in diesem Zustand sieht.»
«Er sieht es aber nicht.»
«Sag das nicht.»
Enrico sah sich unangenehm berührt im Raum um. Nichts ließ jedoch auf eine, wenn auch noch so geistige Gegenwart des Bänkelsängers schließen.

Da begann Herkules zu knurren. Er stand unbeweglich, das dünne Schwänzchen steif von sich gestreckt, und starrte auf das Fenster, obwohl es dort nichts zu sehen gab.

Enrico lief ein Schauer über den Rücken. Und wenn Antonietta nun recht hatte? Hunde haben bekanntlich ein sehr feines Gespür. Schnell machte er sich daran, den Herd in Ordnung zu bringen.

Auch Paul machte sich nützlich, wenn auch aus einem ganz anderen Grund. Er hoffte nämlich, trotz allem noch einen Hinweis zu finden und vielleicht etwas zu entdecken, was das halbe Dorf übersehen hatte.

«Viele Köche verderben den Brei», fiel ihm ein. Ob nun passend oder unpassend, dieses Sprichwort machte ihm Hoffnung, und während er Schachteln und Flaschen in das Regal hinter dem gestreiften Vorhang einordnete, prüfte er die umliegenden Fliesen unauffällig auf ihre Festigkeit. Jeder weiß, daß manche Leute ihre Schätze unter losen Fußbodendielen verstecken. Warum also nicht auch unter Fliesen? Andere stecken Geld oder Schmuckstücke auch unter die Matratze.

«Wo ist denn das Schlafzimmer?» verlangte Paul zu wissen.

«Nebenan.» Antonietta zeigte mit dem Kopf auf eine Tür.

«Du weißt ja hier gut Bescheid», bemerkte Enrico.

«Klar, ich war oft hier. Salvatore ist mein Freund.»

«War dein Freund», korrigierte Enrico.

«Ist», entgegnete Antonietta fest.

Im Schlafzimmer sah es nicht viel besser aus als in der Küche, und wenn je etwas unter der Matratze gelegen hatte, dann lag es da nicht mehr. Das Bettgestell stand kahl im Raum, die Matratze lehnte an der Wand, das Nachttischschränkchen lag umgestürzt, und aus den offenen Türen des großen Kleiderschranks gähnte dunkle Leere.

Es war schummerig im Raum, denn das Tageslicht fiel nur durch die Ritzen der geschlossenen Fensterläden.
Herkules rannte zum Fenster und bellte das Nichts an, das sich wie ein Schatten vom Fenster löste, lichter wurde und verschwand.
Es fehlte nicht viel, und Enrico hätten die Haare zu Berg gestanden.
«Was ist denn, Herkules?» fragte Antonietta, ging zum Fenster und stieß die Fensterläden auf. Gleißendes Tageslicht fiel in den Raum, und Herkules beruhigte sich.
«Wollen wir nicht lieber gehen?» schlug Enrico vor. «Ich finde es hier nicht gerade gemütlich.»
«Doch nicht jetzt! Wir haben noch nicht einmal die Hälfte durchsucht. Und wenn wir hier nicht mit der Suche anfangen, wo dann? Hast du vielleicht einen besseren Vorschlag?»
Das hatte Enrico nicht.
«Na siehst du», sagte Paul und zerrte hinter dem Schrank eine große Rolle hervor. «Was ist denn das?»
«Salvatores Bildergeschichten!»
«Zeig mal her!»
Zu dritt breiteten sie die Rolle auf dem Fußboden aus.
«Das ist die Geschichte vom Edelfräulein auf dem Schloß von Mussomeli», erklärte Antonietta.
Die einst leuchtenden Farben waren jetzt verblichen, das Papier vergilbt, und braune Flecken begleiteten Bild für Bild die tragische Geschichte. Daß sie tragisch war, daran bestand kein Zweifel, denn auf dem letzten Bild raufte ein Ritter sich verzweifelt die Haare und hatte dazu extra den Helm abgenommen und auf den Boden gestellt.
«Die Geschichte ist wirklich passiert, sagt Salvatore. Zu dumm, daß ich die Hälfte davon vergessen habe, sonst könnte ich sie euch erzählen. Kennt ihr die Geschichte von

der Nymphe Aretusa, die Diana – das ist eine Göttin – in einen Fluß verwandelte, nein umgekehrt, in einen Quell und Alfeo in einen Fluß – auf jeden Fall ist das meine liebste Geschichte, und sogar die hab ich vergessen!»
Traurig starrte Antonietta auf die Bilder. Dann aber fiel ihr etwas ein. «Aber Salvatore hat ja alle seine Geschichten in ein Heft geschrieben! Das Heft muß hier irgendwo sein.»
Sie sprang auf. «Helft doch bitte suchen. Wenn wir das Heft finden, werde ich Bänkelsänger!»
«Mädchen werden keine Bänkelsänger!» behauptete Enrico.
«Warum denn nicht?»
«Das sagt doch schon das Wort. Es heißt Bänkelsänger und nicht Bänkelsängerin. Das ist dasselbe wie mit Bundeskanzler.»
«Das mit dem Bundeskanzler kann ich nicht beurteilen, aber es gibt ja auch Sängerinnen, und das heißt, es kann auch Bänkelsängerinnen geben.»
Sie guckte unter den Schrank, dann hinter den Schrank, dann rückte sie den Schrank ab, legte sich platt auf den Boden und verschwand zur Hälfte unter dem Schrank.
«Hurra, hier ist es! Ich hab es gefunden, ich hab es!» jubelte sie unter dem Schrank hervor.
«Halt!» klang es scharf von der Tür. Paul und Enrico fuhren herum, und Antonietta stieß sich den Kopf. In der Tür standen die beiden Banditen, ihre Flinten lässig über die Schultern gehängt. Die Hunde waren nicht dabei. Herkules knurrte sie aus sicherem Abstand böse an, Schwänzchen steil nach hinten gestreckt.
«Hab ich es dir nicht gesagt», wandte sich der Kleinere an den Größeren, «sie werden uns schon hinführen. Die Alte weiß, wo der Schatz liegt!»

«Halt's Maul!» fuhr ihn der andere an.

Antonietta zog ihren Kopf unter dem Schrank hervor und richtete sich langsam auf.

«Guten Tag», grüßte sie.

«Tag», sagte der Kleine und grinste häßlich.

«Halt's Maul!» sagte der Große. Der Kleine grinste nicht mehr. Der Große streckte gebieterisch die Hand aus. «Her damit!» fuhr er Antonietta an.

«Womit?» Ihre Hände waren leer.

«Stell dich nicht dumm! Wo ist das, was du gefunden hast?»

«Unter dem Schrank.»

Der Große machte eine gebieterische Kopfbewegung und befahl dem Kleinen: «Hol es hervor! Worauf wartest du?»

«Sofort.»

Der Kleine spähte unter den Schrank, fuhr mit der Hand darunter und warf sich schließlich platt auf den Boden.

«Hier ist nichts!» Er sah fast ängstlich zu dem Großen auf. Dieser stieß den Kleinen mit dem Fuß in die Seite und bückte sich selbst, um unter den Schrank zu sehen.

«Suchen Sie etwas?» erkundigte sich Antonietta höflich.

«Rück den Schrank ab!» befahl der Große dem Kleinen.

«Er ist schon abgerückt.»

«Rück ihn weiter ab, du Esel!»

«Kann ich behilflich sein?» mischte Antonietta sich wieder ein.

«Du kannst das Maul halten oder es aufreißen und uns erzählen, wo das ist, was du gefunden hast.»

«Haben Sie das verloren?» fragte Antonietta. «Ich dachte, es gehört Salvatore.»

O je! dachte Enrico, wenn sie wüßte, worum es hier geht!

«Her damit!» befahl der Große. «Salvatore gehört gar nichts!» Antonietta bückte sich und fuhr mit der Hand

hinter eines der Schrankbeine. Sie brachte ein gefaltetes, nicht mehr ganz weißes Taschentuch zum Vorschein. «Bitte», sagte sie knapp und reichte es dem Großen.
Paul und Enrico waren nicht die einzigen, die über ihre Unverfrorenheit staunten. Den beiden Banditen fehlten buchstäblich die Worte. Verwundert betrachtete Antonietta die vor Zorn schwellenden Halsadern des Großen, lächelte aber immer noch. Da packte er sie an den Haaren, riß ihren Kopf zurück und versetzte ihr eine schallende Ohrfeige. Antonietta weinte nicht, aber ihre Augen tränten vor Schmerz.
«Willst du mir jetzt erzählen, wo das Zeug ist?» Er faßte wieder nach ihren Haaren.
Das ließ Herkules aber nicht mehr durchgehen. Er war zwar aufgrund schlechter Erfahrungen ein sehr vorsichtiger, um nicht zu sagen reichlich ängstlicher Hund, aber alles hat seine Grenzen. Er stürzte sich kläffend auf das Hosenbein des Großen und zog daran aus Leibeskräften. Die waren nicht groß, aber der Stoff gab trotzdem nach und riß.
Das machte Paul, der bis jetzt untätig dabeigestanden hatte, Mut, ebenfalls auf den Großen loszugehen.
Er hämmerte mit den Fäusten gegen Arme und Rippen und schrie: «Loslassen! Laß sie sofort los, du...du...!»
Ein geeignetes Wort fiel ihm einfach nicht ein. So wütend war er.
Der Große ließ Antonietta überrascht los und versetzte Paul einen solchen Stoß, daß er fast gefallen wäre.
Auch Antonietta stolperte. Das kostbare Heft, das sie unter ihrem Kleid versteckt hielt, fiel zu Boden. Blitzschnell hob sie es auf und verschränkte die Hände auf dem Rücken. Das machte den Großen mißtrauisch.
«Was hast du da?» verlangte er zu wissen.
Antonietta schwieg.

Der Kleine ging um sie herum, entriß ihr das Heft und hielt es triumphierend in die Höhe.
Antonietta hatte bisher alles mehr oder weniger widerstandslos über sich ergehen lassen, um das Heft zu retten. Jetzt wurde sie zur Furie. Sie biß den Kleinen in den Arm und versuchte ihn zu kratzen.
«Das ist meins! Gib das her!» Sie trat ihn mit den Füßen.
Der Große langte ungerührt über sie hinweg und nahm dem Kleinen das Heft aus der Hand.
Er blätterte darin, während der Kleine Antonietta festhielt, was kein leichtes Unterfangen war.
«Verse!» sagte der Große dann verächtlich und schleuderte das Heft in die Ecke. Der Kleine war froh, Antonietta loslassen zu können. Sie ging in die Ecke, hob das Heft auf und wischte es nachdrücklich an ihrem Kleid ab, als habe der Große es beschmutzt.
«Und ihr beiden?» wandte sich der Große an Paul und Enrico. «Sucht ihr auch Verse?»
Antonietta, Paul und Herkules hatten bereits ihren Mut bewiesen, und Enrico fand, jetzt sei er an der Reihe. «Wir?» fragte er deshalb. «Keineswegs. Wir haben schon vor zwei Wochen gefunden, was wir suchten.»
«Ihr habt was?» Die beiden Banditen starrten ihn entgeistert an.
«Wir haben es schon lange gefunden», behauptete Enrico noch einmal fest und hob kriegerisch das Kinn.
Antonietta sah erstaunt von einem zum anderen.
«Was hab ich gesagt?» quäkte der Kleine. «Ich hab gleich gesagt, die Alte weiß Bescheid. Kein Wunder, daß sie Bescheid wußte, sie hatten es schon gefunden.»
«Halt's Maul!» fuhr ihn der Große wieder an und wandte sich Enrico zu.

«Wie viele sind es? Wo sind sie?» Drohend fügte er hinzu, als Enrico nicht gleich antwortete: «Sing dein Lied, Vögelchen, sonst bring ich dich zum Singen; so laut wie ein Gesangverein!»

«Wie-vie-le?» Enrico stotterte vor Überraschung. Ob es doch Diamanten waren?

«So fünfzig bis sechzig», sagte er dann und hoffte, nicht übertrieben zu haben.

«Fünfzig bis sechzig? Nicht zu glauben!» Der Kleine zog wieder vor Aufregung die Nase hoch. Der Große bedachte ihn mit einem Blick, daß er es gleich noch einmal wiederholte und ängstlich schwieg.

«Und jetzt will ich wissen, wo sie sind!» Der Große packte Enrico an seinem T-Shirt und zog ihn mit einem Ruck dicht zu sich heran.

Was konnte wo sein? fragte sich Enrico, und als er das drohende Gesicht so nahe vor sich sah, sagte er das erste, was ihm einfiel: «In Deutschland.»

Dem Großen klappte die Kinnlade herunter. «In Deutschland?» wiederholte er ungläubig und ließ Enrico los.

«In Deutschland», echote der Kleine wie erschlagen. «Und wir ...» Er beendete den Satz nicht. Es fehlte ihm die Kraft dazu.

«So herum läuft die Geschichte.» Der Große nickte. «Käufer im Ausland. Ein sicheres Geschäft, daran hätte ich nicht gedacht.» Dann besann er sich und fügte hinzu: «Und wer hat das Geld einkassiert?»

«Niemand», antwortete Enrico wahrheitsgemäß. Der Große wurde schon wieder zornig. «Antworte!» verlangte er und schüttelte Enrico an beiden Schultern, daß sein Kopf vor und zurück flog, als hinge er an einem ausgeleierten Gummiband. «Antworte! Wird's bald?»

Aber Enrico fiel diesmal überhaupt nichts ein. Das Schütteln lähmte sein Denken.

Paul konnte das nicht mehr mit ansehen. Er hängte sich an den rechten Arm des Großen. Antonietta hängte sich sofort mit ihrem ganzen Gewicht an den linken und schrie: «Faß ihn, Herkules! Faß ihn!»

Herkules gehorchte. Erst biß er nur in die Hose des Großen, aber da dort schon ein Loch war, erreichte er auch die Wade. Der Große fluchte abscheulich, Enrico wand sich wie ein Aal, um freizukommen, Herkules biß fester zu, weil der Große nach ihm trat, und der Kleine hüpfte um die Gruppe herum, als habe er den Veitstanz.

Wer weiß, wie dieser Kampf ausgegangen wäre, hätte Antonietta nicht plötzlich geschrien: «Ich sag es Zi Liddu! Zi Lidduuu!» Es klang wie eine Warnsirene. Etwas Erschrekkenderes konnte sie sich nicht ausdenken. Zi Liddu war der gefürchtetste Mann, den sie kannte. Zi Liddu war der Spitzname für Don Calogero, den Mafia-Boß von Pietra.

Ein Zauberwort hätte nicht wirksamer sein können. Plötzlich standen alle still. Der Große ließ Enrico los, Antonietta und Paul ließen deshalb von dem Großen ab, der Kleine stand bockstill, nur Herkules ließ weder ab noch los. Was scherte ihn Zi Liddu! Erst ein wohlgezielter Tritt des Großen belehrte ihn eines Besseren.

«Zi Liddu? Hat Zi Liddu mit dieser Sache zu tun? Warum habt ihr das nicht gleich gesagt?»

«Du hast ja nicht danach gefragt.» Antonietta warf den Kopf in den Nacken und wischte sich mit dem Handrücken die Nase.

«Zi Liddu», sagte der Kleine und sah aus wie ein ausgewrungener Waschlappen.

«Na», sagte der Große und machte eine Pause, «dann nichts

für ungut.» Er sprach mit geradezu liebenswürdiger Stimme. «Wir wollten ja nur sehen, ob alles läuft, wie es laufen soll. Dann können wir ja wieder gehen. Wir empfehlen uns bestens.»

Es fehlte nicht viel, und er hätte eine Verbeugung gemacht. Statt dessen schulterte er seine Flinte, die auf den Arm gerutscht war, und wandte sich zum Gehen. Der Kleine folgte wortlos.

Antonietta stellte befriedigt fest, daß der Große humpelte, und rief Herkules an ihre Seite, weil dieser sich mit Todesverachtung auf die Türschwelle gestellt hatte, als wollte er sagen: «Raus kommt ihr hier nur über meine Leiche!»

Solche Opferbereitschaft war aber ganz falsch am Platz, denn nichts sahen die drei Freunde lieber als die beiden Banditen von hinten.

Paul schüttelte ungläubig den Kopf. Er konnte sich die plötzliche Wandlung der Dinge nicht erklären. Der Grund dafür war, daß er über einige sizilianische Besonderheiten nicht Bescheid wußte.

Erstens muß man wissen, daß die Mafia vor nichts zurückschreckt, außer vielleicht vor sich selbst.

Zweitens ist es wenig oder gar nicht ratsam, sich der Mafia in den Weg zu stellen, wenn es um Geld geht. Solche Leute werden umgebracht, ob Mafia-Angehörige oder nicht. Das ist das Gesetz.

Nun hört man oft, die Mafia sei gesetzlos, das ist sie aber nicht. Im Gegenteil, die Mafia hat höchst strenge Gesetze. Und es sind auch nicht ungeschriebene Gesetze. Man kann sie nachlesen, wenn man eins vergessen hat, Todesstrafen inbegriffen.

Da die Mafia mit den Übertretern ihrer Gesetze nicht lange fackelt, fürchtet die Mafia manchmal die Mafia, und mit

Recht. Deshalb verschwanden die beiden Banditen auch. Warum sollten sie für fünfzig oder sechzig Stück Ichweißnichtwas, die sie in Deutschland glaubten, ihr kostbares Leben riskieren?

18. Die Geheimschrift ohne Schlüssel

«Mamma mia!» sagte Antonietta.
«Manometer!» sagte Enrico.
«Mannomann!» sagte Paul.
Nach sekundenlangem Schweigen redeten alle drei gleichzeitig:
«Was hatten die denn hier zu suchen?»
«Was hat denn Zi Liddu damit zu tun?»
«Was habt ihr sechzigstückweise nach Deutschland geschickt?»
«Will mir mal einer erklären, warum die beiden so plötzlich verschwunden sind?»
Es dauerte eine Weile, bis Enrico Antonietta den Anfang erzählt, und eine weitere Weile, bis er Paul das Ende erklärt hatte. Aber danach kannten alle die Geschichte von Anfang bis Ende, und es gab keine Unklarheiten mehr.
Paul lobte Enricos Einfälle, Antonietta bewunderte Pauls Mut, Enrico erklärte Antonietta, daß sie für ein Mädchen ungewöhnlich tapfer sei, und alle drei lobten, bewunderten und streichelten Herkules, bis ihm das zu dumm wurde. Entschlossen strebte er der Tür und dem Garten zu.

«Und was nun?» fragte Enrico.
«Was nun?» wiederholte Antonietta. «Was mich betrifft, ich geh nach Hause. Wenn ich nicht zum Abendessen komme, will Mutter wissen, warum. Und was erzähl ich ihr dann, wenn ihr wollt, daß alles ein Geheimnis bleibt?»
Sie schloß das Fenster, versteckte das Heft wieder unter ihrem Kleid und ging zur Tür, als sei die Sache für sie abgetan. Paul und Enrico sahen sich verdutzt an.
«Sie geht», stellte Paul überflüssigerweise fest.
«Dann gehen wir besser auch.»
Paul war einverstanden.
Als sie an die Tür kamen, liefen Antonietta und Herkules schon weit voraus.
«Hast du Töne?» wandte sich Enrico an Paul. «Die kann sich auch nie verabschieden! Komisches Mädchen.»
«Aber sympathisch», sagte Paul. Enrico nickte.
Dann hingen beide ihren Gedanken nach.
«Könnten es tatsächlich Diamanten sein?» fragte Enrico plötzlich.
«Könnte sein.»
«Aber gleich sechzig Stück?»
«Du hast wohl vergessen, daß du dir die Zahl ausgedacht hast!»
«Schon», gab Enrico zu. «Aber die anderen haben es immerhin für möglich gehalten.»
Sie versanken wieder in Schweigen.
«Wie kann dieser Salvatore nur an den Schatz gekommen sein?»
«Er hat ihn gefunden.»
«Und wie hat er ihn gefunden, Enrico! Oder meinst du, ein Engel hat ihm den Schatz nachts im Traum gezeigt?»
Enrico überlegte.

«Vielleicht durch Zufall?»
«Die wenigsten Schätze werden durch Zufall gefunden. Ich wette, Salvatore hatte eine alte Karte, auf der der Schatz eingezeichnet ist, oder eine alte Botschaft in Geheimschrift. Vielleicht hat er Jahre dazu gebraucht, sie zu entziffern.»
«Warum alt?» fragte Enrico, bevor Paul ganz in Träumen versank.
«Schätze sind immer alt», wurde er kurz belehrt. «Wir müssen unbedingt die Karte finden, Enrico.»
«Und wenn es eine Botschaft in Geheimschrift ist? Willst du dann jahrelang warten, bis wir sie enträtselt haben?»
«Wir machen das viel schneller», antwortete Paul zuversichtlich.
«Nur unerfahrene Leute brauchen Jahre dazu.»
«Ich bin auch nicht gerade erfahren», gestand Enrico.
Paul hielt bescheiden mit seinen offenbar ausgiebigen Erfahrungen im Dechiffrieren mysteriöser Botschaften zurück, denn sie waren inzwischen bei der Kaktushecke angelangt.
«Der Rückweg war viel kürzer als der Hinweg», sagte er deshalb ablenkend.
Als sie auf den Hof kamen, sahen sie, daß frischer Salat und gekochte Eier bereits auf dem Tisch standen.
«Ich dachte schon, ich müßte den Tisch allein decken», begrüßte sie die Großmutter.
Enrico zog Paul schnell mit sich ins Haus. «Los, los! Decken wir den Tisch, bevor sie fragt, wo wir so lange gewesen sind.»
Als Enrico Öl und Wein auf den Tisch stellte, kam Beppe angehumpelt. Er hatte nach seinem Esel gesehen und schien schlechtester Laune zu sein.
«Konntet ihr nicht früher kommen? Dann hätten wir jetzt schon gegessen!»

Sprach's, setzte sich an den Tisch und schnitt eine dicke Scheibe von dem runden Brotlaib ab.

Enrico, der darauf bedacht war, daß niemand nach dem Grund der Verspätung fragte, schenkte ihm sofort ein Glas Wein dazu ein. «Zum Wohl, Beppe!» Dann erkundigte er sich: «Was macht der Fuß?»

Beppe hatte den Mund aber bereits voll. Er rückte ein wenig ab, zeigte auf seinen Fuß und hob die Augen anklagend gen Himmel. Da er dabei auch den Hals verdrehte, verschluckte er sich fürchterlich.

Paul klopfte ihm hilfreich auf den Rücken, Enrico flößte ihm Wein ein, um die gequälte Kehle zu besänftigen, und beides zusammen tat schließlich die gewünschte Wirkung. Als Beppe mit einem zweiten und dritten Glas nachspülte, ging es ihm offensichtlich besser als zuvor.

Die Großmutter brachte einen Teller gebackene, schwarze Oliven aus dem Haus, und nach einem kurzen Blick auf die Weinflasche und auf Beppe schob sie die erstere energisch aus der Reichweite des letzteren.

«Aber Concetta, ich hatte mich verschluckt.»

«*Ge*schluckt hast du!»

Sie setzte sich.

«War Giovanni schon hier?» erkundigte sich Enrico.

«Nur ganz kurz. Nach allem, was Beppe über feuersprühende Ungeheuer auf Kriegsfuß gefaselt hat, die ihn um die halbe Welt verfolgen, ist er sofort gegangen und hat gesagt, die Ziegen holt er lieber morgen.»

«So stark hab ich nicht übertrieben, wie du das darstellst, Concetta. Die reine Wahrheit allein wäre für Giovanni schon zuviel gewesen. Er ist ein Hasenfuß, mein Herr Vetter.»

Beppe langte über den Tisch nach der Flasche. Die Großmutter war schneller. «Zum Glück rettest du die Familienehre – wenigstens mit Worten.» Die Großmutter schenkte Beppe das Glas knapp halb voll.

«Ich werde mich wenigstens innerlich wärmen müssen, wenn ich die ganze Nacht in deinem kalten Stall verbringen soll», sagte er anklagend und hob trübsinnig das halbvolle Glas.

«Ich hab noch nie gehört, daß jemand im Sommer in Sizilien erfroren ist», sagte die Großmutter ungerührt.

Beppe versuchte es nun auf eine andere Art. «Das ist ein wahres Wort, Concetta!» Er strahlte sie an. «Laß uns darauf anstoßen und auf deine Klugheit trinken!»

Er stellte das Glas leer auf den Tisch zurück.

«Ich kann ja noch von dem Essig holen, den du so gerne magst», stichelte die Großmutter.

«Pfui!» sagte Beppe mit Überzeugung, wurde aber von einer hellen, lauten Stimme übertönt, die durch die Kaktushecke hindurch verkündete:

«Ich habe schon gegessen, und jetzt weiß ich auch die Geschichte von der Nymphe wieder. Wollt ihr sie hören?»

«Warum kommst du nicht herein und setzt dich zu uns, Antonietta?» fragte die Großmutter, ohne den Kopf zu wenden.

«Ich hab schon gegessen», wiederholte die Stimme hinter der Hecke trotzig.

«Sei doch kein Frosch, Antonietta! Du brauchst ja nicht zu essen», versuchte Enrico sie zu überreden.

«Ich warte», sagte Antonietta fest und blieb unsichtbar hinter der Hecke.

«Warum kommt sie denn nicht?» wollte Paul wissen.

«Sie sagt, sie wartet.»

Darauf stand Paul auf und ging um die Hecke herum, nahm Antonietta wortlos, aber fest bei der Hand und führte sie bis zum Tisch.

«Setz dich», sagte die Großmutter. «Es passiert nicht alle Tage, daß du von einer Hexe eingeladen wirst.»
Antonietta setzte sich schweigend neben Paul. Die Großmutter schob Brot und Salat zu ihr hinüber und wandte sich wieder Beppe zu.
Wenn Antonietta tatsächlich schon zu Abend gegessen hatte, mußte sie über einen ungewöhnlichen Appetit verfügen. Eine Viertelstunde lang kaute sie ununterbrochen mit vollen Backen. Alle taten so, als bemerkten sie es nicht.
Als Antonietta endlich den Mund leer hatte, verkündete sie laut:
«Ich werde nämlich Bänkelsänger! Eine Bänkelsängerin.»
Sie sah die Großmutter herausfordernd an.
«Ein sehr interessanter und fantasievoller Beruf.» Die Großmutter nickte wie selbstverständlich und begann die Teller zusammenzustellen. Und Antonietta, die ihren Entschluß doch so gern mit aller Kraft verteidigt hätte, mußte sich damit abfinden, schon vor Kampfbeginn gesiegt zu haben.
Sie hüllte sich in unzufriedenes Schweigen.
Dann wandte sie sich ausschließlich an Paul, als existierten die anderen nicht. «Willst du die Geschichte von der Nymphe nun hören?» fragte sie.
Enrico mußte die Frage natürlich übersetzen.
«Klar!» sagte Paul und nickte ihr beruhigend zu. Antonietta rutschte von der Bank.
«Dann komm mit», befahl sie.
«Wohin?»
Das wußte Antonietta auch nicht.
«Laß uns hinters Haus gehen, da sind wir ungestört», schlug Enrico vor.
Neben dem Stall hinter dem Haus war ein kleiner Kräuter- und Steingarten. Auf dem größten Stein hatten sie alle drei Platz.

«Hier ist die Geschichte, die ich euch zeigen will.» Antonietta schlug das Heft ganz hinten auf und hielt es Paul triumphierend unter die Nase. «Als ich das zu Hause gesehen hab, bin ich gleich hierhergerannt. Ich hab sogar Herkules in der Eile zu Hause gelassen. – Na, was sagt ihr dazu?»
Erwartungsvoll sah sie die beiden Freunde an. Diese blickten voller Staunen in das Heft.
Innen auf dem Heftumschlag standen säuberlich untereinandergereiht große Zahlen. Daran war nichts Besonderes, außer daß sie mehrstellig waren. Die letzte Heftseite aber fesselte Paul und Enrico auf den ersten Blick.
«Siebenstellige Zahlen!» fuhr Antonietta inzwischen fort. «Wißt ihr, was das heißt? Millionen heißt das! Hier stehen mehr als sechs Millionen Lire!»
Enrico nickte nur beiläufig und ließ einen Finger über die andere Heftseite gleiten. Paul sah ihn gespannt an.
Nun sind sechs Millionen Lire nicht sonderlich viel. Man kann dafür entweder sechs teure Rassehunde zu einer Million pro Stück bekommen oder anderthalb Nerzmäntel. Wenn man dieselbe Summe jedoch in Schokolade umrechnet, ergibt das eine beachtliche Menge. Bei Geld kommt es schließlich darauf an, was man dafür kaufen will.
Antonietta hatte deshalb wirklich etwas mehr Interesse erwartet. Selbst wenn die Millionen nur auf dem Papier standen, es waren immerhin Millionen!
«Na schön, wer nicht will, der hat schon», sagte sie beleidigt, erhob sich und nahm den Jungen das Heft aus der Hand.
«Antonietta!» riefen sie zweistimmig entrüstet.
«Ich gehe», erklärte sie kühl.
Die beiden starrten sie verdutzt an.
«Dann laß uns wenigstens die letzte Seite abschreiben.»

«Warum denn das? Ich dachte, es interessiert euch überhaupt nicht.»
«Die Seite ist aber maßlos interessant!»
Antonietta schlug das Heft wieder auf und las die betreffende Seite Wort für Wort von oben nach unten.
«Was wollt ihr denn mit dem Zoo?» fragte sie erstaunt.
Die drei starrten auf die Heftseite, die folgendermaßen aussah (außer daß Enrico hier für Paul die Wörter übersetzt hat):

Enrico und Paul waren fest davon überzeugt, die gesuchte Geheimschrift vor sich zu haben. Eine Geheimschrift, die Salvatore selbst verfaßt haben mußte!
«Jetzt brauchen wir praktisch nur noch den Schlüssel zu finden, und dann wissen wir, wo der Schatz liegt», sagte Paul und nahm Antonietta das Heft wieder aus der Hand.
«Was sagt er?» wollte Antonietta wissen.
«Paul sagt, wir müssen den Schlüssel finden.»
«Welchen Schlüssel?»
«Aber Antonietta, ein Blinder mit 'nem Krückstock sieht doch, daß dies eine Geheimschrift ist. Jetzt brauchen wir nur den Schlüssel, um sie richtig zu lesen.»
«Andere Leute, andere Sitten», sagte Antonietta schnippisch. «Bei uns nimmt man dazu eine Brille.» Sie war ärgerlich, weil sie nicht ganz verstand, worum es ging.
«So ein Schlüssel ist ja auch 'ne Art Gedankenbrille.»
«Sehr interessant», sagte Antonietta gedehnt.
«Paul, kannst du ihr nicht mal erklären, wie so ein Schlüssel funktioniert, ich drück mich da nicht richtig aus», bat Enrico.
«Klar. Eine verschlüsselte Botschaft bleibt so lange verschlossen, bis der Schlüssel gefunden wird, der sie erschließt!»
«Du kannst es wohl nicht lassen?» erkundigte sich Enrico mißbilligend, übersetzte es Antonietta aber trotzdem.
«Aha. Vielen Dank auch. Jetzt weiß ich wenigstens, daß ich ganz bestimmt nicht weiß, was eine verschlüsselt verschlossene Botschaft ohne Schlüssel ist!»
«Das macht nichts.» Paul versuchte seine Überheblichkeit wieder gutzumachen. «Das lernt man ganz schnell. Ich geb euch mal ein Beispiel. Enrico, hast du einen Bleistift und ein Stück Papier?»

Als Enrico mit dem Gewünschten zurückkam, schrieb Paul nach kurzem Nachdenken folgenden Satz:
Im Hintergrund steht stumm der Armstuhl und halb acht Uhr stundet.
«Stundet sagt man nicht», bemerkte Enrico.
«Ist ja nur ein Beispiel. Ich geb dir einen Tip. In diesem Satz ist eine Uhrzeit versteckt. Mal sehen, wie schnell du sie findest.»
«Schließlich bin ich nicht blind, da steht halb acht.»
«Falsch. Um die richtige Uhrzeit zu finden, brauchst du den richtigen Schlüssel.»
Enrico gab Paul das Blatt nach erfolglosem Grübeln zurück.
«Lies doch mal von jedem Wort nur jeden zweiten Buchstaben. Dann hast du den Schlüssel.»
Nachdem Antonietta begriffen hatte, wozu ein solcher Schlüssel dient, nahm sie sich vor, als Bänkelsängerin eine Geschichte mit einer Geheimbotschaft zu verfassen.
Sie starrten zu dritt in Salvatores Heft.
«Und was ist mit den komischen Hokuspokus-Wörtern?» fragte Antonietta.
«Ich weiß nicht», gestand Paul.
«Und guck mal hier: Eule 15,49 Gramm. ‹g› steht doch für Gramm, oder? Dann wäre die Eule höchstens so groß wie eine Olive.»
«Was heißt Dramma? Das hast du mir noch nicht übersetzt», bemerkte Paul.
«Das ist auf deutsch dasselbe, nur schreibt man es dann mit einem M.»
«Und warum glaubt ihr, daß Salvatore hier aufgeschrieben hat, wo der Schatz liegt?»
«Warum hätte er sonst die Millionen, die du so interessant findest, auf die andere Seite geschrieben?»

«Das ist auch wieder wahr», mußte Antonietta zugeben. Inzwischen war es so dunkel geworden, daß sie nicht einmal einen doppelt so groß geschriebenen Klartext hätten lesen können. Deshalb verabredeten sie sich für den nächsten Tag. Antonietta versprach, noch zwei Bleistifte mitzubringen, weil die Großmutter nur einen besaß, und verschwand dann grußlos.
«Wir werden uns daran gewöhnen müssen», seufzte Paul. «Irgend jemand hat vergessen ihr beizubringen, daß man sich auch verabschiedet.»

19. Herkules langweilt sich

Niemand störte sie am nächsten Tag. Beppe war trotz schmerzendem Fuß mit seinen Ziegen von dannen gehumpelt, und die Großmutter war mit dem Verlesen verschiedener Kräuter beschäftigt. Von morgens bis mittags saßen die Freunde unbequem im Kräutergarten.
Sie begannen damit, von jedem Wort nur den ersten Buchstaben zu lesen, dann von jedem zweiten Wort den ersten Buchstaben, dann von jedem dritten.
Dasselbe geschah mit allen zweiten Buchstaben, allen dritten und allen vierten.
Dann versuchten sie es mit Silbenlesen.
Danach lasen sie jedes Wort von hinten nach vorne.
«Es könnte ja eine Fremdsprache sein», meinte Paul, glaubte aber selbst nicht daran.

Es war eine harte Arbeit, und Herkules verbrachte einen höchst langweiligen Vormittag, weil alle, außer ihm, sehr beschäftigt waren.

Nachmittags saßen sie bequemer am Tisch auf dem Hof. Wenn sich die Großmutter über die eifrigen Schreibübungen wunderte, so ließ sie es sich nicht anmerken.

Herkules lag unter dem Tisch und zernagte in stiller Wut einen Stock. Auch das kleinste Vergnügen, wie die Jagd auf Großmutters Hühner, war ihm streng untersagt worden. Ein wahres Hundeleben, fand er.

Abends sagte Enrico: «Das ist doch alles Käse! Wißt ihr, wo die Lösung steckt? In diesen komischen Zauberzeichen natürlich. Warum hätte Salvatore sich denn sonst solche Mühe gemacht, sie hinzukriegen? Wollen wir sie nicht mal Großmutter zeigen? Wenn es wirklich Hokuspokus-Wörter sind, wie Antonietta sagt, dann kann sie sie bestimmt lesen.»

Paul stimmte zu, unter der Bedingung, daß die Wörter auf ein anderes Blatt geschrieben wurden, damit die Großmutter den Zusammenhang nicht bemerkte.

Als das geschehen war, gingen alle drei zusammen zu Concetta.

«Guck doch mal bitte, Großmutter, was heißt das?» fragte Enrico und hielt ihr das Papier unter die Nase.

Die Großmutter rührte aber gerade in einem Topf eine fettige, stark würzig riechende Salbe zusammen und konnte ihre Augen nur kurz abwenden.

«Griechisch», sagte sie und rührte weiter.

Das hatte niemand erwartet.

«Wieso griechisch, Großmutter?»

«Oder Russisch. Ich kenn mich mit Fremdsprachen nicht so aus. Italienisch ist es wenigstens nicht. Und nun verschwindet!»

Damit mußten sich die drei zufriedengeben. Von der Großmutter war keine weitere Erklärung zu erwarten.
Paul konnte es nicht unterlassen, darauf hinzuweisen, daß er schon am Morgen eine Fremdsprache in Erwägung gezogen habe.
Enrico fragte Antonietta, ob sie jemand kenne, der Griechisch oder Russisch sprach oder wenigstens las.
Antonietta sagte, sie habe ihn gerade dasselbe fragen wollen.
So war guter Rat nicht nur teuer, er war praktisch in keiner Preislage zu haben.
«Kurz und gut», sagte Enrico. «Wir können die Geheimschrift vergessen!»
«Leider», bestätigte Antonietta.
Paul sagte nichts dazu. Er wollte nicht wieder überheblich erscheinen. Mit Großmutters Urteil gab er sich nicht zufrieden. Hatte sie nicht selbst gesagt, sie kenne sich in Fremdsprachen nicht aus? Insgeheim hoffte Paul immer noch, Enrico und Antonietta mit der Lösung zu überraschen, die er ganz alleine finden würde. Aber auch das behielt er lieber für sich.
Sie kamen überein, am nächsten Morgen gleich zu Salvatores Haus zu gehen und dort die Suche aufzunehmen.
«Wir müssen diesmal auch in den Brunnen gucken», sagte Enrico. Das fand Paul eine ausgezeichnete Idee.
«Habt ihr keine Angst vor Schlangen?» erkundigte sich Antonietta. «Die Schlange!» rief Paul aus. «Wißt ihr was, das könnte Salvatores Trick sein. Niemand guckt gern da nach, wo eine Schlange ist. Das erinnert mich auch an ein Buch, das ich gelesen habe.»
«Paul hat fast alles immer schon in Büchern gelesen», erklärte Enrico Antonietta.
«Also in dem Buch», fuhr Paul fort, «bewachte eine riesige

Königskobra einen fantastischen Schatz im Dschungel. Goldene Diademe und Armreife, Edelsteine und Diamanten glitzerten in einer Truhe. Jeder, der, geblendet von dem Reichtum und den funkelnden Steinen, die Hände danach ausstreckte, starb innerhalb weniger Minuten eines schrecklichen Todes. Keiner sah die Königskobra, die aus der Truhe hochzüngelte, blitzschnell zubiß und wieder unter den Juwelen verschwand.»

«Hör auf, Paul, sonst wagt sich morgen keiner mehr an den Brunnen!»

«Eine beeindruckende Geschichte», sagte Antonietta anerkennend. «Wenn ich Bänkelsängerin bin, werde ich sie weitererzählen. Wie geht sie aus? Ich meine, nimmt sie ein gutes Ende?»

«Nicht für die Königskobra. Eines Tages fand ein frommer Pilger durch Zufall die Truhe. Aber der Reichtum blendete ihn nicht, und deshalb sah er auch die Königskobra sofort, packte sie und schnitt ihr den Kopf ab. Aus ihrem schon geöffneten Rachen fiel der größte Diamant, den die Welt je gesehen hatte. Den nahm der Weise an sich, verkaufte ihn an einen mächtigen König und verteilte den Erlös unter die Armen. Die Truhe aber ließ er im Dschungel, weil Reichtum das Leben vergiftet und blind macht.»

«Ich finde, wir sollten das auch so machen wie der Weise», sagte Antonietta nach kurzem Schweigen.

«Die Truhe im Dschungel, sprich im Brunnen, lassen?» fragte Enrico, der sich einmal mehr als Übersetzer betätigt hatte.

«Du weißt schon, was ich meine.»

Enrico nickte. «Mal abwarten, was Paul dazu sagt.»

«Natürlich ist Paul einverstanden. Niemand erzählt eine Geschichte, die er selbst nicht gut findet.»

So war es. Als Enrico Antoniettas Vorschlag übersetzte, sagte Paul, er habe schon selbst daran gedacht. «Außerdem bin ich jetzt ganz sicher, daß der Schatz, wenn nicht im Brunnen, in Salvatores Garten ist», fügte er hinzu. «Denkt doch mal an die einzelnen Wörter der Geheimschrift. Zweimal findet man das Wort Schlange. Dann erwähnt er eine Eidechse, und Eidechsen gibt es dort mehr als genug. Vielleicht wohnt auch eine Eule in dem Brotbaum!»
«Und der Fisch, der Löwe und der Adler?»
«Salvatore könnte ein paar Tiere dazugeschrieben haben, um jemand irrezuführen.»
Je mehr sie darüber grübelten, desto überzeugter waren sie, daß der Schatz einfach in Salvatores Garten liegen mußte. Am liebsten wären sie gleich losgezogen, aber dazu war es schon zu spät.
Herkules hatte sich in sein Schicksal ergeben und war unter dem Tisch eingeschlafen. Höchst ungnädig erhob er sich, als Antonietta ihm verkündete, daß es Zeit zum Gehen sei.

20. *Die Hetzjagd*

Paul und Enrico ließen es sich nicht nehmen, Antonietta und Herkules zu begleiten.
Herkules hatte es plötzlich sehr eilig, den Hof hinter sich zu lassen und den verlorenen Tag wieder aufzuholen. Da ihm dazu wegen der vorgeschrittenen Stunde wenig Zeit verblieb, machte er gleich alles doppelt. Jedes Stück Weg legte

er zweimal zurück, überschlug sich fast, als er seine Sprünge verdoppelte, und bellte in einem fort. Er tat auch sein Bestes, die Freunde zum Spielen, Springen und Laufen anzuregen, aber diese schenkten ihm herzlich wenig Beachtung, sie waren zu tief in ihr Gespräch versunken.
So beschloß Herkules, eigene und interessantere Wege zu gehen, und lief ihnen voran ins Dorf. Aufregende Gerüche stiegen ihm dort in die Nase. Herkules blieb stehen und schnüffelte, unentschlossen, welcher Duftspur er folgen sollte. Sorgfältig traf er seine Wahl und folgte dem meistversprechenden Duft, die Nase tief am Boden. So bog er selbstvergessen in eine kleine Gasse ein, lief an mehreren Jungenbeinen vorbei, die er nur flüchtig wahrnahm, und hielt bei einem umgestürzten, alten Karton an, der ebenfalls vielversprechend roch.
Da gellte ein schriller Pfiff. Verdutzt blickte Herkules auf. Ein Stein traf ihn am Kopf, weitere folgten.
Herkules stieß einen Klagelaut aus, schlug verwirrt einen lahmen Haken und begann zu rennen. Links und rechts und hinter ihm sah er jetzt viele Beine rennen. Die Jungen johlten triumphierend. Schlechtgezielte Steine prasselten neben Herkules auf das Pflaster und ängstigten ihn. Er rannte jetzt um sein Leben.
«Wo ist denn Herkules?» fragte Enrico, als sie in die Dorfstraße einbogen.
«Er ist schon vorausgelaufen. Schließlich hat er den ganzen Tag den braven Hund spielen müssen. Bravsein ist langweilig», erklärte seine Herrin verständnisvoll und fügte hinzu: «Hunde brauchen Bewegung.»
Wie konnte sie ahnen, daß Herkules in diesem Augenblick gern auf Bewegung verzichtet hätte? Aber das konnte er sich nicht leisten. Seine Verfolger schienen überall zu sein, vor

ihm und hinter ihm. Rechts und links versperrten unbeteiligte Häuserfronten Herkules unbarmherzig den Weg. Die Jungen grölten und pfiffen, so daß er ganz kopflos wurde. Deshalb blieb er auch stehen und fletschte die Zähne. Doch damit konnte er niemand beeindrucken. Die Jungen lachten, und jetzt trafen fast alle Steine. Hilflos drehte Herkules sich im Kreis, hetzte vor und wieder zurück, blindlings, ausweglos. Die Hetzjagd hatte begonnen.

Schon zog einer der Jungen einen Strick aus der Tasche und band ihn zu einer losen Schlinge – für später. Herkules sollte noch ein wenig mehr kämpfen, ein bisschen länger leben, damit das Spiel nicht vorzeitig endete. Die Jungen trieben ihn zielstrebig in eine Sackgasse.

Aus einer solchen Sackgasse kommt selten ein Hund wieder lebend heraus, denn wo die Sackgasse endet, da endet die Hetzjagd. Der Junge wirft dem Hund die Schlinge lose um den Hals. Der Hund wehrt sich und zerrt angstvoll an dem lästigen Strick. Die Schlinge wird enger. Toll vor Angst versucht der Hund seinen Peinigern zu entkommen. Da strafft sich der Strick und schnürt ihm die Kehle zu.

Am nächsten Morgen werfen die Straßenkehrer den Hund mit dem Abfall auf das Müllauto.

Eine solche Hetzjagd ist für viele Jungen nichts weiter als ein spannendes Spiel. Es gibt in Chiatta viele streunende Hunde, und sie sind höchstens geduldet. Sich selbst überlassen, ziehen sie nachts durch die Straßen und fressen, was sie finden.

Aber Antonietta, die sowieso ein wenig anders war, liebte ihren Herkules besonders, und wer liebt, hat einen sechsten Sinn für drohende Gefahr.

Als sie deshalb das Geschrei hörte, beschleunigte sie ihre

Schritte unwillkürlich, blieb an der Ecke der Seitengasse stehen und rief:
«Herkules! Herkules!»
Herkules hörte sie.
Antoniettas Stimme war wie ein Rettungsring. Jetzt hatte er ein Ziel. Das machte ihm Mut.
Herkules blieb kurz stehen und blickte auf die geschlossene Front von Jungenbeinen. Blitzschnell drehte er sich dann um und sauste, für die Jungen unvermutet, in die entgegengesetzte Richtung als die, aus der Antoniettas Stimme kam. Dann schlug er einen flinken Haken, und ehe es sich die Jungen versahen, war er klein und wendig zwischen ihren Beinen hindurchgeflitzt, hetzte die Gasse hinunter an Enrico, Antonietta und Paul vorbei und rannte den Weg zurück, den er gekommen war.
Das ging alles so schnell und kam so unerwartet, daß Antonietta erst hinter Herkules herzurennen begann, als dieser schon im Dunkeln am Ende der schlecht beleuchteten Straße verschwunden war. Enrico lief hinter ihr her, und Paul folgte, als die Jäger gerade um die Ecke bogen. Da diese aus Erfahrung wußten, daß es zwecklos war, einen Hund auf freier Strecke zu verfolgen, pfiffen sie höhnisch hinter den drei Freunden her und bogen dann in die entgegengesetzte Richtung ab.
Antonietta blieb zögernd stehen, als das letzte Haus des Dorfes hinter ihr und die gähnende Dunkelheit der Felder vor ihr lagen. Enrico ließ sich keuchend neben ihr auf der Erde nieder. So gelang es Paul endlich, die Freunde einzuholen.
«Herkules!» rief Antonietta, als sie zu Atem gekommen war. Aber die Felder lagen still, und nichts schien sich zu rühren. Sie schlug auf gut Glück einen Feldweg ein, blieb

aber bald stehen. Wenn Herkules nicht von alleine kam, würde sie ihn hier im Dunkeln nicht finden.

«Herkules!» riefen nun auch Paul und Enrico.

Herkules hörte sie rufen, wäre aber um nichts in der Welt umgekehrt. Sein Vertrauen in die Menschen war noch zu sehr erschüttert. Er rannte weiter und weiter, bis alles um ihn herum sehr still war und die Sterne heller funkelten als die entfernten Lichter des Dorfes. Erst dann fühlte er sich in Sicherheit.

Die Freunde riefen wieder und wieder seinen Namen – jedoch vergeblich.

«Er wird schon von allein zurückkommen», tröstete Enrico. «Hunde finden immer wieder nach Hause.»

«Und wenn er nicht mehr zurückkommen will?»

«Das glaubst du doch selbst nicht. Spätestens morgen kommt er zurück, weil er Hunger hat.»

«Und wenn...», Antonietta wollte noch etwas einwenden, als eine ärgerliche Männerstimme ihren Namen rief.

«Das ist Vater! Ich hab mich schon wieder verspätet! Das kann er nicht leiden. Wenn er nach Hause kommt, dann muß die ganze Familie beisammen sein. Frag mich nicht, warum.»

Dann brüllte sie lautstark zurück:

«Ich komme!»

«Aber dein Vater wird doch ein Einsehen haben, wenn er hört, was Herkules passiert ist», sagte Enrico.

«Hast du 'ne Ahnung! Er hat schon letztesmal gesagt, er läßt keine Ausrede mehr gelten.»

«Erwachsene», sagte Enrico und schüttelte den Kopf.

Antonietta sah ihn groß an, erwiderte aber darauf nichts.

«Wenn ihr Herkules noch findet», sagte sie statt dessen, «dann nehmt ihn doch bitte bis morgen mit nach Hause,

damit er in der Nacht nicht durch die Straßen läuft und womöglich eine vergiftete Wurst frißt.»
«Aber sicher, mach dir keine Sorgen.»
«Wir sehen uns morgen.» Antonietta begann zu rennen. Auf Wiedersehen sagte sie auch diesmal nicht, aber das war verständlich.
«Weißt du was», wandte sich Enrico an Paul, «die meisten Eltern haben kein Verständnis für Kinder, und wenn man es ihnen auf den Kopf zusagt, dann sagen sie, ‹ja, habt ihr denn Verständnis für uns?› – Nur meinen sie mit Verständnis immer Gehorsam, und das ist doch nun wirklich was anderes.»
«Wie kommst du denn da drauf?» fragte Paul erstaunt.
«Das fiel mir nur gerade so ein. Antoniettas Vater hat mich an meinen Vater erinnert. Weißt du, im Grunde genommen sind die Erwachsenen keine schlechten Menschen. Ich meine, sie haben auch durchaus gute Seiten.»
«Na klar, sogar eine ganze Menge», pflichtete Paul bei und dachte an Enricos Großmutter.
Enrico starrte gedankenverloren vor sich hin. Er hatte ganz offensichtlich Heimweh nach seinem Vater.
«Können wir nicht einen Umweg durch die Felder machen beim Nachhauseweg? Vielleicht finden wir Herkules.» Paul versuchte den Freund auf andere Gedanken zu bringen.
«Ich glaube, es ist schon sehr spät. Wir gehen lieber direkt nach Hause. Auf dem Weg können wir ihn ja noch rufen.»
So schlugen sie gleich den Feldweg ein, der zu Großmutters Hof führte. Mit immer geringerer Überzeugung riefen sie nach Herkules.
«Es ist zwecklos», sagte Paul schließlich. «Wenn er uns bis jetzt nicht gehört hat, dann ist er eben außer Hörweite, oder er will nicht kommen. In beiden Fällen ist es sinnlos,

alle hundert Meter stehenzubleiben und noch mal zu rufen.»
«Ganz recht, Herr Professor!»
«Los, rennen wir das letzte Stück», schlug Paul vor, um dem Freund keine Zeit zu lassen, traurige Gedanken weiterzuspinnen.
Außer Atem kamen sie bei der Großmutter an und erzählten ihr, was passiert war.
«Das ist ja noch einmal gutgegangen», sagte die Großmutter. «Morgen kommt Herkules bestimmt zurück.»
«Großmutter, ich wünschte, Antonietta könnte dich hören!» sagte Enrico, und dann gingen sie zu Bett.
«Enrico», sagte Paul, als sie im Bett lagen, «wenn Herkules bis morgen nicht zurückkommt, dann gehen wir ihn suchen. Damit bist du doch einverstanden?»
Enrico wußte, was Paul meinte. «Ehrensache», versicherte er. «Der Schatz kann warten.»

21. Ein Glückstag

Paul erwachte sehr früh und sah vom Bett aus zu, wie die Großmutter ihre Hühner der allmorgendlichen Eikontrolle unterzog, eine Vorsichtsmaßnahme, die ihr die Mühe ersparen sollte, alle Eier später unter der Kaktushecke hervorzuholen.
Sie griff sich Huhn für Huhn und klemmte es unter den linken Arm, daß die Schwanzfedern nach vorn zeigten. Unter den

Schwanzfedern befindet sich eine Öffnung, die nicht zu verfehlen ist, weil jedes Huhn dort nur eine hat. Durch diese Öffnung fühlte die Großmutter nach dem Ei. Wenn Großmutters Zeigefinger auf etwas Hartes stieß, so war das Huhn zweifelsohne im Begriff, ihr ein Ei zu bescheren. In diesem Fall wurde es gelobt, in den Verschlag zurückgesteckt und bekam so lange Ausgangsverbot, bis es das Ei abgeliefert hatte. Die anderen Hühner wurden unter leisen Beschimpfungen durch den Türspalt ins Freie entlassen. «Das nenne ich auf anderer Leute Kosten leben», brummte die Großmutter dann. «Glaubst du, ich ernähre dich zum Spaß?»

Heute morgen blieben drei Hühner im Verschlag. Resigniert schüttelten sie sich die Federn wieder zurecht.

«Paul! Enrico!» rief Antonietta draußen.

Paul sprang sofort aus dem Bett und rüttelte Enrico an den Schultern.

«Versuch mal ein Auge aufzumachen! Antonietta ist da.»

Paul lief schnell zur Tür und spähte durch den Spalt. Aber Antonietta stand unsichtbar hinter der Kaktushecke. Er sah die Großmutter gerade vom Hof gehen. Da stieß er einen schrillen Pfiff aus, damit Antonietta wußte, daß er sie gehört hatte, und begann sich hastig anzuziehen.

«Los, Enrico, nun mach schon!»

«Was denn?»

«Zieh dich an!» Paul warf dem Freund die Turnhose ins Gesicht.

Paul war schon auf dem Hof, als Enrico noch seine Sandalen betrachtete. Sie drückten heute morgen. «Komisch», seufzte er. Er bückte sich, um die Sandalen zu schließen, und stellte fest, daß dies nicht seine Sandalen sein konnten, denn seine hatten Schnallen an der Außenseite, während diese . . . Aber das kam daher, weil die rechte Sandale auf dem linken Fuß

und die linke Sandale auf dem rechten Fuß steckte. Er brauchte nur die Füße oder die Sandalen zu wechseln, dann war alles in Ordnung. Enrico entschloß sich für die zweite Möglichkeit und trat dann endlich auf den Hof.
Als er Antonietta sah, fiel ihm sofort Herkules wieder ein.
«Hallo, Antonietta», grüßte er lahm, denn Antonietta sah so traurig aus, daß eine freudigere Begrüßung fast eine Beleidigung gewesen wäre.
Sie hatte kaum geschlafen und war schon früh durch die noch leeren Straßen gegangen, aus Angst, Herkules tot zu finden, aber selbst die Straßenkehrer hatten keinen kleinen gelbbraunen Hund gesehen.
«Das sind doch immerhin gute Nachrichten», versuchte Enrico sie aufzumuntern. «Und jetzt gehen wir gleich los und suchen ihn.» Die Großmutter strich Antonietta mit einer kurzen Bewegung die Haare aus dem Gesicht.
«Beruhige dich, Herkules ist nichts passiert.» Sie beugte sich herab und gab Antonietta einen Kuß auf die Stirn.
«Ein Kuß von einer Hexe bringt Glück», sagte sie lachend, als Antonietta errötete.
«Wirklich, Großmutter? Könnten Paul und ich auch einen Kuß bekommen?»
«Hör mal, ihr habt doch schon alles, was ihr braucht.»
«Glück kann man nie genug haben. Bitte, Großmutter!»
Es gibt Großmütter verschiedenster Art, aber Großmütter, die ihrem Enkel einen Kuß abschlagen, gibt es höchstens ganz wenige, und zu denen gehörte Enricos Großmutter nicht.
Auch Paul ging nicht leer aus. Das war ihm ein wenig peinlich, aber was nimmt man nicht alles auf sich, um Glück im Leben zu haben?
Die Großmutter ging ins Haus und schnitt ein beträchtliches Stück Wurst und drei dicke Scheiben Brot ab. Zusammen

mit frischen Feigen schlug sie alles in ein kariertes Tuch ein, dessen Zipfel sie zusammenknüpfte.

«Hier, das ist für euch und für Herkules. Verliert nicht den Mut, wenn ihr ihn nicht gleich findet. Er könnte sich aus Angst versteckt haben. Denkt auf jeden Fall daran, daß heute ein Glückstag ist.»

«Warum, Großmutter?»

«So etwas fragt man nicht, so etwas glaubt man. Glück haben immer die, die an das Glück glauben. Das ist ein altes Rezept.»

Sie machten sich also auf den Weg und gingen vorerst auf gut Glück einfach geradeaus.

«Ich bin auch überzeugt, daß heute ein Glückstag ist», sagte Paul.

«Klar, heute ist ein Glückstag», wiederholte Enrico auf italienisch, damit auch Antonietta daran glaubte.

«Wir müssen aber trotzdem einen Plan machen», fuhr Paul fort.

«Schon wieder?»

«Pläne sind Pauls fixe Idee», erklärte Enrico Antonietta. «Er macht für alles einen Plan, und dann kommt es meist ganz anders. Das hält ihn aber nicht davon ab, den nächsten Plan zu machen!»

«Was hast du gegen Pläne?» verteidigte Antonietta Paul.

«Bei Plänen steht immer das Wort *müssen* an erster Stelle. Das hab ich dagegen.»

«Erzähl doch keine Schauergeschichten!» unterbrach ihn Paul. «Diesmal meine ich nur einen Marschplan. Wir können doch nicht so ziel- und planlos durch die Gegend wandern. Wohin gehen wir jetzt zum Beispiel? Nur wenn ich mal fragen darf.»

«Sei doch nicht so empfindlich, Herr Professor!»

Es stellte sich heraus, daß keiner von ihnen eine feste Vorstellung hatte, wo Herkules zu suchen war.
«Paul», sagte Enrico feierlich, «diesmal brauchen wir tatsächlich einen Plan, davon bin sogar ich überzeugt.»
Sie setzten sich an den Wegrand.
«Wo ist denn Herkules deiner Meinung nach in die Felder gelaufen?»
«Er ist erst den Weg zurückgelaufen, den wir gekommen sind, und dann war er plötzlich verschwunden. Wenn er weiter geradeaus gelaufen ist, dann müßte er hier in der Gegend sein.»
Paul überlegte. «Wir müssen alles bedenken. Also, entweder ist Herkules weiter geradeaus gelaufen, oder er hat plötzlich einen Haken nach rechts geschlagen, oder er hat einen Haken nach links geschlagen, oder er ist ganz um das Dorf herumgelaufen, obwohl ich das nicht glaube.»
«Ich auch nicht», pflichtete Enrico ihm schnell bei.
Auch Antonietta hielt das für unwahrscheinlich.
«Gut», sagte Paul abschließend, «fangen wir also damit an, auf dieser Seite des Dorfes systematisch so lange zu suchen, bis wir ihn finden.»
«Und was verstehst du unter systematisch?»
Paul dachte nach.
«Halbkreissystem», verkündete er dann. «Wir beginnen auf dieser Seite und gehen einmal halb um das Dorf herum, dann nehmen wir Abstand und gehen im Halbkreis zurück, und so immer weiter. Auf diese Weise ist es schlicht unmöglich, Herkules zu verfehlen. Was sagt ihr dazu?»
Enrico erklärte erst einmal Antonietta Pauls System, in der Hoffnung, ihr falle vielleicht etwas Besseres ein. Antonietta sagte aber statt dessen: «Das ist eine gute Idee.» So blieb Enrico nichts anderes übrig, als ebenfalls zuzustimmen.

«Mit dem ersten Halbkreis brauchen wir aber bestimmt nicht dicht beim Dorf anzufangen. Wenn Herkules in der Nähe wäre, dann hätte er uns doch gestern abend gehört», wandte er noch ein.
«Gestern ist nicht heute», antwortete Paul darauf, und dem war nicht zu widersprechen. Deshalb begannen sie, genau nach Plan vorzugehen.
Im Halbkreis um das Dorf zu marschieren bedeutete jedoch, durch die umliegenden, abgeernteten Felder zu stapfen, was sehr ermüdend war. Ab und zu blieben sie stehen und riefen nach Herkules. Antonietta berührte dabei jedes Mal ihre Stirn dort, wo Großmutters glücksbringender Kuß unsichtbar haftete. Aber auch das war vergeblich.
«Wir müssen eben Geduld haben», sagte Paul, als sie den dritten Halbkreis abgingen. Es war inzwischen sehr heiß geworden.
«Ich hoffe, ihr glaubt weiter daran, daß heute ein Glückstag ist. Die Großmutter hat gesagt, daß nur die Glück haben, die an das Glück glauben», sagte Paul, als sie im nächsten Halbkreis zurückgingen.
Inmitten des fünften und weitesten Bogens um das Dorf sagte Paul unvermutet: «Und wenn er sich in den Höhlen versteckt hat?»
«Die Höhlen liegen doch auf der anderen Seite! Jetzt bring bloß nicht den Plan durcheinander, den du selbst gemacht hast!»
Paul schwieg ein wenig beschämt. Die Höhlen waren ihm nur in Verbindung mit Schatten eingefallen. Die Felder, und damit alles, was auf den Feldern stand und ging, Paul inbegriffen, waren der heißen Mittagssonne schutzlos ausgeliefert. Suchend sah Paul sich um. Nicht weit entfernt lag ein kahler Hügel, und dahinter winkten zwei Palmen. Er wischte sich den Schweiß von der Stirn.

«Was liegt da hinter dem Hügel?» wollte er wissen.
«Salvatores Haus! Erinnerst du dich nicht?»
Paul schüttelte den Kopf.
«Richtig, letztesmal sind wir von der anderen Seite gekommen.»
Wo Salvatores Haus stand, da gab es auch Schatten.
«Hört mal», sagte Paul deshalb. «Es ist doch unwahrscheinlich, daß Herkules draußen im Freien übernachtet hat, und noch unwahrscheinlicher, daß er sich jetzt bei dieser Hitze auf offenem Feld versteckt. Als intelligenter Hund hat er doch bestimmt Schatten gesucht. Und wo ist der einzige Schatten hier in der Nähe? Dort, wo Salvatores Haus steht. Wenn ich Herkules wäre, würde ich mich dort verstecken.»
Auch Enrico und Antonietta waren es leid, im Halbkreis durch verlassene Felder zu stapfen, und stimmten deshalb Pauls neuer Theorie sofort begeistert zu. Deshalb änderten sie im besten Einvernehmen die Richtung und strebten dem Hügel und den Palmen zu.
Das beweist, wie leicht man etwas glaubt, das man gerne glauben möchte.
Je näher sie dem Hügel kamen, desto mehr wurde die Hoffnung, Herkules dort zu finden, zur Überzeugung. Salvatores Haus war erst zu sehen, als sie auf dem Hügel standen. Auf dem Hinterhof rührte sich nichts.
«Herkules!» rief Antonietta, aber kein freudiges Bellen antwortete.
«Er wird vorne im Garten sein, was soll er auch auf dem Hinterhof», tröstete Enrico.
Antonietta antwortete nicht und ging den Hügel hinunter. Als sie vor der Mauer standen, die auch den Hinterhof einzäunte, sahen sie, daß der Hof ein paar Meter tiefer lag.

Salvatore hatte einen Streifen Hügel abgetragen, wahrscheinlich um seinen Hinterhof zu ebnen.
«Ziemlich hoch», bemerkte Enrico. «Wer springt zuerst? Oder wollen wir lieber außen herumgehen?»
«Wo ich stehe, ist ein niedriger Schuppen direkt unter der Mauer. Vom Schuppen ist es ein Katzensprung bis in den Hof.»
«Wenn das Dach hält», sagte Paul und betrachtete zweifelnd das Wellblech, auf dem große Steine zum Beschweren lagen.
«Probieren geht über Studieren, Herr Professor.» Enrico schwang sich auf die Mauer und setzte einen Fuß auf das schräge Dach. Da kam ein Stein ins Rutschen.
«Wau!» bellte es warnend unter ihnen.
«Herkules!» schrien sie wie aus einem Munde und standen in null Komma nichts unten im Hof und vor dem Schuppen. Drinnen erhob Herkules sich steifbeinig zur Begrüßung. Die Steinwürfe hatten ihm ziemlich zugesetzt. Trotzdem wedelte er mit dem dünnen Schwänzchen zur Begrüßung. Antonietta kniete neben ihm und wagte ihn kaum zu streicheln. Herkules kauerte sich nieder und leckte ihr die Hand, und als Antonietta ihm einen Kuß gab, leckte er ihr über die Nase. Reihum leckte er danach Paul und Enrico die Hand, und da somit die Begrüßung abgeschlossen war, öffnete Enrico das karierte Bündel. Als erstes zog er die Wurst heraus und legte sie Herkules direkt unter seine Hundenase. Herkules schnüffelte ungläubig daran, erhob sich geradezu ehrfürchtig und nahm die Wurst sofort in Angriff.
Glücklich, daß wenigstens sein Appetit nicht gelitten hatte, sahen die drei ihm zu. Da sie dabei selbst hungrig wurden, verteilte Enrico das Brot und die Feigen. Sie setzten sich neben Herkules auf den Boden und ließen es sich ebenfalls schmecken.

«Na, seht ihr», sagte Paul, «immer auf den lieben Paul hören, dann kann nichts schiefgehen. Ich wußte ja gleich, daß Herkules hier ist!»
«Warum hast du uns denn erst stundenlang im Halbkreis herum spazieren geführt?» wollte Enrico wissen.
Paul hatte gerade den Mund sehr voll und konnte schon deshalb nicht antworten. Er lehnte sich behaglich zurück und grinste.
«Aua!» schrie er plötzlich und sprang hastig auf. «Mich hat etwas gestochen!»
Mißtrauisch ließ er seinen Blick über die Sackleinwand gleiten, die die Rückwand des Schuppens verkleidete. Dann rieb er sich das linke Schulterblatt.
«Mensch, das brennt vielleicht! Enrico, guck doch mal bitte, was ich an der Schulter habe.» Schnell streifte Paul sein T-Shirt ab.
«Na», fragte er über die Schulter, «was ist da?»
«Nur eine rote Stelle auf dem Rücken», antwortete Enrico nach eingehender Betrachtung und legte seinen Finger darauf. «Genau da brennt es! Siehst du einen Stich oder einen Biß?» Enrico schüttelte den Kopf. Antonietta wurde hinzugerufen. Sie konnte auch nichts anderes finden. Das Schulterblatt war nur gerötet. «Seid ihr auch ganz sicher?» fragte Paul noch einmal besorgt.
«Es könnte immerhin eine Schlange gewesen sein!»
«Mach doch keine Witze! Dies ist höchstens ein Wespenstich.»
«Wespen hab ich hier noch keine gesehen, dafür aber Schlangen.»
«Eben, eine Schlange hätten wir doch alle gesehen, Paul!»
«Nicht wenn sie sich hinter der Sackleinwand versteckt.»
«Das ist Quatsch!» erklärte Enrico entschieden. «Schlangen

gehen doch nicht die Wände hoch! Nicht einmal, um dich in die Schulter zu beißen!»

Um Paul zu beweisen, daß seine Befürchtungen ganz ohne Grund waren, begann Enrico an der Leinwand zu zerren, die oben unter dem Wellblechdach befestigt war. Natürlich hätte er die Wandverkleidung auch von unten anheben können. Das wäre sogar einfacher gewesen. Aber jeder weiß, daß Schlangen sich mit Vorliebe auf der Erde bewegen.

«Hilf mir doch mal ziehen, Antonietta. Vielleicht ist Pauls bitterer Feind noch hinter der Leinwand versteckt!»

So war es auch. Aber als die Sackleinwand riß und zu Boden fiel, bemerkte niemand den kleinen Skorpion, der erhobenen Schwanzes darunter hervorkrabbelte und einer dunklen Ecke zustrebte. Das machte auch nichts, denn es gibt nur zwei Skorpionarten auf der Welt, die wirklich giftig sind, und die leben nicht in Sizilien. Ganz davon abgesehen, dachte in diesem Augenblick niemand mehr an Pauls brennende Schulter, am wenigsten er selbst. Denn als die Wandverkleidung fiel, zeigte sich dahinter nicht nur eine sauber abgestochene Erdwand, sondern auch eine Nische darin. In dieser Nische stand ein Topf aus Ton, wie ein großer, feierlicher Kelch geformt, mattschwarz glänzend, mit feinen rostbraunen Figuren und Verzierungen.

«Mamma mia!» sagte Antonietta.

«So was steht bei uns im griechischen Museum!» sagte Paul.

Enrico sagte gar nichts. Er trat vorsichtig an die Nische heran, als könne der Topf davon kaputtgehen, und griff behutsam in den schönen Kelch. Wortlos zeigte er den anderen, was auf seiner flachen Hand lag.

«Goldstücke!»

Paul hob den Topf aus der Nische und stellte ihn in die Mitte des Schuppens. Er war schwer. Kein Wunder, oder besser

gesagt ein Wunder, denn der Topf war bis zum Rand mit Goldstücken gefüllt. «Kiloweise Gold», stellte Paul sachlich fest.
«In den Märchen findet man Töpfe mit Gold nur am Ende eines Regenbogens vergraben», sagte Antonietta mit glänzenden Augen.
«Ich frage mich, ob Großmutter nicht doch eine Hexe ist! Heute ist tatsächlich ein Glückstag.»
«Da liegt ja ein Zettel drin.» Antonietta griff mit zwei Fingern in den Topf, obwohl die Öffnung sehr breit war. Sie holte ein zusammengefaltetes Stück Papier heraus. Es sah aus, als sei es eine gewöhnliche Seite aus einem Schreibheft. Sie faltete es behutsam auseinander.
«Das ist Salvatores Schrift!»
«Was steht denn da?»
Enrico stellte sich hinter sie, um mitlesen zu können, und übersetzte dem gespannten Paul den Text.
Da stand:

DER UNTERZEICHNER FAND DIESE GRIECHISCHE VASE DORT VERGRABEN, WO SIE JETZT STEHT. SIE ENTHÄLT 493 (486*) GRIECHISCHE GOLDDRACHMEN AUS DEM V. JAHRHUNDERT V. CHR.
ICH WILL MEINE LETZTEN LEBENSJAHRE UNGESTÖRT VERBRINGEN, DESHALB HABE ICH NIEMAND DAVON ERZÄHLT. DIE VASE STEHT SEIT 2500 JAHREN HIER UND EIN PAAR JAHRE MEHR MACHEN WOHL KEINEN UNTERSCHIED.

Salvatore Di Catenca

* 7 habe ich verkaufen müssen.

«Fast fünfhundert Goldstücke», sagte Antonietta erschlagen. «All die Jahre hat er arm gelebt und den Schatz nicht angerührt!»
«Das stimmt nicht ganz. Sieben Drachmen hat er verkauft.»
«Es sieht fast so aus, als habe er die ganzen letzten Jahre von dem Erlös der sieben Drachmen gelebt. Was meinst du, wie lange könnten wir von 486 Drachmen leben?»
«Wahrscheinlich hundert Jahre, wenn wir nicht viel ausgeben.»
«Warum sollen wir sparen? Willst du über hundert Jahre alt werden?»
«Wollen wir denn davon leben? Das ist doch langweilig», ereiferte sich Antonietta. «Und die Königskobra-Geschichte, habt ihr die vergessen? Paul ist sogar gebissen worden, genau wie in der Geschichte und...»
«Nur war es keine Schlange, Antonietta», unterbrach Enrico sie.
«Es war keine Schlange, weil heute unser Glückstag ist. Das hat deine Großmutter gesagt, und das stimmt!»
«Aber Paul ist gebissen oder gestochen worden, *bevor* wir den Schatz überhaupt entdeckt haben.»
«Wahrscheinlich ist er deshalb nicht gestorben», erklärte Antonietta ungerührt.
«Was sagt sie?» wollte Paul wissen.
«Nichts wie Unsinn», wehrte Enrico ab. «Die Königskobra-Geschichte ist ihr zu Kopf gestiegen, und nun will sie den Schatz verteilen. Was sagst du dazu?»
Paul sagte vorläufig gar nichts. Er zögerte sichtlich. Der Schatz der Königskobra war ein Märchenschatz. Märchenschätze lassen sich leicht verteilen und großzügig verschenken. Ein richtiger, dazu eigener Schatz ist etwas ganz anderes.

Alles ist gut und schön, solange es sich nur um eine Geschichte handelt. Aber jede Geschichte hat einen Haken – zumindest einen –, wenn sie zufällig Wirklichkeit wird. Die Königskobra-Geschichte war da keine Ausnahme. Unter wie viele Leute hatte der fromme Pilger das Geld verteilt, und wieviel hatte jeder bekommen, wenn man mal fragen darf? Da lag der Haken!

«Vielleicht lohnt es sich gar nicht, den Schatz zu verteilen», beantwortete Paul endlich Enricos Frage.

«Das mein ich ja.» Erleichtert wandte Enrico sich an Antonietta. «Paul sagt, es lohnt sich gar nicht, die Münzen zu verteilen.»

«Warum soll sich das nicht lohnen? Es wäre doch eine Überraschung für das ganze Dorf!»

«Antonietta, so groß ist der Schatz doch gar nicht. Bei 486 Goldstücken bekommt nicht einmal jeder eines.»

«Sie sind aber viel wert. Salvatore hat jahrelang von sieben Drachmen gelebt.»

«Das ist noch nicht bewiesen.»

«Du willst ja nur den Schatz nicht hergeben! Ihr seid beide Geizhälse. Übersetz ihm das, Enrico, sag ihm: Paul, du bist ein Geizhals!»

Antonietta war wütend. Sie hatte sich schon alles so schön ausgemalt, das Dorf so herrlich wie an einem Festtag. Die Frauen gingen in Spitzenkleidern spazieren, auf dem Platz standen Jahrmarktsbuden mit bunten Süßigkeiten, und die Väter gingen herum und kauften Geschenke für ihre Kinder. Antonietta erhielt besonders viele, denn sie hatte ja geholfen, den Schatz zu entdecken. Deshalb waren auch alle Kinder besonders freundlich zu ihr...

«Hör mal, Antonietta», Enrico sprach beschwichtigend, und das machte sie noch wütender. «Ich rechne es dir vor.

Nehmen wir mal an, es sind 480 Münzen. Das läßt sich schneller rechnen, und auf sechs Stück kommt es ja nicht an. Nehmen wir an, ein Mensch kann von zehn Münzen fünf Jahre lang leben.
Von 480 Goldstücken lebt dann ein Mensch 240 Jahre,
240 Menschen ein Jahr,
480 Menschen ein halbes Jahr –
Wie viele Einwohner hat Chiatta?»
«Achttausend.»
Enrico ritzte seine Rechnung mit einem Stein in die Erde.
«Achttausend Menschen leben davon nur 0,03 Jahre!» verkündete er dann triumphierend. «Das sind genau 10,95 Tage.»
«So kurz?» Antonietta war sehr enttäuscht.
Paul versuchte abzulenken. «Nun macht mal 'nen Punkt. Wir wissen ja noch gar nicht, ob die Rechnung überhaupt stimmt. Vielleicht sind es nicht einmal 486 Drachmen. Salvatore könnte viel mehr verkauft haben, ohne es nachzutragen, oder er hat sich verzählt. Ich bin dafür, wir zählen die Münzen erst einmal nach.»
Zu diesem Zweck leerten sie den Topf vorsichtig auf die Sackleinwand.
Es war eine Pracht!
«Guckt euch das an! Auf dieser Münze ist eine Eule abgebildet!» Er zeigte sie den anderen.
«Hübsch», sagte Antonietta.
«Was heißt hier hübsch? Verstehst du denn nicht, was das bedeutet? Ich wette zehn zu eins, daß auch Münzen dabei sind, auf denen Schlangen, Krebse und Fische abgebildet sind!»
«Gratuliere», sagte Paul, «du hast die Wette gewonnen. Hier ist ein Fisch.»

Er hielt Paul eine andere Münze unter die Nase.
«Schau dir mal die Münzen richtig an, Antonietta. Hokuspokus-Wörter, wie du sie nennst, gibt es in jeder Menge.»
Antonietta lachte laut. «Sag bloß! Und wir haben für die Geheimschrift einen Schlüssel gesucht.»
«Jeder kann sich mal irren», sagte Paul süßsauer. Es ärgerte ihn aber insgeheim. Er fand, ein Bänkelsänger hätte wenigstens soviel Fantasie aufbringen können, eine Geheimschrift zu erfinden.
«Schade, daß wir das Heft nicht hier haben, um vergleichen zu können», bedauerte Enrico.
«Wer sagt denn, daß wir es nicht hier haben?» Triumphierend zog Antonietta an dem Bindfaden, den sie um den Hals trug, und holte das Heft hervor. Sie trug es wie ein Medaillon unter dem Kleid.
«Eule 15,49 Gramm», las sie jetzt. «Da es keine Eule gibt, die 15 Gramm wiegt, muß die Eulenmünze 15 Gramm wiegen. Was macht 486 mal 15 Gramm, Enrico?»
«So kannst du doch nicht rechnen, Antonietta. Die Münzen sind doch unterschiedlich groß, also auch unterschiedlich schwer.»
«Schon, aber im ganzen macht es bestimmt ein paar Kilo. Leute, hier liegt das Gold kiloweise!»
Sie vertiefte sich wieder in das Heft, das sie nicht aus der Hand gab.
«Seht mal.» Sie ließ die anderen beiden hineinschauen.
«Hier steht:
Eule und Olivenzweig
Eule und Eidechse
Krebs und Vogel
Löwe und Schlange
Adler auf der Schlange

Fisch / ?
Eule auf Kornähre / ?
Jetzt zählt mal. Es sind sieben. Das sind die sieben Drachmen, die Salvatore verkauft hat, Vorder- und Rückseite genau beschrieben. War er nicht ein Genie?»
Paul fand es nach wie vor banal, daß sich der Bänkelsänger an die bloßen Tatsachen gehalten hatte. Das sagte er aber nicht. Salvatore war schließlich Antoniettas Freund.
«Warum steht dann bei Fisch ein Fragezeichen?» fragte er statt dessen.
«Einige Münzen sind so abgegriffen, daß man die Prägung nicht mehr erkennt», erklärte Enrico und zeigte Paul eine solche Münze.
«Logisch», antwortete Paul nur. Er überlegte und konnte es sich nicht verkneifen, hinzuzufügen: «Im Grunde war die Botschaft doch verschlüsselt. Ohne den Schatz hätten wir sie nicht entziffern können.»
«Nur funktionierte es umgekehrt. Wir haben nicht durch die Botschaft den Schatz entschlüsselt, sondern die Botschaft durch den Schatz.»
«Aber davon abgesehen, war uns gleich klar, daß beides zusammengehörte.»
«Natürlich», sagte Antonietta. «Ich hab auch gleich daran gedacht. Vor allem, weil die großen Summen daneben standen.»
«Das könnte übrigens der Erlös der Münzen sein.»
«Hier stehen aber nur vier Summen.»
«Er könnte den Ertrag summiert haben.»
«Er könnte ihn auch nicht summiert haben.»
«Und damit sind wir genauso schlau wie vorher. Schade, ich hätte eigentlich gern gewußt, wieviel unser Schatz wert ist.»
«Das werden wir schon herausfinden», sagte Paul. Ihm war

gerade etwas eingefallen. Was, verriet er jedoch nicht.
«Wollen wir nicht endlich mal zählen, wie viele Münzen es sind?» schlug er vor.
Das taten sie, indem sie je zehn Drachmen zu einem Häufchen zusammenlegten. Zum Schluß zählten sie achtundvierzig Häufchen. Sechs Drachmen blieben übrig. Salvatore hatte sich nicht verzählt.
«Und was nun?»
Das war eine nicht unberechtigte Frage.
Das Rätsel war gelöst, der Schatz gefunden, die Geheimschrift mit Hilfe des Schatzes entziffert. Es fehlte eigentlich nur der Schlußsatz: Und so lebten sie zufrieden und reich noch obendrein bis an ihr Lebensende.
Aber, wie schon gesagt, zwischen Märchen und Wirklichkeit besteht seit eh und je ein himmelweiter Unterschied.

22. Kleine, aber bedeutende Unterschiede zwischen Märchen und Wirklichkeit

In Märchen und Sagen werden Schätze immer unter bitteren Kämpfen errungen, oder sie fallen ganz besonders guten Menschen in den Schoß, wobei gesagt werden muß, daß Gutsein allein schon sehr anstrengend ist.
Im täglichen Leben hingegen ist es fast ein Kinderspiel, einen Schatz zu finden. Das kann jeder und ohne besondere Verdienste. Es ist aber kein Kinderspiel, einen Schatz zu besitzen. Das kann nicht jeder. Schätze können verloren, gestohlen oder vergeudet werden, wenn man nicht aufpaßt.
«Kein Mensch darf erfahren, daß wir den Schatz gefunden haben.»
«Auch Großmutter nicht?»
«Auf keinen Fall. Denk bloß mal, es spricht sich herum, daß wir einen Haufen Gold besitzen. Dann sind doch weder wir noch die Großmutter vor solchen Leuten sicher wie den beiden, die letztesmal hier waren. Flinten nicht zu vergessen. Auf Beppe haben sie auch geschossen.»
«Na schön, das seh ich ein. Was sollen wir denn jetzt mit dem Schatz machen?»
«Wir verstecken ihn.»
«Warum denn das?»
«Willst du mit den Goldstücken in der Hosentasche herumlaufen, bis wir den Schatz verkauft haben?»

«Eigentlich hab ich noch nie gehört, daß Schätze verkauft werden.»
«Ich auch nicht», gab Paul zu. «Aber das liegt wohl daran, daß Schätze nicht wie heiße Würstchen auf der Straße angeboten werden, und sicher macht niemand ein Zeitungsinserat: ‹Schatz preiswert abzugeben.› Andere Leute halten ihre Schätze aus demselben Grund geheim wie wir, deshalb hört man nichts davon.»
Das war einleuchtend.
«Wenn wir die Goldstücke aber verkaufen wollen, dann müssen wir doch zumindest dem Käufer davon erzählen. Wer kauft denn überhaupt Schätze?»
«Das wird sich finden», behauptete Paul. Man hörte seiner Stimme an, daß er seiner Sache absolut sicher war.
«Wo wollen wir den Schatz verstecken?»
«Warum nicht dort, wo wir ihn gefunden haben?» schlug Antonietta vor.
«Da sieht ihn doch jeder!»
«Nicht, wenn wir die Sackleinwand wieder davorhängen.»
«Die Idee ist gar nicht so schlecht», stimmte Paul bei. «Zur Sicherheit könnten wir die Nische auch mit Sand zuschütten, dann findet niemand unseren Topf, selbst wenn er hinter die Leinwand guckt.»
Es dauerte eine volle Stunde, bis dieses Vorhaben in die Tat umgesetzt war. Schon deshalb, weil jedes noch so kleine Erdklümpchen am Boden und jede Falte in der Sackleinwand allen ein auffälliger Hinweis, ja geradezu ein Wegweiser zu ihrem versteckten Schatz schien. Das sicherste Versteck scheint unsicher, wenn man plötzlich einen Schatz besitzt, denn wer viel hat, kann auch viel verlieren.
Herkules lag währenddessen in der Ecke des Schuppens, die er für die kühlste hielt. Da er satt war, verzieh er seinen

Freunden, daß sie sich nicht um ihn kümmerten, und versuchte sich gesundzuschlafen.

Als der Schatz endlich hinter der Wandverkleidung verborgen war, setzte Antonietta sich neben Herkules und dachte nach. 10,95 Tage war wirklich eine sehr kurze Zeit. Da mußte man schon eine andere Lösung finden. Sie grübelte und grübelte.

Enrico versuchte den Wert des ganzen Schatzes wenigstens im Kopf zu überschlagen, wobei er sich an die Zahlen hielt, die Salvatore in das Heft eingetragen hatte.

Paul dachte an Robin Hood. Es hatte ihn sehr getroffen, daß Antonietta ihn für einen Geizhals hielt, und deshalb dachte er an Robin Hood. Robin Hood hatte immer alles mit den Armen geteilt. Geteilt, wohlgemerkt, nicht verteilt. Aber Paul sah durchaus die Möglichkeit, ein moderner Robin Hood zu werden. Er und seine Gehilfen hatten den Schatz den Banditen abgejagt, und nun verteilten sie den Schatz unter die Armen und die anderen Leute. Warum eigentlich auch unter die anderen Leute?

«Wir könnten jedem im Dorf ein schönes Geschenk machen», unterbrach Antonietta die gedankenschwere Stille.

«Und was willst du ihnen kaufen?» fragte Enrico.

«Jedem genau das, was er sich am meisten wünscht.»

«Nette Idee», sagte Enrico lahm und rechnete in Gedanken weiter.

«Was paßt dir denn daran wieder nicht?»

«Es paßt mir nicht, weil es unmöglich ist», entgegnete Enrico kurz. Antonietta wollte gerade wieder aufbrausen, als Enrico fortfuhr: «Versuch doch mal zu raten, was ich mir wünsche oder was Paul sich wünscht. Nur mal so zum Spaß.»

«Paul wünscht sich ein Fahrrad und du, und du...» Sie stockte. «Siehst du.» Enrico nickte. «Wie willst du dann

wissen, was sich viertausend oder achttausend Menschen wünschen?» Er wandte sich an Paul. «Übrigens, wünschst du dir ein Fahrrad? Ich meine, ist das dein größter Wunsch?»
«Nein, eigentlich nicht. In der Größenordnung kommt davor noch, daß ich das Mittelmeer sehen möchte. Aber warum willst du das wissen?»
Enrico erklärte Paul Antoniettas neuesten Einfall. Da Paul entschlossen war, Antonietta zu beweisen, daß zwischen ihm und einem Geizhals ein himmelweiter Unterschied bestand, erklärte er sofort, die Idee sei gut.
Enrico sah ihn erstaunt an. «Aber Paul, selbst wenn sie gut ist, ist sie unmöglich! Woher willst du wissen, was sich die anderen Leute wünschen?»
Paul überlegte. «Wir fragen die Leute, so wie du mich gefragt hast.» Aber Antonietta schüttelte traurig den Kopf.
«Dann ist es doch keine Überraschung mehr. Das Schönste an Geschenken ist immer die Überraschung.»
«Es kann aber eine Überraschung werden, wenn wir unauffällig genug fragen. Paß auf, wir tun so, als machten wir eine Umfrage. Wir sagen, wir arbeiten an einer Statistik. Darüber wird sich niemand groß wundern. Statistiken macht man für alles mögliche. Sogar darüber, wie viele gebratene Hähnchen jeder am Tag ißt.»
«Ich eß keine gebratenen Hähnchen.»
«Das ist der Statistik egal. Wenn jemand anders zwei oder drei gebratene Hähnchen am Tag ißt, dann kommt zum Schluß heraus, daß du auch ein halbes Hähnchen ißt.»
«Ich versteh nicht, wie jemand drei gebratene Hähnchen pro Tag essen kann!» erklärte Antonietta.
Enrico war begeistert. Statistiken sind Rechenspiele, und Mathematik war für ihn ein Vergnügen.

«Au fein!» sagte er. «Wir rechnen die Wünsche in Prozenten aus.»

«Mir scheint, ihr habt das nicht kapiert.» Paul schüttelte den Kopf. «Wir machen eine Umfrage und keine Statistik. Wir fragen die Leute, was sie sich wünschen, und wenn sie wissen wollen, warum wir das wissen wollen, dann sagen wir...»

«...es ist für die Statistik», vollendete Enrico den Satz. «Jawohl, Herr Professor. Aber hinterher können wir doch trotzdem die Prozente ausrechnen. Nur so zum Spaß, meine ich.»

«Das nennst du Spaß?» fragte Paul zweifelnd. Mathematik war ihm nun mal ein Greuel. Aber Enrico nickte.

«Solange wir die Goldstücke nicht verkauft haben, kriegen wir nicht einmal ein Eis dafür», sagte Antonietta bedauernd.

Paul entschied, daß jetzt der Moment gekommen war, mit einem weiteren Einfall zu glänzen. Das würde den Geizhals völlig ausbügeln.

«Wir schreiben gleich heute an den Schatzminister», erklärte er seelenruhig und sah seine Freunde beifallheischend an.

«An wen?» fragte Enrico verständnislos. «Er will an den Schatzminister schreiben», übersetzte er dann für Antonietta.

«Wer ist denn das?» fragte sie zurück.

«Wer ist das, Paul?»

«Ich hab mal gelesen, daß jede Regierung in jedem Land ein Schatzministerium hat. Und jedes Ministerium hat einen Minister. Der Minister des Schatzministeriums heißt natürlich Schatzminister und ist für die Schätze verantwortlich, so wie der Verkehrsminister für den Verkehr. Eine höhere Instanz in Sachen Schätze gibt es daher nicht.»

«Das ist eine Superidee», sagte Enrico langsam. In seiner Stimme klang Bewunderung mit.
«Paul, du bist ein Genie!» behauptete Antonietta.
Da ihm endlich Anerkennung zuteil wurde, konnte Paul sich bescheiden geben: «Es war nur eine logische Schlußfolgerung.»
«Warum schreiben wir den Brief nicht gleich? Je schneller, desto besser, findet ihr nicht?»
«Dazu brauchen wir aber anständiges Briefpapier. Hast du welches, Antonietta?»
«Zu Hause habe ich ein Schreibheft und einen Kugelschreiber, geht das?»
«Wäre das in Ordnung, Paul?» erkundigte sich Enrico.
Ja, das Schreibheft war schon richtig. Natürlich mußte die Seite ordentlich und möglichst gerade herausgetrennt werden. Zusätzlich brauchten sie einen Umschlag und Briefmarken. Die Antwort sollte postlagernd erfolgen, damit die Großmutter nichts merkte.
Eine Münze legten sie am besten gleich dem Brief bei, damit der Schatzminister wußte, worum es ging.
Hier wurde Paul zum ersten Mal unterbrochen.
«Das hättest du dir auch vorher überlegen können.»
«Sollen wir etwa den Schatz wieder ausbuddeln?»
Paul griff in die Tasche und zog eine Drachme heraus. Er hatte vorgeplant.
«Warum hast du das nicht gleich gesagt?» fragte Enrico und meinte damit nicht nur das Goldstück.
«Ich wollte euch überraschen.»
«Sag lieber, du wolltest mal wieder Eindruck schinden!»
Daß das ins Schwarze traf, wollte Paul eigentlich abstreiten, überlegte es sich aber dann doch anders. «Sag bloß, es ist mir nicht gelungen?»

«Ich finde, wir sollten gehen», bemerkte Antonietta.
«Das würde ich auch sagen.»
Sie standen auf und warfen einen letzten Blick auf die Sackleinwand. Antonietta nahm Herkules auf den Arm, und trotz der Hitze marschierten sie im Eiltempo zum Haus der Großmutter.
Diese saß auf dem Hof und verlas Bohnen.
«Großmutter, Paul muß unbedingt einen Brief schreiben. Könntest du uns bitte Geld für einen Umschlag und Briefmarken geben?»
Die Großmutter sah auf, schob die Bohnen beiseite und streckte ihre Arme nach Herkules aus.
«Zeig mir erst einmal den Hund. Wo habt ihr Herkules gefunden?»
«In Salvatores Schuppen. – Großmutter, der Brief ist wirklich sehr eilig.»
Die Großmutter untersuchte Herkules, bewegte mit äußerster Vorsicht seine Gliedmaßen und setzte ihn versuchsweise auf den Boden.
Da stand Herkules und wedelte freundlich mit dem Schwanz.
«Es geht ihm den Umständen entsprechend gut», urteilte sie und wandte sich erst jetzt ihrem Enkel zu.
«Wenn ihr schon wegen der Briefmarken ins Dorf geht, dann bringt doch bitte gleich dem Ex-Bürgermeister die Salbe vorbei. Sagt ihm einen schönen Gruß von Concetta. Er soll sie jeden Abend auftragen. Verstanden? Jeden Abend, aber nur dort, wo es schmerzt, sonst verschwendet er die gute Salbe für nichts und wieder nichts.»
«Natürlich, Großmutter, werd ich ihm sagen. Nur abends und nur auf die schmerzenden Stellen.»
«Richtig.»

Antonietta kämpfte währenddessen einen stummen Kampf. Sie wollte nämlich der Großmutter danken. Aber sie genierte sich. Warum taten die anderen eigentlich so, als wäre ihr unverschämtes Glück selbstverständlich? Es stand für Antonietta fest, daß sie alles, was ihnen in den Schoß gefallen war, einzig und allein der Großmutter verdankten, und das war immerhin eine Menge. Aber was sagt man in solchen Fällen?

Die Großmutter wäre nicht die Großmutter gewesen, hätte sie Antoniettas Verlegenheit nicht bemerkt. Sie sagte aber nichts, gab Enrico das Geld und die Salbe und wandte sich wieder ihren Bohnen zu.

Als die Jungen sich zum Gehen wandten, stand Antonietta noch immer mit Herkules auf dem Arm vor der Großmutter, als wäre sie angewachsen. Sie gab sich einen Ruck.

«Verehrteste...», begann sie.

Die Großmutter blickte auf und lächelte. Das machte es nur noch schlimmer.

«Verehrteste», sagte sie noch einmal fast zornig, «ich finde diese Jungen tölpelhaft. Es muß ja wohl gesagt werden, daß Sie mit riesigem Abstand die beste Hexe auf der Welt sind. Auch die netteste. Und vielen Dank auch!» Sprach's und rannte vom Hof.

23. Die Wunschstatistik

Antonietta sagte, beim Schreiben sei sie nie so ganz sicher, besonders wenn in den Worten Doppellaute vorkämen. Deshalb schrieb Enrico den Brief.

Sehr verehrter Herr Schatzminister, schrieb er, *der Unterzeichner* (das hatte er von Salvatore abgeguckt) *und Antonietta und Paul haben einen Schatz gefunden.*

«Ich denke, wir unterschreiben den Brief alle drei», wandte Antonietta ein.

«Aber sicher unterschreiben wir alle.»

«Dann mußt du aber die Unterzeichner schreiben und nicht der Unterzeichner.»

«Richtig», bestätigte Enrico und begann von neuem:

Sehr verehrter Herr Schatzminister, die Unterzeichner Antonietta (Frauen nennt man zuerst; das ist höflich – erklärte er.) *Paul und ich, Enrico, haben einen Goldschatz gefunden. Es sind im ganzen 486 Münzen, die einliegende mitgerechnet.*

Wir wenden uns an Sie, weil Sie als Sachverständiger und höchste Schatzinstanz sicher sagen können, wo und für wieviel wir unseren Schatz verkaufen können. Bitte schreiben Sie postlagernd zurück. Danke. Hochachtungsvoll

«Danke paßt da nicht hin, finde ich», erklärte Antonietta.

«Dann schreib du doch den Brief, wenn du alles besser weißt!»

«Danke klingt immer höflich», entschied Paul, und darauf unterschrieben alle den Brief.

«Und die Adresse?» fragte Antonietta.
Auch das wußte Paul.
«Wie heißt die Hauptstadt von Italien?» fragte er.
«Rom natürlich.»
«Das dachte ich mir. Alle Regierungen, Ministerien und Minister haben ihren Sitz in den Hauptstädten. Schreib also: *An den Schatzminister der Regierung Italiens in Rom, und darunter Rom – Italien.* Das kommt bestimmt an.»
Das schrieb Enrico säuberlich auf den Umschlag. Dann drehte er den Umschlag um und fügte den Absender hinzu: *Antonietta, Paul, Enrico – Postlagernd Chiatta – Sizilien.*
Dann brachten sie den Brief zur Post.
«Jetzt sollten wir aber mit der Umfrage gleich anfangen», sagte Antonietta, als sie das Postamt verließen.
«Erst müssen wir Großmutters Salbe abliefern», erinnerte Enrico die anderen.
Sie hatten das Glück, dafür ein Trinkgeld zu bekommen. Davon kauften sie sofort einen Notizblock für die Umfrage.
«Nun laßt mich mal machen», sagte Antonietta. «Ich kenn die Leute hier.» Damit marschierte sie, Block unter dem Arm und Kugelschreiber in der Hand, auf eine Haustür zu.
Sie war einen Spalt breit geöffnet, und Antonietta stieß sie entschlossen auf. Klopfen hielt sie nicht für notwendig. Sie traten in einen schummerigen Raum. Das war die ganze Wohnung. Darin standen ein großes Doppelbett und eine Spiegelkonsole, ein Gaskocher, zwei Stühle, ein Tisch und neben dem Gaskocher ein Regal mit einem geflickten Vorhang. Das war alles.
Der Spiegel war trübe und voller Flecken. Im Rahmen steckten vergilbte Fotos. Der Tisch stand mit einem Bein

auf einem Stück Holz, damit er nicht wackelte, und in dem großen Bett lag eine alte Frau und stöhnte leise.

«Guten Tag, Verehrteste», grüßte Antonietta. «Wir machen eine Umfrage. Wissen Sie, wie die Statistik für gebratene Hähnchen. Was wünschen Sie sich?»

Die alte Frau blinzelte mißtrauisch, stöhnte und wandte das Gesicht zur anderen Seite.

Darauf ging Antonietta einfach um das Bett herum.

«Bitte, Verehrteste, was wünschen Sie sich?»

«Bist du nicht Reich-bin-ichs Tochter?»

«Das bin ich.»

«Dann mach, daß du wegkommst.»

Sie wandte sich Paul und Enrico zu.

«Verschwindet!» forderte sie.

«Gern», sagte Enrico und zog Paul mit sich hinaus. Antonietta folgte.

«Was hab ich falsch gemacht?» wunderte sie sich.

«Weißt du, vielleicht dürfen wir nicht so direkt fragen. Die gebratenen Hähnchen würde ich auch weglassen.»

«Vielleicht weiß sie nicht, was eine Statistik ist.»

«Schon möglich.»

«Versuchen wir es beim nächsten.»

Diesmal nahm Enrico den Block zur Hand und ging auf eine Frau zu, die vor dem Haus Wäsche aufhängte.

«Guten Tag», grüßte er.

«Tag», sagte die Frau. «Was willst du denn?»

«Nur eine Frage für die Statistik. Ich muß das hier aufschreiben.»

Enrico zeigte ihr den neuen Block.

«Warum?»

«Damit ich's nicht vergesse», antwortete Enrico ausweichend.

«So ist die Jugend von heute. Sie vergißt alles», brummte die Frau.

Enrico überhörte das.

«Gesetzt den Fall, Sie dürften sich was wünschen, was würde das sein?» fragte er schnell und sah die Frau gespannt an.

«Ich habe schon lange alle Wünsche begraben», sagte die Frau. «Das bewahrt vor Enttäuschungen.»

Sie hängte ein verblichenes Tischtuch über die Leine.

Einige Kinder, die herumstanden, hörten jedoch interessiert zu. «Ich wüßte schon, was ich mir wünschen würde», sagte ein Junge. «Aber mich fragt ja keiner.»

«Wir fragen alle», erwiderte Enrico. «Dies ist nämlich eine Umfrage.»

Da der Junge schwieg, fuhr er fort: «Warum sagst du denn nicht, was du dir wünschst?»

«Willst du es wirklich wissen? Ich wünsche mir ein Auto mit Pedalen und einer Hupe, wie sie am Festtag der Madonna auf dem Dorfplatz verkauft werden.»

Enrico schrieb «Auto mit Hupe und Pedalen» und fragte den Jungen nach seinem Namen. Den schrieb er dazu.

«Ich möchte gern eine große Puppe mit einem weiten Spitzenrock, schreibst du das auch auf?» wollte ein kleines Mädchen wissen. Als die Kinder sahen, daß Enrico auch diesen Wunsch widerspruchslos aufschrieb, bekam er alle Hände voll zu tun. Er notierte Puppen, Dreiräder, Flugzeuge, einen Roboter, Rollschuhe. Die Nachricht, daß sich jeder etwas wünschen dürfe, verbreitete sich wie ein Lauffeuer. Immer mehr Kinder kamen, und Antonietta mußte ihr Heft holen, um Enrico zu helfen, während Paul dafür sorgte, daß die Kinder eine Schlange bildeten und Enrico und Antonietta nicht zu sehr bestürmten. Manche Kinder stellten sich gleich zweimal an. Vorsichtshalber. Keines schien im geringsten an der Erfüllung seines Wunsches zu zweifeln. «Wann bekommen wir denn die Geschenke?» fragten sie wieder und wieder.

«Wir machen nur eine Statistik», versuchte Enrico sich herauszureden.

Dagegen hatten die Kinder nichts einzuwenden. «Wann bekommen wir denn die Statistik?»

«Ein bisschen müßt ihr euch schon gedulden», antwortete er schließlich. Da Enrico, Antonietta und Paul dabei ein Gesicht machten, als ob das ihnen selbst sehr leid täte, trösteten die umstehenden Kinder sie: «Das macht doch nichts. Wir warten eben.»

Gegen Abend mußten die drei geradezu fliehen. Die Kinder hingen wie die Kletten an ihnen.

«Wir haben gar nicht mit den Erwachsenen gesprochen», bemerkte Paul.

«Die Erwachsenen glauben ohnehin nicht mehr daran, daß Wünsche sich erfüllen können, deshalb haben sie alle ihre Wünsche begraben. Das hat die Frau doch gesagt.»

«Das ist eigentlich traurig. Wollen wir nicht auch die Großmutter fragen, was sie sich wünscht?»

«Was ich mir wünsche?» fragte die Großmutter erstaunt.

«Ja, möglichst etwas, was man kaufen kann, wenn man Geld hat.»

«Das schränkt die Antwort sehr ein. Die größten Wünsche sind leider nicht mit Geld zu erfüllen.»

«Was ist denn dein größter Wunsch?»

«Ich hätte gern einen großen Baum auf diesem Hof, der viel Schatten spendet. Es ist oft unerträglich heiß hier draußen.»

Erwachsene haben unerfüllbare Wünsche. Das fanden die drei auch in den nächsten Tagen bestätigt.

Die Männer wünschten sich eine gute Ernte, mehr Regen für die Felder, oder sie hofften auf eine Arbeit, wenn sie arbeitslos waren.
Die Frauen, deren Ehemänner nur ein paarmal im Jahr nach Hause kommen konnten, weil sie in der Schweiz, in Deutschland und woanders Arbeit gefunden hatten, wünschten sich Arbeit für ihre Männer im Dorf oder zumindest in nächster Nähe.
Das alles waren Wünsche, die man mit 486 Drachmen nicht erfüllen konnte, selbst wenn diese aus purem Gold waren.
Das stimmte die Freunde traurig.
«Wir können eben nur die Kinder überraschen», sagte Antonietta und blätterte in ihrem Heft, das vollgeschrieben war. «Und Herkules natürlich. Er bekommt ein schönes Halsband. Ein rotes, würde ich sagen.»
«Rot steht ihm nicht», behauptete Enrico.
«Dann eben grün», sagte Antonietta ungewöhnlich nachgiebig und erklärte, sie müsse jetzt nach Hause, um der Mutter zu helfen. Sie ging, ohne sich zu verabschieden. Aber daran hatten Paul und Enrico sich schon gewöhnt. Sie gingen ebenfalls nach Hause.
«Eigentlich hatte ich mir vorgestellt, ihr würdet ausnahmsweise einmal früher nach Hause kommen und mir ein schönes Feuer vorbereiten», empfing sie die Großmutter. «Jetzt ist es zu spät.»
Als die beiden schuldbewußt zu Boden blickten, sagte sie freundlicher: «Es gibt Makkaroni und Ziegenkäse, den Beppe vorbeigebracht hat. Er behauptet, der Marsalawein sei verschwunden. Ich weiß nicht recht, ob ich ihm das glauben kann. Es ist immerhin wahrscheinlich, denn er war stocknüchtern.»
Gerade als die beiden den Tisch deckten, ertönte ein lauter Pfiff hinter der Kaktushecke.

«Hallo», rief jemand, der unsichtbar blieb, «werden hier die Geschenke aufgeschrieben?»
Die Großmutter trat aus dem Haus, und hinter der Hecke wurde es mäuschenstill.
«Wenn es nicht dieselben sind, dann sind es andere», sagte sie und krauste die Stirn.
«Wie meinst du das, Großmutter?» fragte Enrico und versuchte unschuldig auszusehen.
«Heute abend haben schon einmal ein paar Gören gefragt, ob ich Geschenke aufschreibe, und sind dann weggelaufen. Wenn das ein Scherz sein soll, dann verstehe ich ihn nicht.»
Sie schüttelte den Kopf und sah ihren Enkel prüfend an.
«Heraus mit der Sprache!» grollte sie dann.
«Es ist wegen der Statistik, Großmutter», stotterte Enrico.
«Was für eine Statistik?» Großmutters Stimme klang nicht freundlicher.
«Eine Wunschstatistik, Großmutter. Paul, Antonietta und ich machen eine Wunschstatistik.»
«Und wozu soll das gut sein?» wollte die Großmutter wissen. Darauf blieb Enrico die Antwort schuldig. Aber die Großmutter ließ nicht locker, bis sie die ganze Geschichte erfuhr.
Sie unterbrach Enrico nicht. Sie sagte auch kein Wort, als er schwieg, weil es nichts mehr zu erzählen gab.
Eine Weile war es ganz still auf dem Hof. Die Großmutter hielt die Hände im Schoß gefaltet, schüttelte schließlich den Kopf und sagte nur einen Satz: «Ich bin sprachlos.»

24. Die Beziehungen zwischen Rom und Chiatta scheinen nicht die besten

Inzwischen war der Brief ans Ziel gelangt. Der Untersekretär des Schatzministers öffnete ihn und stempelte das Datum darauf, damit jeder wußte, wann der Brief angekommen war. Dann brachte er ihn zusammen mit anderer Post zum Obersekretär.
Der Obersekretär kam erst am Nachmittag dazu, den Brief zu lesen. Er wollte sich gerade schieflachen, da fiel das Goldstück aus dem Umschlag. Deshalb blieb er ernst und unterrichtete den Schatzminister höchstpersönlich, wobei er ihm das Goldstück zuerst zeigte.
Der Schatzminister telefonierte sofort mit dem Kultusministerium. Der Kultusminister sei in einer Besprechung, wurde ihm gesagt. Er hinterließ die Nachricht, daß er den Herrn Kultusminister aus einem vergnüglichen Anlaß zu sprechen wünsche. Das veranlaßte den Kultusminister, sofort zurückzurufen.
Die beiden Minister verabredeten sich zum Abendessen in einem vornehmen Restaurant. Der Schatzminister brachte den Brief aus Chiatta mit, und sie lachten herzlich darüber. «Sie als Schatzminister und Sachverständiger von Schätzen! Das ist mir ja ganz neu», wieherte der Kultusminister und klatschte dem Schatzminister sehr unfein auf den Schenkel, als die zweite Flasche Wein leer auf dem Tisch stand.

Wer weiß, was ein Schatzministerium ist, versteht gut, warum die Minister über den Brief von Paul, Antonietta und Enrico so unbändig lachten. Das Schatzministerium verwaltet nämlich nur die Staatsgelder. Die Regierung bestimmt, wieviel für die Landwirtschaft ausgegeben wird, und wieviel für den Straßenbau, und dann gibt der Schatzminister dafür das Geld her, das in der Kasse ist, und manchmal auch welches, das nicht in der Kasse ist. Im letzteren Fall macht der Staat Schulden. Der Name Schatzministerium ist irreführend. Er hört sich auch bei leeren Staatskassen reich an.

Die Goldmünze sparte sich der Schatzminister bis zuletzt auf und zeigte sie dem Kultusminister erst bei der dritten Flasche Wein.

«Nun mal Spaß beiseite.» Mit diesen Worten legte er das Goldstück auf den Tisch. «Der Schatz scheint wirklich zu existieren. Die Sache fällt also in Ihr Ressort. Dies hier ist ein echtes griechisches Dramma aus dem 5. Jahrhundert vor Christus.»

Als gebildeter Mensch nannte er eine Drachme Dramma. Daß beides dasselbe ist, hatte Enrico nicht gewußt, als er Paul Salvatores Aufzeichnungen übersetzte.

«Das wäre ja ein ungeheuer interessanter Fund», sagte der Kultusminister wieder ganz ernst, denn er ist für alle Schätze verantwortlich, die auf Staatsboden gefunden werden. «Wenn ich den Brief jedoch recht verstanden habe, dann wollen diese sauberen Herrschaften ihn unrechtmäßig verkaufen. Ich werde dafür sorgen, daß sie dafür gehörig bestraft werden.»

«Nun, nun», beschwichtigte der Schatzminister. «Hätten die Herrschaften gewußt, daß das Veräußern eines solchen Fundes strafbar ist, dann hätten sie doch nicht an die Regierung geschrieben.»

«Daran ist etwas Wahres», gab der Kultusminister zu. «Ich werde morgen einen Altertumsexperten beauftragen, sich sofort um diese Angelegenheit zu kümmern. Herr Professor Rosolski ist dafür der richtige Mann. Ich sollte ihn vielleicht sogar gleich anrufen.»
Er stand auf, obwohl die dritte Flasche Wein erst angebrochen war, bestand darauf, für beide zu zahlen, und hatte es plötzlich sehr eilig. So wichtig war ihm der «Schatz von Chiatta», wie er ihn nannte, geworden.
Während sie vor dem Restaurant auf ein Taxi warteten, fragte er: «Wo liegt denn eigentlich dieses Chiatta?»
«Keine Ahnung», antwortete der Schatzminister. «Nie davon gehört.»
«Das werde ich morgen als erstes feststellen lassen», sagte der Kultusminister und nickte energisch mit dem Kopf.
Schon am nächsten Tag erhielt die Polizei in Chiatta ein Telegramm.

von: Kultusministerium Rom
an: Polizeistation Chiatta
Personen unter dem Decknamen Antonietta Paul Enrico beschatten stop Schatz bis zur Ankunft des Sachverständigen sicherstellen stop Für das Kultusministerium: Der Obersekretär

Der Wachtmeister las das Telegramm zweimal und den Absender sogar dreimal. Hier lag ohne Zweifel ein Irrtum vor. Zwischen dem Kultusministerium und Chiatta bestanden keinerlei Beziehungen, auch gab es in Chiatta keine Schätze. Hier war wieder einmal Chiatta mit Piatta verwechselt worden.
Amtlichen Schritts ging er sofort auf die Post und befahl, den Telegrammtext umgehend, streng vertraulich und drin-

gend an die Polizeistation in Piatta aufzugeben. Damit glaubte er seine Pflicht als guter Staatsbürger getan zu haben, und ließ sich in der Bar nebenan einen Eiskaffee servieren.

In Piatta hielt man das Telegramm für einen dummen Scherz, weil es aus Chiatta kam. Seit wann hat Chiatta ein Kultusministerium? So landete das Telegramm im Papierkorb.

Der Sachverständige, Herr Professor Rosolski, kam drei Tage später angereist. Er stieg um zwei Uhr nachmittags in glühender Hitze in Chiatta aus dem Bus.

Der Platz lag verlassen da, wie immer um diese Zeit. Auf der Polizeistation traf Herr Professor Rosolski auch niemand an, da der diensthabende Beamte gerade im kühlen Hinterzimmer einer Bar einen Eiskaffee schlürfte.

Der einzige Mensch, den er überhaupt erblickte, war ein Mädchen, das der Hitze ungeachtet über den Platz marschierte und nicht nur laut, sondern auch ziemlich falsch sang.

Der Professor verzog das Gesicht. Er war ein musikliebender Mensch. Trotzdem winkte er das Mädchen heran.

«Hallo», sagte Antonietta jovial, als sie vor ihm stand. «Was wollen Sie denn hier?» Interessiert betrachtete sie seinen weißen Bart.

Diese Frage traf Professor Rosolski unvorbereitet.

Er räusperte sich, um Zeit zu gewinnen, und antwortete ausweichend: «Ich bin gerade erst angekommen.»

«Mit dem 2-Uhr-Bus?» erkundigte sich Antonietta.

«Sehr richtig.»

Sie schwiegen beide, und Professor Rosolski wischte sich den Schweiß von der Stirn.

«Kannst du mir sagen, wann die Polizeistation öffnet?»

«Was wollen Sie denn bei der Polizei?» fragte Antonietta und krauste die Stirn. Wie alle Sizilianer hatte sie ein angeborenes Mißtrauen gegen Polizisten.

Auch diese Frage war Professor Rosolski nicht bereit zu beantworten. Er schwieg deshalb.

Antonietta stand abwartend vor ihm und betrachtete die roten Äderchen, die seine Wangen wie ein feines Netz durchzogen.

«Wie heißt du denn?» versuchte er abzulenken.

«Und Sie?» fragte Antonietta zurück.

«Verzeihung.» Professor Rosolski beschloß, es mit Humor zu tragen. «Mein Name ist Rosolski, ich komme aus Rom.»

«Antonietta aus Chiatta.»

«Freut mich, dich kennenzulernen.»

«Warum?» fragte Antonietta erstaunt.

«Das sagt man immer in solchen Fällen», erklärte der Professor.

«Auch wenn es einen nicht freut?» Antonietta wartete die Antwort nicht ab, denn eine andere Frage brannte ihr auf der Seele.

«Sie leben in Rom?» vergewisserte sie sich.

«Ja, wenn ich nicht gerade auf Reisen bin. Aber es ist heiß hier. Darf ich dich in eine Bar einladen?»

«Einladen müssen Sie mich schon, wenn ich mitkommen soll. Ich habe nämlich kein Geld.»

Der Professor hob seine Tasche auf und steuerte auf die Bar zu, in der der Polizeibeamte im Hinterzimmer gerade seinen Eiskaffee ausgetrunken hatte. Es war dem Professor durchaus bewußt, daß er im Begriff war, die Bekanntschaft eines ungewöhnlichen Mädchens zu machen. Auch ihr Name kam ihm bekannt vor – er mußte ihn erst kürzlich irgendwo gehört haben.

Im Vorderzimmer der Bar summten die Fliegen und waren so schläfrig von der Hitze, daß sie sich nicht einmal vom Tischtuch erhoben, als der Barjunge das Bier für den Professor und ein Eis für Antonietta auf den Tisch stellte.

«Hallo, Antonietta», grüßte er, denn durch die Wunschstatistik war sie im Dorf populär geworden. «Was macht die Statistik?»

Antonietta seufzte. Das war ein wunder Punkt. Die Großmutter hatte ihnen wenig, eigentlich gar keine Hoffnung gelassen, den Schatz verkaufen zu können.

«Einen Schatz darf man genausowenig behalten wie eine Brieftasche, die man auf der Straße findet», hatte sie gesagt. «Er gehört jemand anders.»

«Aber Großmutter, die Leute, denen die Goldstücke gehörten, sind lange tot. Wir können sie doch nicht zurückgeben.»

«Alles, was man findet, gehört jemand», hatte die Großmutter erklärt. «Wenn ich mich nicht irre, gehören solche Schätze dem Staat.»

«Aber Großmutter, wir können doch nicht alle Kinder enttäuschen! Bekommen wir nicht wenigstens einen Finderlohn?»

Die Großmutter hatte die Achseln gezuckt.

In Erinnerung daran löffelte Antonietta wütend das Eis in sich hinein.

Professor Rosolski trank genüßlich das kalte Bier.

Der Barjunge putzte die Espressomaschine.

Als der Eisbecher leer war, hob Antonietta den Kopf.

«Verstehen Sie sich auf Regierungen?» fragte sie geradeheraus. «Ich meine, Sie kommen doch aus Rom.»

«Was willst du denn wissen?» fragte der Professor und blickte durch die trübe Scheibe auf die leere Straße.

Antonietta wollte eine ganze Menge wissen. Wie konnte sie aber danach fragen, ohne den Schatz zu verraten?
«Wenn ich auf der Straße eine Brieftasche finde, die der Regierung gehört, also dem Staat, bekomme ich dann einen Finderlohn?» fragte sie schließlich.
Professor Rosolski schnippte eine tote Fliege vom Tischtuch und überlegte.
«Ich glaube, es kommt darauf an, wieviel Geld in der Brieftasche war und ob der Staatsmann, der sie verloren hat, großzügig ist.»
«Ist der Schatzminister großzügig?» wollte Antonietta daraufhin wissen.
«Das weiß ich leider nicht. Ich kenne ihn nicht persönlich.»
«Wie schade», sagte Antonietta enttäuscht. Sie stand auf.
«Ich muß jetzt gehen. Herkules ist bei Paul und Enrico geblieben. Ich muß ihn abholen.»
Sie ging, wie immer, ohne sich zu verabschieden, zur Tür und auf die Straße.
In diesen kleinen Dörfern geben die Leute ihren Kindern die eigentümlichsten Namen. Komische Idee, einen Jungen Herkules zu nennen, und warum haben sie wohl den anderen Jungen Paul getauft und nicht Paolo? Das klingt doch auch schön, sinnierte der Professor.
Paul, Herkules, Antonietta, Enrico, warum kamen ihm diese Namen so bekannt vor? Endlich ging dem Professor das berühmte Licht auf: Diese drei Namen standen in dem Brief, den der Kultusminister ihm vor einigen Tagen gezeigt hatte. Von Herkules war da keine Rede gewesen, aber Antonietta, Paul und Enrico hatten den Brief unterschrieben.
Der Professor sprang unvermutet auf und lief auf die Straße.
«He, Mister!» rief ihm der Barjunge nach – für ihn waren

alle Fremden Ausländer, die er mit Mister betitelte –, «ein Exportbier und ein Eis macht tausend Lire!»

Da Professor Rosolski Antonietta nicht mehr sah und auch nicht wußte, welche Richtung sie eingeschlagen hatte, kehrte er, sehr zur Erleichterung des Barjungen, zurück und zahlte.

«Sag mal, du kennst doch das Mädchen? Ich meine Antonietta.»

«Natürlich. Sie ist Reich-bin-ichs Tochter.»

«Ist das ihr Familienname?»

«Nein, so heißt nur ihr Vater. Antonietta heißt Carrara.»

«Aha», sagte der Professor. Er fand Antoniettas Familienverhältnisse etwas verwirrend und fragte nach Enrico und Paul.

«Enrico ist der Enkel von Concetta, der Hexe, und Paul ist sein Freund. Er spricht ausländisch.»

«Das ist ja interessant», murmelte Professor Rosolski.

«Sie sind wohl wegen der Wunschstatistik hierhergekommen?» fragte der Barjunge. «Da kommen Sie zu spät. Auch Enrico schreibt keine Wünsche mehr auf.»

«So so. Wo wohnt denn dieser Enrico?»

«Bei seiner Großmutter.»

«Und wo wohnt die Großmutter?»

«Mister», sagte der Barjunge ernst. «Da rat ich Ihnen aber ab, hinzugehen. Sie ist eine Hexe! Außerdem lohnt sich der Weg nicht, ich hab Ihnen doch schon gesagt, es ist aus und vorbei mit dem Wünschen.»

Professor Rosolski reichte dem Barjungen tausend Lire, ließ sich den Weg zur Großmutter beschreiben und bog gleich links um die Ecke, wie er ihn geheißen hatte.

«Mister!» rief der Barjunge hinter ihm her. «Sie müssen links gehen! Genau entgegengesetzt!»

Da Professor Rosolski zu den Menschen gehörte, die glaubten, links sei immer da, wo der Daumen nach rechts zeigt, brauchte er fast eine volle Stunde, bevor er Großmutters Haus fand.
Schwitzend zwängte er sich durch die Kaktushecke und sah Antonietta wieder.
«Hallo, Herr Professor», sagte diese ein wenig erstaunt.
«Ist das ein Bekannter von dir?» fragte Enrico.
«Er ist mit dem 2-Uhr-Bus gekommen», erklärte Antonietta.
«Darf ich mich setzen?» fragte Professor Rosolski.
Die Großmutter kam mit einem Bündel Kräutern aus dem Steingarten, und der Professor setzte sich nun doch nicht.
«Guten Tag, gnädige Frau. Mein Name ist Rosolski, Professor Rosolski aus Rom.» Er machte eine Verbeugung.
«Sie kommen aus Rom?» fragte die Großmutter und warf den Freunden einen bedeutungsvollen Blick zu. «Aber setzen Sie sich doch.» Sie wischte mit ihrem langen Rock flüchtig über die Bank.
«Vielen Dank», sagte der Professor und setzte sich. Er zupfte an seinem Bart. «Heißer Tag heute.»
Die Großmutter nickte nur und sortierte ihre Kräuter, die auf dem Tisch lagen.
Enrico zeichnete mit dem Stock Kringel in den Sand, Paul starrte auf eine Kaktusfeige, die hinter dem Professor hing, und Antonietta streichelte Herkules.
«Das hätten Sie auch gleich sagen können», stieß Antonietta schließlich hervor und streichelte Herkules nicht mehr.
«Was hätte ich gleich sagen können?» forschte Professor Rosolski.
«Sie brauchen gar nicht so scheinheilig zu tun!» Sie wandte sich an Paul und Enrico: «Zum Eis hat er mich auch eingeladen! Ist das nicht die Höhe?»

«Es soll nicht wieder vorkommen», versicherte der Professor und blickte sehr erstaunt von einem zum anderen.
«Sei ruhig, Antonietta!» befahl Enrico. «Wir wissen ja noch gar nicht, ob er der Richtige ist.»
«Was will er denn sonst hier?»
Jetzt mischte sich die Großmutter ein. Ruhig und höflich erkundigte sie sich nach dem Zweck seines Besuches. Sie empfange nicht jeden Tag Professoren. Und auf welchem Gebiet der Herr Professor denn Professor sei?
«Ich bin Altertumsforscher, gnädige Frau. Man hat mich nach Chiatta geschickt, damit ich gewisse alte Münzen, die hier entdeckt wurden, auf ihre Echtheit prüfe.»
«Siehste!» sagte Antonietta. Enrico seufzte.
Antonietta schob Herkules zur Seite, stellte sich dicht vor den Professor und stemmte die Fäuste kampflustig in die Hüften. «Sie kriegen die Goldstücke nicht. Nicht in hundert Jahren! Wir verraten Ihnen nämlich nicht, wo sie sind. Auch nicht in hundert Jahren! Sie können uns ruhig foltern, wir werden schweigen wie ein Grab. Es sei denn, Sie zahlen!»
«Was denn? Ich meine, wer zahlt was?» fragte der Professor. Er warf der Großmutter einen hilfesuchenden Blick zu, den diese ernst beantwortete. Dazu sagen konnte sie aber nichts, genausowenig wie Professor Rosolski weitere Fragen stellen konnte, denn es brach ein solcher Sturm über ihn herein, daß er wirklich nicht wußte, wie ihm geschah. Der Junge, der Enrico hieß, knallte einen Notizblock mit Nachdruck auf den Tisch, Antonietta hielt ihm ein vollgeschriebenes Heft unter die Nase. Der andere Junge, Paul, redete auf ihn ein und sprach auch noch deutsch. Das machte aber nichts, denn selbst wenn er italienisch gesprochen hätte, wäre es unmöglich gewesen, ihn zu verstehen, denn Enrico überschrie ihn, und Antonietta überschrie Enrico. Vorwürfe und Drohun-

gen prasselten nur so auf den Professor herab, der ab und zu der Großmutter Blicke zuwarf, die deutlich um Hilfe baten. Aber die Großmutter schwieg und sortierte sehr ruhig ihre Kräuter. Der Herr Professor war also auf sich alleine angewiesen. Schließlich hob er die Hand und ließ die Faust auf den Tisch hinuntersausen, daß er bebte und ein paar Kräuter zu Boden fielen.
«Ich bitte um Verzeihung, gnädige Frau», sagte der Professor in die plötzlich entstandene Stille hinein. «Ich nehme mir jetzt das Recht zu fragen, warum ich ein kaltschnäuziger Verräter bin, obendrein herzlos, in meinen Adern vergiftetes Fischblut fließt, tausend Kinder in Verzweiflung stürze und aus meinem Herzen eine Mördergrube mache.» Hier machte er eine Pause. «Bis gestern war ich nämlich noch ein ganz normaler Mensch. Darf ich jetzt erfahren, was mich so verändert hat?»
«Sie dürfen es den Kindern nicht übelnehmen», sagte die Großmutter daraufhin. «Sie haben bis zuletzt gehofft, daß ihre Träume Wahrheit werden. Wie Sie wohl inzwischen gemerkt haben, ist es ein harter Schlag für sie.»
«Ich nehme nichts übel», grollte der Professor. «Ich verlange eine Erklärung, und zwar sofort!»
Aber so schnell ging das nicht. Es wurde Abend, und noch immer kannte Professor Rosolski noch lange nicht alle Einzelheiten der Geschichte. Die Großmutter stellte Brot, Wein und Käse auf den Tisch. Der Professor blieb zum Abendessen und noch viel länger. Antonietta mußte nach Hause gehen. Doch bevor sie ging, sagte sie zu ihm: «Sie brauchen gar nicht so freundlich zu tun, Sie bekommen den Schatz doch nicht!»
«Wir wollen das überschlafen, Antonietta», antwortete der Professor.

25. *Erfüllen Sie einen Kinderwunsch!*

Professor Rosolski schlief aber wenig in dieser Nacht. Das lag nicht an der knubbeligen Matratze, die obendrein mit kratzenden Strohhalmen gefüllt war; er ging gar nicht ins Bett.
Erst spazierte er grübelnd auf und ab, dann hin und her, schließlich setzte er sich an den Tisch und schrieb. Das Licht brannte bis zum Morgengrauen. Als die ersten Bauern aufs Feld ritten, schlief Professor Rosolski am Tisch ein.
Als er aufwachte, begab er sich als erstes in eine Bar und verlangte hintereinander drei Tassen starken Kaffee. Danach marschierte er entschlossen auf die Post, versandte eine Menge dicker Briefe per Einschreiben und mit Eilpost und führte mindestens ebensoviele Ferngespräche.
Damit verging der Vormittag.
Nach dem Mittagessen schloß er die Fensterläden und schlief trotz der stacheligen Matratze bis in den späten Nachmittag hinein. Dann machte er sich auf den Weg zur Großmutter, wo er von Paul und Enrico eiskühl begrüßt wurde.
«Was will der denn schon wieder hier?» fragte Paul. «Macht er sich vielleicht noch Hoffnungen?»
Enrico zuckte die Achseln und versuchte so zu tun, als sei der Professor Luft.
«Seid ihr noch immer nicht bereit, den Schatz herauszurücken?»

«Hast du Töne?» wandte sich Enrico an Paul. «Er glaubt tatsächlich, wir hätten unsere Meinung geändert, so von heute auf morgen! Nur weil heute Mittwoch ist und gestern Dienstag war!»

«Na?» fragte der Professor noch einmal.

«Nein!» schrien sie im Chor, und Enrico fügte hinzu: «Erst wenn wir soviel Geld dafür bekommen, daß es für die Geschenke reicht. Das können Sie den Leuten in Rom sagen.»

«Sehr lobenswert», antwortete Herr Professor Rosolski darauf erstaunlicherweise und hüllte sich in Schweigen.

Enrico tippte sich bedeutungsvoll an die Stirn und zog Paul hinter das Haus in Großmutters Kräutergarten.

Kurze Zeit darauf rief die Großmutter und schickte sie zum Ex-Bürgermeister, um zu fragen, wie ihm die Salbe bekommen sei.

«Warum sagt sie nicht einfach, wir stören und sollen verschwinden?» grollte Enrico mißmutig, als sie sich widerwillig auf den Weg machten. «Was findet sie bloß an diesem Professor?»

Die Großmutter saß inzwischen dem Professor gegenüber, nötigte ihn zu Wein und Oliven und hörte aufmerksam seinen Ausführungen zu. Ihre Achtung vor ihm stieg, und der Weinpegel in der Flasche sank, weil beide zwischendurch auf ein gutes Gelingen ihrer Pläne anstießen.

Als Paul und Enrico zurückkamen, fanden sie die Großmutter und den Professor in bestem Einvernehmen. Er nannte sie Concetta und sie nannte ihn Arcibaldo, was des Professors Vorname war.

Kurz darauf verabschiedete sich Professor Rosolski.

«Harren wir also der Dinge, die da kommen werden, Arcibaldo», sagte die Großmutter geheimnisvoll und gab ihm die Hand.

Um was für Dinge es sich auch immer handeln mochte, sie ließen auf sich warten.

Am darauffolgenden Tag geschah nichts Bemerkenswertes. Professor Rosolski versuchte, Antonietta für sich zu gewinnen, und kaufte einen Knochen mit sehr viel Fleisch daran für Herkules, der daraufhin mit fliegenden Fahnen zur Feindesfront überging. Das bestätigt das alte Sprichwort: «Die Liebe geht durch den Magen.» Da aber Herkules und nicht Antonietta den Knochen abnagte, behandelte Antonietta den Professor nach wie vor sehr kühl.

Am nächsten Morgen hielt ein Auto auf dem Platz, eine halbe Stunde später ein zweites, dann kam ein drittes mit ausländischem Nummernschild. Um elf Uhr standen dort sechs Autos, obwohl es ein Dorfplatz und kein Parkplatz war.

Unversehens liefen Leute im Dorf herum, die niemand kannte. Sie sagten, sie seien Journalisten, und stellten den Bewohnern von Chiatta die merkwürdigsten Fragen.

«Glauben Sie, daß diese Taktik zum Ziel führt und das Kultusministerium nachgeben wird?»

– Welche Taktik? –

«Haben Sie eine Vermutung, wo der Schatz versteckt sein könnte?»

– Welcher Schatz? –

«Steht eine politische Partei hinter dieser Sache?»

– Welcher Sache? –

Die Leute aus Chiatta schüttelten den Kopf, nein, sie wußten von nichts. Auch Antonietta, Enrico und Paul hätten über solche Fragen den Kopf geschüttelt. Sie verfolgten keine Taktik und betrieben keine Politik. Einer aber von ihnen, es war ein Rundfunkreporter, hatte Professor Rosolskis Brief sehr aufmerksam gelesen und stellte deshalb auch intelligente Fragen, nicht den Erwachsenen, sondern den Kindern. Er hatte eine große Tüte Bonbons gekauft, mit denen er sehr freigebig war. Es dauerte auch nicht lange, da hatte er ein ganzes Gefolge.

«Ich habe gehört, drei Kinder aus Chiatta haben einen Schatz gefunden. Weiß jemand von euch, wie diese Kinder heißen?»

Nein, das wußte niemand.

«Ihr habt euch doch alle ein Geschenk gewünscht, hab ich gehört. Wer soll euch denn die Geschenke bringen?»

«Die Statistik», verkündete ein kleiner Junge. «Bist du von der Statistik?»

Sofort griff das nächste Kind diese Frage auf. «Hast du die Geschenke mitgebracht? Ich meine, ist mein Flugzeug dabei?»

Alle Umstehenden wollten nun wissen, ob Puppe, Pfeil und Bogen, Dreirad und Fahrrad auch dabei waren.

Der Reporter kam nicht mehr zu Wort. Immer mehr Kinder umringten ihn, immer größer wurde der Auflauf. Es kam zu einem regelrechten Stau, durch den Professor Rosolski sich nur mühsam seinen Weg zu dem Reporter bahnte. Als er bis auf ein paar Meter herangekommen war, überschrie er die Kinderstimmen: «Sehen Sie sich gut um! Gucken Sie sich die Kinder an. Hätten Sie das Herz, sie alle zu enttäuschen?»

Der Reporter schüttelte den Kopf und brüllte zurück: «Sind Sie Herr Professor Rosolski?» Und als der Professor nickte: «Ich muß mit Ihnen irgendwo ungestört reden!»

Es war nicht leicht für beide Erwachsenen, sich aus der Umzingelung so vieler Kinder zu lösen. Erst als der Reporter dem nächststehenden Kind erklärte, er könne die Geschenke nicht besorgen, wenn sie ihn nicht gehen ließen, machten sie Platz und sagten es den anderen weiter. Schließlich saßen der Reporter und der Professor im Hinterzimmer einer Bar bei einem Kaffee.

Vor der Bar hatten die Kinder natürlich einen Beobachtungsposten bezogen, aber das störte die beiden Herren nicht, ja sie merkten es nicht einmal, so vertieft waren sie in ihr Gespräch. Schließlich sagte der Reporter: «Also abgemacht, Sie besorgen mir die Wunschlisten, und ich installiere mich hier in der Bar.»

Der Professor ging, und der Reporter benutzte das Telefon der Bar, um seiner Rundfunkstation einen Zwei-Minuten-Text zu diktieren, den sie jede halbe Stunde senden sollten. Zuletzt wiederholte er die Telefonnummer der Bar zweimal.

Professor Rosolski hastete unterdessen unbemerkt durch allen Trubel zum Haus der Großmutter.

«Concetta!» rief er, noch bevor er sich durch die enge Öffnung in der Hecke zwängte. «Concetta, es wird klappen. Ich sage Ihnen, es wird klappen!»

«Arcibaldo, Sie hätten in der Hitze nicht so rennen sollen. Möchten Sie ein Glas Wein? So setzen Sie sich doch!»

Paul, Enrico und Antonietta begnügten sich mit einem kurzen «Tag auch». Herkules hingegen begrüßte den Professor überschwenglich.

Professor Rosolski ließ sich auf die Bank sinken, lehnte den Wein höflich ab und wandte sich sofort an die Freunde: «Ich brauche die Wunschlisten.»

«Kriegen Sie aber nicht!» antwortete Antonietta prompt und versuchte Herkules ärgerlich von dem Professor fortzuzerren.

«Ihr wart wohl heute vormittag noch nicht im Dorf?»
«Arcibaldo», unterbrach ihn die Großmutter und zwinkerte ihm zu. «Sie können später mit den Kindern verhandeln. Vorerst verlange ich, daß Sie mir erzählen, welche Fortschritte Ihr Plan macht.»
«Unser Plan», berichtigte der Professor und begann von den Reportern zu erzählen, und vor allem von der Rundfunksendung. Diese Sendung sollte den Titel tragen «Erfüllen Sie einen Kinderwunsch!» Der Rundfunkreporter und Professor Rosolski versprachen sich davon einen Erfolg.
«Natürlich ist das noch nicht sicher», schloß der Professor, «aber ich dachte, ein Versuch könnte sich lohnen, Concetta.»
Er wandte sich beim Sprechen nur an die Großmutter und tat überhaupt ganz so, als wäre außer ihnen niemand anders auf dem Hof. «Ich weiß nicht, ob Sie es eben gehört haben», fuhr er fort, «aber man will mir die Wunschlisten nicht geben, und ohne Wunschlisten geht es nicht.»
«Herr Professor, ist das alles wirklich wahr, was Sie erzählt haben?» fragte Enrico.
«Warum haben Sie denn die Reporter hierherkommen lassen?» erkundigte sich Antonietta noch immer mißtrauisch.
«Weil deine Großmutter und ich dachten, die Zeitungen könnten helfen, das Geld für die Geschenke auf der Wunschliste aufzutreiben, denn sonst rückt ihr ja den Schatz nicht heraus. Glaubt ihr, ich könne unverrichteter Dinge wieder nach Rom zurückfahren und dem Kultusminister erzählen, ich habe den Schatz nicht einmal zu sehen bekommen? Da werde ich ja glatt entlassen, und wer ernährt dann meine zehn Kinder?»
«Oh, Sie haben zehn Kinder», sagte Antonietta. «Jungen oder Mädchen?»

Der Professor zwinkerte: «Gemischt. Aber wir wollen den Faden nicht verlieren. Wir haben uns also gedacht, wenn es uns gelingt, die Wunschliste zu erfüllen, dann zeigt ihr mir vielleicht den Schatz.»

Die drei berieten sich kurz untereinander und verkündeten dann: «Wir sind einverstanden.»

«Schon wegen Ihrer zehn Kinder», fügte Antonietta hinzu. «Mein Vater hat es auch nicht leicht, wir sind nämlich dreizehn.»

«Hm», räusperte sich der Professor und wurde ein wenig verlegen. «Wenn ihr eure Entscheidung von meinen Kindern abhängig macht, dann muß ich gestehen, daß es Enkelkinder sind, und Hunger leiden sie auch nicht. Ich habe eben ein bisschen geflunkert.»

Es fehlte nicht viel, und er wäre rot geworden.

«Das macht nichts», entschied Enrico. «Wir sind trotzdem einverstanden, wo Sie sich doch so große Mühe gegeben haben. Außerdem flunkern wir alle mal.»

Antonietta war im Zwiespalt. Erst hatte es ihr leid getan, daß der Professor zehn Kinder hatte, jetzt tat es ihr eigentlich leid, daß er sie nicht hatte.

«Ich muß sofort ins Dorf zurück.» Der Professor stand auf. «Es wäre gut, wenn wenigstens Paul mitkäme, es sind auch zwei deutsche Reporter dort.»

Natürlich gingen alle drei mit ihm und brachten dem Reporter den Notizblock und das Heft.

Dieser saß vor einem Radio, das er sich, wer weiß woher, geliehen hatte.

«Schscht! Jetzt kommt gleich zum ersten Mal die Sendung durch.»

Die Musik wurde unterbrochen, und eine herzliche Frauenstimme sagte: «Und jetzt folgt unser Aufruf. Erfüllen Sie

einen Kinderwunsch. Liebe Hörerinnen und Hörer! Wie traurig muß ein Kind sein, das gar keine Spielsachen besitzt. Es gibt leider viele solche Kinder, aber Sie haben nun die Chance, etwas für sie zu tun. Erfüllen Sie einen Kinderwunsch, und senden Sie ein kleines Geschenk nach Chiatta. In diesem sizilianischen Dorf sitzt im Augenblick unser Reporter, umringt von Kindern, die sich nichts sehnlicher wünschen, als ein einziges eigenes Spielzeug zu besitzen. Lassen Sie sie nicht warten! Rufen Sie an! Sie erreichen unseren Reporter unter der Nummer...»
Dann setzte die Musik wieder ein.
Das Telefon in der Bar klingelte.
«Da ist schon der erste Anruf», strahlte der Reporter und stürzte ans Telefon.
«Hallo!» sagte er hoffnungsvoll.
«Was heißt hier hallo?» klang eine ärgerliche Stimme aus der Muschel. «Hier spricht der Barbier von gegenüber. Wann kommt denn der Kaffee und der Holunderschnaps? Meine Kunden warten schließlich nicht ewig.»
«Einen Moment, bitte.» Enttäuscht ließ der Reporter den Hörer sinken. «Hier möchte jemand Kaffee und einen Holunderschnaps», sagte er zu dem Barjungen und kehrte an seinen Tisch zurück.
«Sie dürfen nicht zuviel erwarten», tröstete ihn der Professor. «Lassen Sie den Leuten Zeit.» Aber er war selbst auch ein bisschen enttäuscht.
Antonietta, Paul und Enrico wurden vorgestellt. Der Reporter las aufmerksam im Wunschheft und im Notizblock, und so warteten sie. Sie hörten den nächsten Aufruf im Radio und bald darauf den übernächsten. Das Telefon aber schwieg.
«Zwei Stunden sind vergangen, und nicht ein einziger

Wunsch ist erfüllt», seufzte der Reporter. «Die Menschen haben kein Herz.»

Professor Rosolski schlug sich mit der Hand gegen die Stirn. «Wir sind ja auch dumm», rief er aus. «Wie können wir von anderen verlangen, was wir selbst nicht tun! Geben Sie mir sofort einen Namen und eine Adresse aus der Wunschliste und ein möglichst fantasievolles Geschenk.»

«Ich gratuliere, Herr Professor! Sie sind der erste!» sagte der Reporter und strich zwei Wünsche aus der Wunschliste, denn er selbst wollte auch nicht zurückstehen.

Und endlich begann das Telefon zu läuten. Es hörte bis zum Abend nicht wieder auf. Der Professor und der Reporter beantworteten die Anrufe abwechselnd. Eine Adresse nach der anderen, ein Wunsch nach dem anderen konnten gestrichen werden. Enrico, Paul und Antonietta waren in Hochstimmung. Damit auch Herkules mitfeiern konnte, bestellte Professor Rosolski ihm ein Stück Kuchen. Es war ein glücklicher Nachmittag.

Als der Professor wieder einmal am Telefon war, fragte der Reporter: «Na, was habt ihr euch denn gewünscht?»

Die Freunde sahen einander an.

«Wir haben doch die Umfrage gemacht.»

«Eben. Die muß doch vollständig sein. Deshalb führe ich jetzt die Umfrage weiter. Würdet ihr mir bitte mitteilen, was ihr euch wünscht?»

Er wartete mit gezücktem Füllfederhalter.

«Ich hätte gern eine Waschmaschine für meine Mutter, aber das ist ein sinnloser Wunsch, wir haben nämlich kein Wasser im Haus», sagte Antonietta nach einigem Nachdenken.

«Ich finde es zwar sehr lobenswert, an andere zu denken, aber das solltet ihr nicht übertreiben. Ihr seid doch sicher nicht wunschlos glücklich, oder?»

«Paul hat einen Wunsch», sagte Enrico.

«Heraus damit!»

«Er hat gesagt, sein größter Wunsch sei, das Mittelmeer zu sehen.»

«Was?» staunte der Reporter. «Das Meer ist nur dreißig Kilometer von hier entfernt, und er hat es noch nicht gesehen?»

«Ich auch nicht», sagte Antonietta.

«Ich war auch noch nie am Meer», sagte Enrico.

«Dann wird es höchste Zeit», sagte der Reporter und notierte: Paul, Enrico, Antonietta, Aufenthalt am Mittelmeer. Dann schloß er das Heft und auch den Notizblock, denn bis auf diesen letzten waren alle Wünsche schon gestrichen worden.

26. Alle Versprechen werden gehalten und fast alle Wünsche erfüllt

Am nächsten Morgen holten Antonietta, Herkules, Paul und Enrico Professor Rosolski ab, um ihr Versprechen zu halten und ihm zu zeigen, wo der Schatz versteckt lag. Das interessierte aber nicht nur den Professor, sondern auch die Reporter und fast das ganze Dorf. So bildete sich ein langer Zug.

«Wie die Osterprozession», sagte Antonietta, und damit hatte sie nicht ganz unrecht. So viele Leute waren sonst nur an besonderen Festtagen auf den Beinen.

Die Reporter fotografierten den Menschenzug, Enrico,

Paul, Antonietta und Herkules, sie fotografierten Salvatores Haus, den Schuppen und schließlich den Schatz. Alle Leute klatschten begeistert, als Professor Rosolski mit dem griechischen Topf und den Münzen aus dem Schuppen trat.

Später schrieb er einen langen, gelehrten Bericht über den «einzigartigen Fund». Das war so ungefähr zu der Zeit, als die Wunschpaten ihr Versprechen hielten und der Sohn des Ex-Bürgermeisters auf dem Postamt alle Hände voll zu tun hatte, weil täglich Berge von großen und kleinen Paketen eintrafen.

Einen Postboten gab es in Chiatta nicht, und da der Beamte die Pakete nicht selbst austragen konnte, schrieb er jeden Morgen eine Liste: Heute sind Pakete eingetroffen für..., und dann folgte eine lange Reihe von Namen. Diese Liste hängte er vor die Tür. Die Kinder holten ihre Geschenke selbst ab. Viele bewahrten das schöne Geschenkpapier, das bunte Band und sogar den Pappkarton noch lange Zeit auf.

In der darauffolgenden Woche mußte der Postbeamte neue Briefmarken kommen lassen und das Schreibwarengeschäft eine neue Sendung Briefpapier und Umschläge, denn alle Kinder schrieben Dankesbriefe.

Diese Zeit verbrachten Paul, Enrico, Antonietta und Herkules am Mittelmeer. Es war nicht viel anders, als Paul es sich vorgestellt hatte, nur noch schöner. Sie aßen viel Eis und gingen abends mit Professor Rosolski ins Kino, denn er war auch dabei, weil er in Ruhe seinen Bericht schreiben wollte. Manchmal fuhr er aber auch tagsüber nach Chiatta. Dabei vergaß er nie, der Großmutter einen Besuch abzustatten.

Schließlich verkündete er den Freunden, der Hügel hinter Salvatores Haus beherberge die Reste eines griechischen Tempels. Die Golddrachmen seien Votivgaben des Tempels und wahrscheinlich 405 Jahre vor Christus im Tempel selbst vergraben worden, damit sie den Karthargern nicht in die Hände fielen, als sie in Gela landeten und plündernd durch die Gegend zogen.

Die Reste des Tempels wurden ausgegraben, und es kamen so viele archäologische Funde zutage, daß in Chiatta ein Museum gebaut wurde. Professor Rosolski war der Direktor, und da jedes Museum einen Aufseher braucht, stellte er Antoniettas Vater ein. Von der Zeit an kamen viele Fremde nach Chiatta, um die Ausgrabungen zu bewundern. Das Museum war natürlich dort, wo Salvatores Haus einmal gestanden hatte, außerhalb des Dorfes. Der Weg dorthin war noch immer staubig und heiß, besonders im Sommer. Und so kam es, daß Enricos Vater nach Chiatta zurückkehrte, um an einem Erfrischungsstand im Museum Eis, Bonbons, Kaffee und Getränke an die Touristen zu verkaufen. Aber das war Jahre später.

Zu der Zeit, als Herkules, Antonietta, Paul und Enrico, den Bauch zuunterst, am Mittelmeerstrand lagen, am selben Tag, an dem Herkules beschloß, für immer Nichtschwimmer zu werden, weil er sich an einer Welle verschluckte, die er gerade anbellte, saß Tante Herta, wie so oft in letzter Zeit, neben dem Telefon. Sie und Herr Hoppelmann wechselten sich ab, denn Tante Herta wollte sicher sein, keinen Anruf zu verpassen. Der Polizeibeamte hatte gesagt: «Sie werden sehen, er wird sich wieder melden», und Tante Herta hoffte, daß er recht behielt.

Pauls Eltern wurden bald zurückerwartet. Auf der Kommode lagen eine Menge Ansichtskarten mit fröhlichen Grüßen aus Amerika, denn Herr und Frau Großkopp wußten natürlich nicht, daß Paul auf eigene Faust verreist war. Tante Herta machte sich Sorgen.

Um ihre Gedanken davon abzulenken, blätterte sie in einer

Illustrierten. Das Fenster stand offen. Herr Hoppelmann schnitt die Hecke im Vorgarten. Und trotz Sorgen und Illustrierter ließ Tante Herta es sich nicht nehmen, ihm durch das offene Fenster nützliche Anweisungen zu geben.
«Schneiden Sie sie gerade», rief sie etwa, «eine Hecke ist keine Hügellandschaft.»
«Ist mir bekannt», brummte Karl Hoppelmann und schnitt um eine Blüte herum, weil er ein Herz für Blumen hatte.
Tante Herta blätterte weiter in der Illustrierten, bis sie auf einen Artikel stieß mit dem Titel «Die Jugend von heute». Diesen begann sie konzentriert zu lesen:
«An den Jugendlichen wird stets viel Kritik geübt», stand da – «mit Recht», murmelte Tante Herta. – «Die Jugend denkt ausschließlich an das eigene Vergnügen, will nur die eigene Bequemlichkeit, hat kein Verständnis für andere – solche und ähnliche Urteile hört man sehr oft. Nehmt euch ein Beispiel an den Erwachsenen, wird den Jugendlichen gesagt. Sind wir Erwachsenen denn so beispielhaft?
Wir dürfen nicht vergessen, daß es auch Jugendliche gibt, an denen sich die Erwachsenen ein Beispiel nehmen können.» Der letzte Satz gab Tante Herta zu denken, wenn auch nur kurz. Ihr war kein solches Beispiel bekannt.
«Herr Hoppelmann», sagte sie zerstreut, «dort haben Sie eine Beule in die Hecke geschnitten.»
«Das will ich meinen», antwortete Karl Hoppelmann etwas unlogisch, trat zurück und betrachtete prüfend sein Werk. Er hörte nämlich manchmal weg, wenn Tante Herta sprach. Dieses Mal merkte sie es aber nicht, weil sie schon am Weiterlesen war, denn der Einleitung folgte ein äußerst fesselnder Tatsachenbericht über drei Kinder und einen Goldschatz in Sizilien.
Da Professor Rosolski ihn geschrieben hatte, wurden Anto-

nietta, Paul und Enrico vielleicht ein wenig zu sehr gelobt, sonst aber stimmte die Geschichte, und es gab erst noch Farbfotos dazu, die Tante Herta interessiert betrachtete.
Unter dem Bild einer engen Straße in gleißender Sonne stand «Via Roma, die Hauptstraße von Chiatta».
«Na, wenn das die Hauptstraße ist, dann möchte ich nicht die Nebenstraßen sehen», sagte Tante Herta zu sich selbst.
Ein treffendes Foto von Beppe in der Via Roma, umringt von Kindern und Ziegen, hieß «Der Milchmann von Chiatta».
«Ziegenmilch!» Tante Herta schüttelte sich.
Die Zeile unter dem Foto der Familie Carrara lautete: «Antonietta, die dritte von rechts, mit Eltern und Geschwistern».
«Mein Gott, dreizehn Kinder!» seufzte Tante Herta, nachdem sie alle Mädchen auf der Fotografie gezählt hatte.
Dann folgte das Bild in Salvatores Schuppen; auf der Erde eine schöne griechische Vase und daneben zwei strahlende Jungen und ein Mädchen. Darunter stand «Enrico, Paul, Antonietta und der Schatz».
«Nun hört aber alles auf!» Total verblüfft schob Tante Herta die Brille auf die Stirn und sah sich das Foto noch einmal an. Doch mit und ohne Brille, der Junge auf dem Bild war ohne jeden Zweifel Paul Großkopp!
Sie überflog noch einmal den Bericht. Richtig, dort stand, daß einer der drei Jugendlichen aus Deutschland stamme.
«Was heißt hier Deutschland!» schnaubte sie. «Aus Kleinhausen ist er! Jawohl, Mühlstraße 8, in Kleinhausen!»
Dann rief sie durch das Fenster: «Herr Hoppelmann! Sie werden es nicht glauben, es steht in der Zeitung, ich meine, er, Paul, steht in der Zeitung!» Sie schwenkte die Illustrierte. «Wir erziehen in Kleinhausen Kinder, an denen sich

die Erwachsenen ein Beispiel nehmen können. Natürlich fahre ich sofort dorthin. Moment, wie heißt der Ort?» Hastig blätterte sie in der Illustrierten.

Herr Hoppelmann warf ihr einen bedenklichen Blick zu, schüttelte den Kopf und stieg von der Leiter.

«Schiatta!» verkündete Tante Herta durch das Fenster. «Herr Hoppelmann, seien Sie so gut und rufen Sie das Reisebüro an, nein, zuerst die Auskunft, aber nein, rufen Sie sofort den Flughafen an. Ich ziehe mich inzwischen um.» Sie verschwand aus Hoppelmanns Blickfeld.

Nun war Herr Hoppelmann zwar ein verständiger Mensch, auch hilfsbereit, aber hellsehen konnte er nicht. Deshalb brachte er erst einmal in aller Ruhe die Leiter in den Schuppen und hängte die Heckenschere an ihren Platz. Dann kam er ins Haus. Tante Herta eilte vom Wohnzimmer in die Küche und von der Küche zurück ins Wohnzimmer, weil sie ihre Handtasche nicht fand, blieb aber kurz stehen und fragte: «Wann geht das Flugzeug?»

«Das weiß ich nicht», antwortete Herr Hoppelmann schlicht und folgte ihr ins Wohnzimmer. «Ich weiß überhaupt von nichts, solange Sie nicht die Güte haben, zu erklären, was eigentlich los ist.»

Tante Herta fand ihre Handtasche und hatte endlich die Güte. Danach rief sie beim Flughafen an. Einen Flug nach Rom könne sie für heute buchen, einen Flug nach Sizilien erst übermorgen, sagte die Dame am Telefon. Natürlich buchte Tante Herta sofort den Flug nach Rom, und dann mußte alles so schnell gehen, daß sie sich den kleinen lila Hut mit grüner Feder erst im Taxi aufsetzen konnte, das sie zum Flughafen brachte. Er saß ganz schief, aber das war ihr egal.

Am nächsten Tag stieg Tante Herta mit reichlich zer-

knautschtem Hut aus dem 2-Uhr-Bus wie damals Professor Rosolski, auf dem Dorfplatz in Chiatta. Die Freunde waren am Abend zuvor braungebrannt und höchst zufrieden von ihren Ferien am Meer zurückgekehrt.
Tante Herta rückte ihren Hut zurecht und sah sich hilfesuchend um. Der Platz war, wie üblich um diese Zeit, menschenleer, und ihr schon gezücktes Wörterbuch half ihr gar nichts. Entschlossen steuerte Tante Herta auf die nächste Bar zu. Was blieb ihr auch anderes übrig?
Wären Leute auf der Straße gewesen, hätte es bestimmt einen kleinen Auflauf gegeben, nicht nur wegen Tante Hertas lila Hütchen, sondern weil eine Frau in Chiatta nicht allein in eine Bar geht.
In der Bar aber ließ sich Tante Herta auf einen Stuhl sinken und verkündete nach Befragen des Wörterbuchs dem erstaunten Barjungen auf italienisch, was auf deutsch etwa so lauten würde: Wollen bitten Flasche Limonadendusche, denn im Wörterbuch war Brause mit Dusche übersetzt worden.
Sie bekam trotzdem das Gewünschte. Ihr Vertrauen in ihre Sprachkenntnisse und das Wörterbuch stieg, und sie begann den Barjungen nach Paul zu fragen.
Da der Kunde König ist und man von Fremden ein Trinkgeld erwarten kann, rief der Barjunge seinen kleinen Bruder und schickte den Widerstrebenden zu Concetta, der Hexe, um Paul herzurufen, denn der Name Paul war so ungefähr das einzige, was der Barjunge von Tante Hertas Fragen verstanden hatte.
Was eine halbe Stunde später passierte, kann sich jeder vorstellen. Paul war gerührt, weil er Tante Herta eigentlich ganz gern wiedersah, und Tante Herta war gerührt, weil sie erst jetzt richtig merkte, wie große Sorgen sie sich gemacht

hatte. Dann sagte sie jedoch streng, daß es keine Art sei, bei Nacht und Nebel wegzulaufen und alle in größte Sorge zu stürzen, das sei fast unverzeihlich, auch wenn man einen Schatz finde. Und Paul antwortete, es sei doch gar nicht neblig gewesen, und ließ sich von Tante Herta in die Arme nehmen.

Der Barjunge bekam tatsächlich ein großes Trinkgeld, und dann begleitete Tante Herta Paul zur Großmutter, wo sie auch Enrico, Antonietta und Herkules kennenlernte.

Alle bedauerten, daß Professor Rosolski abgereist war, bevor Tante Herta ankam, aber das ließ sich nicht ändern.

Noch am selben Tag rief Tante Herta in Kleinhausen an. Als sie aus der Post kam, stopfte sie ihr lila Hütchen in die Handtasche und erklärte, sie gedenke in Chiatta mindestens drei Tage zu bleiben, und zwar zusammen mit Paul, denn in Deutschland hatten schon die Schulferien begonnen.

Es war eine abgemachte Sache, daß Paul mit Tante Herta nach Kleinhausen zurückkehrte. Wenn es ihm auch sehr leid tat, seine neuen Freunde zu verlassen, so brannte er doch darauf, seinem Freund Peter seine Abenteuer zu erzählen.

Tante Herta erfuhr, daß Enricos Großmutter Karten legte, und es half wenig, daß Paul ihr erklärte, die Großmutter habe selbst gesagt, sie lese die Menschen und nicht die Karten. Tante Herta behauptete, das sei dasselbe, und bestand darauf, daß die Großmutter am Vorabend der Abreise erst ihr und dann Paul die Karten legte. Daraus las sie ihnen die Zukunft.

«Sehr glückliche Karten», murmelte sie. «Was euch auch immer geschehen mag, es wendet sich stets zum Besten!»

So kam es auch, denn wer das Gute sucht, der findet es. Und daß die Großmutter bei dieser Suche ein wenig helfen wollte, ist doch keine Hexerei.

27. Ende gut, alles gut

Dieses Kapitel sollte erst gar nicht mehr geschrieben werden, weil es doch so schwer ist, zu erzählen, was Herr und Frau Großkopp empfanden, als sie von Pauls Reise erfuhren. Aber schließlich gehört das ja zur Geschichte mit dazu.

Herr und Frau Großkopp kamen zwei Tage nach Paul und Tante Herta in Kleinhausen an. Die Gartenhecke war, von ein paar Unebenheiten abgesehen, schön geschnitten, das Wohnzimmer glänzte, die anderen Zimmer auch, und in der Küche stand ein Topf mit Gemüsesuppe. Soweit war also alles in bester Ordnung.

Mutter und Vater umarmten Paul und Tante Herta, und Paul umarmte Mutter und Vater besonders herzlich. Auch das war nicht ungewöhnlich. Vor dem Abendessen wusch Paul sich die Hände, genau wie vor vier Wochen, dann gab es Gemüsesuppe, wie an jenem Abend, und man hätte meinen können, inzwischen sei die Zeit gar nicht vergangen.

«Hier war wohl schönes Wetter?» fragte Herr Großkopp.

«Doch ja, danke», sagte Tante Herta obenhin.

«Ich meine nur, weil Paul so braun geworden ist.»

Tante Herta verschluckte sich. Frau Großkopp mußte ihr auf den Rücken klopfen und Paul schnell ein Glas Wasser holen.

Nun wollten Herr und Frau Großkopp von Amerika erzählen, aber dazu kamen sie erst Tage später, denn Paul reichte dem Vater die Illustrierte.

«Lies mal, bitte», bat er.

«Was ist denn damit?» fragte Frau Großkopp und stellte sich hinter ihren Mann, um mitlesen zu können.

Paul schwieg. Tante Herta stand auf und räumte ab. Der Vater sah sich erst die Fotografien an. «Sizilien», bemerkte er zu seiner Frau. Sie nickte.

«Schau mal, der Junge sieht Paul aber wirklich sehr ähnlich.» Sie wies auf das Foto mit der griechischen Vase. «Nur ist er viel...» Sie unterbrach sich, sah Paul an, der Krümel von der Tischdecke pickte, und setzte zögernd hinzu: «Er ist genau so braun wie Paul, wenn ich mich nicht irre.»

Später, als der Artikel gelesen war und Paul viel, aber noch lange nicht alles erzählt hatte, wobei Tante Herta bestätigte, daß Enricos Großmutter eine «wirklich reizende Person» sei, mußte Paul der Mutter versprechen, nie, aber auch nie wieder wegzufahren, ohne vorher wenigstens sein Reiseziel anzugeben und überhaupt... Aber hier fehlten ihr vorläufig noch die richtigen Worte.

Paul versprach es.

Herr Großkopp bestand darauf, daß Paul dieses Versprechen mit Handschlag und Durchschlag wiederholte. So wurde es zu einer Ehrensache, die man nie ungestraft verraten kann. «Denn», sagte er, «diesmal ist zwar alles gut gegangen...»

«Gott sei's gedankt», sagte die Mutter.

«Aber», fuhr der Vater fort, «es hätte auch schlimme Folgen haben können.»

Und da hat er wohl recht.